夢みる狐の恋草紙

杉原朱紀

幻冬舎ルチル文庫

CONTENTS ✦目次✦

夢みる狐の恋草紙

✦カバーデザイン＝久保宏夏（omochi design）
✦ブックデザイン＝まるか工房

イラスト・金ひかる✦

夢みる狐の恋草紙

青く澄み渡った空の下で、誰かと手を繋《つな》いでいる。

映画のワンシーンのように、葉月《はづき》は、その光景をぼんやりと遠くから見つめていた。

自分で自分を見ているという不可思議な状況。これが夢だという自覚はある。自分が出てきたのは初めてだが、時折こんなふうに、見知った人が夢に出てくることがあった。そんな時はいつも、実体を持たず意識だけが大気に混じり、目の前の光景を見ているような感覚があるのだ。

相手の顔はわからない。正確には、顔の辺りに靄《もや》がかかったようになっており認識できなかった。

随分と背が高い男だ。がっしりとした印象はなく、全体的にすっきりと引き締まっている。体格だけで言えばよく知っている人に似ているけれど、雰囲気が明らかに違う。かといって特徴を探そうとしても、何かに阻まれるように意識が男から逸《そ》れてしまう。

（いいなあ……）

だが葉月は、誰と一緒にいるのかよりも、むしろ、見つめる先にいる自分に羨望を覚えていた。

嬉《うれ》しそうに。幸せそうに。

相手に向けた全開の笑顔。それだけで、目の前の自分がどんな気持ちでいるのかが手に取るようにわかる。温かさと、安心感。高揚、羞恥。そして、愛情。意識すると見ているこちらにも気持ちが伝わってきて、それが実感できた。これまでに感じたことのないほどの、幸福感。

いい意味でも悪い意味でも変化のない生活の中で、あんなふうに誰かに対して心を傾けられる機会はない。だから、だろうか。

(好きな人……)

昔読んだ本に書いてあった。好きな人ができたら、それだけで心が幸せになる。辛《つら》いこともあるけれど、それでも構わないと思えるほど愛《いと》おしくなる、と。

寝る前にその本のことを思い出したから、願望が夢になって出てきたのかもしれない。そんなことが起こることはないとわかっているから、なおさら。

『いいなあ』

もう一度、今度は声に出して呟《つぶや》いた。その時、見ているだけだった自分の方を、男が振り返った気がした。

『……っ!』

目が合った。そう思った瞬間、急速に意識が浮上する。目の前の光景がかき消え、一気に現実へと引き戻されていく。

「……——」

瞼《まぶた》を開いた時、視界に入ったのは真っ白な毛皮だった。ふかふかのそこに顔を埋《うず》め、もう一度目を閉じる。ついさっきまで見ていた夢の中の光景が、もうおぼろげになって出てこない。それでも自分がしていた表情だけは、妙にくっきりと脳裏に焼きついていた。

目が覚めたか、という声が毛皮を通して聞こえてくる。布団《ふとん》代わりにしている身体《からだ》の持ち主――一般的には随分と規格外の大きさであろう、白銀の狐の身体に身を寄せた。幸せな夢を見たせいか、妙に誰かの体温が恋しかった。

「うん。おはよう、スイ。なんか、夢……見てた」

そうか、と短い返事の後、辺りに静寂が流れる。瞼を落としたまま、再びとろとろとした眠気に身を委ねていく。また、あの夢が見られるだろうか。

「いつか、会いたいなあ」

小さな呟きに応えるように、畳の上で白い尻尾《しっぽ》が揺れてぱたりと音を立てた。


「わぁかってるって！　ネタが本当だったら、今度奢《おご》って……は？　それより恋人になれ？　あー、はいはい。お前の身長が後二十センチ縮んで、ネコやるならな」

スマートフォンの向こうから聞こえてくる声にうんざりした様子を隠しもせず、古鷹行成《こだかゆきなり》は適当に答えを返した。ジャケットの内ポケットから煙草《たばこ》を取り出し、その軽さに眉《まゆ》を顰《ひそ》める。そういえば、さっき車中で最後の一本を吸ってしまっていた。舌打ちして空になったそれをくしゃりと握りつぶす。

「あ、横暴だ？　ふざけんな。人には好みってもんがあるんだよ。自分よりガタイのいい男にヤられるのなんか、死んでもごめんだ。それより、あんだけ金出させといてガセだったら覚えとけよ」

一方的に話を切り上げると、スマートフォンを耳から離し通話終了のアイコンを押す。結構な音量で漏れ聞こえていた文句を言う声がぷつりと途切れると、それだけで周囲に静寂が戻ってきた。

相手は、学生時代からの友人で、かつたまに顔を出すゲイバーのマスターだ。都心の繁華街の外れにあるそこは、立地的に見つけにくいせいか、どちらかといえば常連の多い、いわゆる隠れ家的な店だ。オーナーの道楽でやっているというその店では、友人が裏でもう一つ商売をしており、古鷹は主にそちらが目的で時折店に顔を出す。

そして昔から綺麗《きれい》なものが好きだと豪語する友人は、古鷹の顔がいたく気に入っているらしく、自分が恋人と別れると鬱憤《うっぷん》晴らしを兼ねて挨拶代わりに口説《くど》いてくる。

古鷹自身の性的指向は、ゲイに近いバイセクシャル。ようは好みであればどちらでもいいのだが、自分よりさらに長身の男よりは背が低く可愛《かわい》い子の方がよかった。

「やれやれ……ったく。あー、それより。とりあえずどうすっかな」

地図が合っているなら、そろそろ着いてもいい頃だが。そう思いながら、再び友人に渡された地図を広げる。都心から車で数時間。山道を進み他の車を見なくなって久しいが、一向に目的地である雪沢村《ゆきさわむら》らしき場所が見つからないのだ。

　雲の隙間から微《かす》かに届いた光に目を細め、薄茶色の髪を掻《か》き回す。百八十近くある長身を路肩に停めた車に寄りかからせ、これまで通ったであろう道筋を指先で辿《たど》った。

　自身の指先と広げた地図を見つめる瞳は、灰色がかった青色だ。昔はもっと鮮やかな青であったが、年を経るにつれて少しずつ変化してきた。それでも珍しい色であることは変わらず、初対面から生粋の日本人だと認識されることの方が少ない。

　実際には両親ともに生まれも育ちも日本なのだが、どこでどう混ざったのか、恐らくどちらかの祖先にそういった人がいたのだろうという結論で落ち着いている。

　華やかな目鼻立ちも相俟《あいま》って人目を惹《ひ》く容姿であることは、この二十八年で自覚している。フリーライターという仕事柄、人の印象に残りやすいというのは諸刃《もろは》の剣《つるぎ》だ。どちらにせよ昔から揉《も》めごとの種にしかならなかったこの瞳の色が、古鷹自身は好きではない。

　ぐるりと辺りを見渡せば、空と木々とうねるように続く道路だけが視界に入る。雨上がりの湿った空気には、草木の青臭さとアスファルトの薬品的な匂いが微かに交じっている。空に広がる重苦しい灰色の雲に、再び雨が降り始める前には着きたいものだと溜息《ためいき》をついた。

（つうか、どうも同じ道を通ってる気がするんだよな）

ずっと道形《みちなり》に進んでいるのだからそんなはずはないのだが。路肩に停めた車から、寄りかかっていた身体を離す。数歩進み、誰かが車をぶつけたのだろう一部分が大きくへこんだガードレールの前に立った。これと同じような壊れた方をしたものを、運転しながら確かに少し前にも見たのだ。こんな場所でぶつけて立ち往生したら大変だ。そんなことを思ったのを覚えている。

——まるで、誰かに同じ道を通るように仕組まれているような違和感。

「なんてな」

荒唐無稽な考えを、笑いながら一蹴する。

ホラーやミステリ小説じゃあるまいし、一体誰がどうやってそんなことをするというのか。同じような風景の中でたまたま同じような特徴のものを見つけたから、目についただけのことだ。

さて、と右腕を上げて肩を回す。数時間の運転ですっかり身体が固まってしまっていた。これから数日、車中泊も覚悟しておかなければならない。十一月に入ったとはいえ、ずっと風呂《ふろ》なしは辛い。早めにケリがつけばいいが。そんなことを考えながら車に戻ろうと踵《きびす》を返す。

「……ん?」

ふ、と。視界の隅で、壊れたガードレールの向こうに広がる木々の中を、白い影が横切った気がした。目を眇《すが》めてみるが、傾斜したそこにあるのは鬱蒼《うっそう》と茂る木々だけだ。

(気のせいか)

だが視線を外そうとした瞬間、今度ははっきりと白い影が視界を横切った。

「動物……犬、か?」

ちらりと見えたそれは、何かの尾のようだった。もちろん、こんな山の中だから動物くらいいるだろう。だが不思議なほど、その影が気になって仕方がなかった。

無意識に足を踏み出し、すぐに止める。衝動に突き動かされるように車に戻り、助手席に置いたコンパクトデジタルカメラを手に取った。鍵を閉め再び先ほどのところまで戻ると、壊れた部分からガードレールを乗り越え、滑り落ちないように斜面を下っていく。

普段なら、絶対にこんなことはしない。だがなぜか、今はその姿を写真に収めたいと強く思ったのだ。

木々の合間を抜けて山道を下りていきながら、時折ちらりと振り返り、道路を見失わないよう確認する。人工的なものが視界になくなると、途端に心許《こころもと》なさと微かな焦燥が顔を覗《のぞ》かせた。生まれも育ちも都会のビルに囲まれた場所だったせいか、一人で山に入った時はいつもこんなふうに感じる。

「見失ったか?」

茂る枝葉に光が遮られ、薄暗さが増していく。少し奥まで進んでみても影の気配はなく、カメラを取りに行く間に消えてしまったかと足を止めた。暗い山の中を見つめ溜息をつく。

よく考えたら、どうしてこれほど真剣に探そうとしているのかもわからない。別に珍しい動物を見つけたわけでも、撮りに来たわけでもないのだ。

「……戻るか」

頭が冷えれば、先ほどの衝動と自分の行動に不可解さすら感じてしまう。眉を顰めて道路の方に戻るため振り返ろうとした、その時。

「……――っ！」

背中に激しい衝撃が走り、身体が前に傾《かし》いだ。何かが思いきりぶつかってきたようなそれに、反射的に踏ん張ろうと足に力をこめる。だが再び身体が強く押され、バランスを崩すと同時に雨水を多く含んだ土に足を取られた。

「う、わ……、……っ！」

倒れた身体に痛みが走る。カメラと頭を庇《かば》うように身体を丸め、斜面を転がり落ちていく衝撃に耐えた。目を閉じていると、一瞬、全身にぞわりと何かの膜を通り抜けたような悪寒が走る。

「……――っ‼」

勢いよく木の幹にぶつかり、ようやく転がっていた身体が止まった。腕と背中に激しい痛みが走り、意識が遠のく。

（……――？）

薄らいだ意識の中で何かが頬《ほお》に当たる。薄く目を開くと、再び白い尾のようなものが視界に入り、ああ、と状況に反しぼんやりとそれを見つめた。確かに、いる。

（けど、違う……――）

だが、それが何かを考える間もなく、古鷹の意識は完全に暗闇に飲み込まれていった。

聞こえてきた耳慣れない音に、葉月はぱっと顔を上げた。条件反射のように耳が反応し、ぴくりと小さく揺れる。

葉月の外見は、ごく普通の人間のようで、だが決定的に違ってもいた。

さらりとした黒髪に、素直な性格をそのまま表したような大きな黒い瞳。身長は低めで、身につけた着物から伸びた手足はほっそりと白い。家から出歩くことがないせいで筋肉がついていないため全体的に華奢《きゃしゃ》な印象だが、それでも同年代よりいささか幼く見える程度のものだった。

明らかに異なるのは、頭に尖《とが》った耳、そして尾てい骨より少し上の辺りにふさふさの尻尾が生えているという部分だ。琥珀《こはく》の毛に覆われたそれらは、動物――正確には狐と同種のものであり、生まれた時からついていた。

台所で調理台の前に立ったまま、野菜を切る手を止め振り返る。玄関の向こう――表門の辺りから聞こえてきた何か大きなものがぶつかったようなそれは、葉月がいる環境の中では珍しい部類のものだった。村から外れた場所のため人がほとんど通りかからない上に、この家は特殊な作りをしており、敷地内に入れるのは決まった人間だけなのだ。ただ家に入ってくるだけでは、あんな音はしない。

「スイ。今、音がしたよね。和《かず》ちゃんかな」

『いや、気配が違うな。お前はここにいろ』

何があったのだろう。不安に駆られ呟くと、ふっと、何もなかった場所に白銀の狐――スイが姿を現す。四本の足で立っていてなお葉月の身長より少し低いくらいの大きさがある狐もまた、一般的とは言いがたい。だが葉月にとっては見慣れたその姿に、安堵《あんど》して頷《うなず》いた。

「気をつけてね」

ああ、という声を残して姿を消したスイを見送る。はっと気がつき、包丁をまな板の上に置くと、切ってしまった茄子《なす》を笊《ざる》に乗せボールに張った水に浸した。洗った手を手拭いで拭いていると再びスイが姿を現す。

『男が倒れている。よそ者だ』

「え!?　ここに入れたの？」

『そのようだ。結界を抜けている。破られた様子もない』

スイがもたらした報告に、驚きで目を見張る。

この家は『結界』と葉月達が呼んでいる力によって、外界から隠されている。どういう仕組みかは葉月も知らない。ただ、その『結界』を張っているのは、この目の前にいる白銀の狐だ。昔から、葉月の家には一人だけ葉月のような外見の者が存在している。スイは、葉月達を外から隠し護《まも》る役目を負っているのだという。

そのため、この家の敷地に入れるのは決まった人間だけなのだ。それが今、見知らぬ男が敷地内で倒れているという。

「どうしよう……あ、倒れてるって、もしかして意識ないの？」

『ないな。怪我《けが》をしているようだ』

「え！」

それは大変だ。慌てて玄関の方に足を向けると、葉月の動きに合わせてじゃらじゃらと無機質な音が響く。耳慣れたそれを無視し、草履《ぞうり》を履くと外へ出た。

表門に辿り着くと、ぐっと左足が後ろに引っ張られる。その場に立ち止まり足下を見て、家の方を振り返ると眉を下げた。左足首につけられているのは、鈍い鉛色をした足枷《あしかせ》。幼い頃からつけられているそれは、皮膚《ひふ》を傷つけないよう工夫されており、また成長とともに作り直されている。

そしてそこから伸びているのは、細く硬い同色の鎖で、足枷から真《ま》っ直《す》ぐに家の中へと続いていた。鎖を繋ぐための鉄柱が家の中央辺りにあり、鎖は、その鉄柱からこの敷地の範囲内程度の長さになっているのだ。ようは、敷地の中であれば自由に動けるが、そこから外へは行けないようになっている。

表門に手を添え、上半身だけを門の外に出す。この門の向こう周囲数メートルが結界の範囲らしく、門から顔を出しても外に見えることはない。左側を向くと何もなく、そのまま右側を向いて目を見開いた。確かに、いる。見知らぬ男が外壁近くで俯《うつぶ》せに倒れていた。腕から出血しており、ぴくりとも動かない。

「スイ、あの人連れてきて！」

思わず言ったそれは、何を考えてのものでもない。ついさっきまでどうすればいいかと困っていたのに、今はそうしなければならないと強く思っていた。

『いいのか？』

確かめるような口調に、一瞬躊躇《ちゅうちょ》する。自分の姿が異質であることは理解している。人目に姿をさらすようなことは絶対にしてはいけないと言われており、そのための足枷でもあるのだ。

（でも……）

放ってはおけない。胸の奥から湧き上がってくるような焦燥感。それに追い立てられるように頷いた。

「うん。後で和ちゃんも来るし、そしたら診て貰《もら》おう」

この家には電話がなく、外には連絡が取れない。定期的に様子見のためこの家を訪れる親《しん》戚《せき》の男性――高遠和人《たかとおかずと》だけが、唯一の繋がりだった。村の診療所の医者である高遠は、葉月の監視役でもある。

（きっと、怒られるだろうな）

高遠が怒って村にある本家――葉月の実家に報告をしたら、どんな罰を与えられるかわからない。目の前で倒れている男の人にも、迷惑をかけるかもしれない。でも、それでも。このまま放っておこうとは思えなかった。

『葉月』

器用に男の服を咥《くわ》えたスイが、表門まで引き摺《ず》って戻ってくる。そのままでは怪我を増やしてしまう。手の届くところに来た男の身体を支え、地面に伏せたスイの背に乗せた。

「……ん」

傷口が痛んだのか、男が眉を顰める。目を覚ますかもしれない。スイの背に横たわり、こちらに向いている男の顔をじっと見つめた。男の瞼がぴくりと震える。そして、うっすらと開かれた瞼の奥にある瞳を見た瞬間、葉月はざわりと身体中の血が騒いだ気がして息を呑《の》んだ。

「あ……」

掠《かす》れた声が零《こぼ》れる。まるでどこか遠くから聞こえてきたようなそれを自分のものだと意識した時、男の瞳が再び閉ざされた。意識が戻ったわけではなかったのだろう。茫洋《ぼうよう》とした瞳はどこにも焦点が結ばれていなかった。

（青……かっ、た？）

男の瞳はくすんだ青だった。灰青色、といえばいいだろうか。見たことがない、けれど、不思議と惹きつけられる。

『目を覚ましたのか？』

スイの声にはっと我に返り、ううん、と首を横に振った。

「まだみたい。でも、よかった。目も開いたし、意識が戻らないってことはなさそう。俺、布団敷いてくるから、スイはそのままそっと家に運んで」

『わかった』

頭から、先ほど見た男の瞳が離れない。

もう一度、ちゃんと見てみたい。どきどきと高鳴る鼓動を持て余しながら、葉月は男を寝かせる準備をするために家の中へと駆け戻っていった。

温かく柔らかなものに全身が包まれている。浮上し始めた意識の中で、古鷹はぼんやりとそう感じた。

夢を見ている。けれど、夢から覚めたくない。ふわふわと漂うような心地よさは、冬場の朝、温かな布団の中にいるようなそれに似ていた。

(布団……?)

そう意識した途端、ふっと目を開く。視界に入った見覚えのない風景。

「ここは……」

天井が遠く、床が近い。思った通り布団に寝ているのだと認識しながら身体を起こす。一体何があったのか。そう思うことで、ようやく気を失う前のことが脳裏に蘇った。

「そうか、山で滑り落ちて……」

はっとして周囲を見ると、枕元に、身につけていた貴重品や小物と見覚えのあるカメラが置かれていた。無事かどうかはわからないが、なくなっているものはなさそうでほっとして肩の力を抜く。

と、腰の辺りに何かがあることに気づき視線を下に向けた。

「……――」

一度目を逸らし、それを視界から消す。そうしてもう一度下の方へと視線を向け……絶句した。

「……耳、と、尻尾？」

ぼそりと呟いたそれに反応するように、視線の先にある先の尖った——明らかに動物の耳の形をしたそれがぴくりと動く。けれどその持ち主は、すよすよと気持ちよさそうな寝息を立てて目を開く気配はない。

そう。その持ち主が動物であったなら、添い寝してくれているようで微笑《ほほえ》ましい光景だったろう。だが、しかし。

（つけ耳に尻尾……？　この子の趣味か？）

深い濃紺の着物を身に纏《まと》った、ほっそりとした小柄な青年についているそれを、まじまじと見る。真っ黒い艶《つや》やかな髪から覗く、わずかに金色を帯びた色合い。耳も尻尾も、おもちゃにしてはいやによくできている。いわゆるパーティーグッズのようなチープさはなく、毛並みは艶やかで手触りもよさそうだった。

「どうやってつけてるんだ、これ」

そっと、青年の頭に手を伸ばす。髪の毛に隠れているのか、留め具のようなものは見当たらない。尻尾の方は、着物に穴を開けてそこから出している。

頭の上にある耳を触ると、さらりとした柔らかな感触と体温が指先から伝わってきた。

（……——温かい？）

その事実に眉を顰めると同時に、耳が再びぴくりと動く。思わず手を離すと、青年が目を開き身体を起こしてこちらを向いた。大きな真っ黒な瞳がこちらの姿を捉え、ぱっと花が咲いたような笑みが広がる。

「あ、起きた！　大丈夫⁉」

あけっぴろげな表情と無邪気な声に、静謐《せいひつ》さすら感じさせる空気が一気に明るいものに変わった。詰め寄るような勢いで四《よ》つん這《ば》いのまま身を乗り出してくる。高校生くらいだろうか。小柄ではあるが青年という程度には育っており、けれどあどけなさが残る顔立ちが幼げでもある。

「お腹《なか》すいてない？　怪我は？　えっと、名前は？　それから……」

「いや……」

目を輝かせながら立て続けに問われ、どれから答えたものかと口ごもっていると、わくわくとした様子で青年がこちらをじっと見つめてくる。視線をずらすと、背後にある尻尾がぱたぱたと左右に揺れていた。

「なあ。君、それ……」

どうにも気になり尻尾を指差すと「あ！」と何かを思いついたように笑う。

「俺は葉月。で、ここは俺が住んでる家。スイに運んで貰ったの」

「葉月……に、スイ？　いや、そうじゃなくて」

「あ、そっか。お腹すいた？　ちょっと待ってて、飲み物とご飯、持ってくるから」

人の話を聞けと言いたくなる勢いで納得した葉月が、ぴょんと立ち上がる。同時にジャラリと無機質な——どこか耳障《みみざわ》りな音が届いた。聞き覚えのある、けれど違和感のあるそれに引き寄せられるように視線を下げ、見つけたものに目を見張った。

「な……っ」

音の正体は、葉月の足首につけられたものだった。自分の目を疑いながら、それを追うように床を視線で辿っていく。

（鎖……？）

左足首につけられた足枷、それに繋がった細い鎖。

鎖は、足枷から障子《しょうじ》の隙間を通って部屋の外へ繋がっているようだった。古鷹の常識ではあり得ない光景。そして、葉月の屈託のない表情がさらにその異様さを際立たせていた。

（つけ耳に尻尾に、鎖って、なんだそれ）

もしかしたら、まだ夢を見ているんじゃないか。無意識に頬を抓《つね》ってみようと手を上げ、そこに何かが絡まっていることに気づく。不器用に巻かれた白いもの。

「包帯……君が手当てしてくれたのか」

ところどころ緩んだそれを見て言うと、隣の部屋に行きかけていた葉月が振り返りにこりと笑った。

「うん。診療所に連れていってあげられなくてごめんなさい。もうすぐ和ちゃん――お医者さんが来るから、ちゃんと診て貰おうね」

待っててね。軽い足音を残して去っていく葉月の後ろ姿を、古鷹は呼び止めることもできずに見送った。

とりあえず、状況を整理しよう。

葉月が去った後、一人残された部屋で深呼吸代わりに深々と息をつく。見回せば、そこは八畳ほどの和室だった。物が少なく、壁際に置かれた和箪笥《わだんす》が一棹《ひとさお》あるだけで、全体的にがらんとしている。床の間に置かれた細長く背の高い花瓶。そこに飾られた一枝の冬桜が、唯一人の住む気配を漂わせている。隣にも部屋があるのだろうが、今は襖《ふすま》が閉ざされていて見ることができない。

澄んだ空気と、綺麗に整えられた部屋。右手側、開かれた障子の向こうには縁側があり、夕焼けに染め上げられた庭が広がっている。今では珍しい昔ながらの日本家屋。見た限り随分と広く、よほどの金持ちの家なのだろう。こまめに手入れされているのか雑草も生えておらず、山茶花《さざんか》が綺麗に咲いていた。幾つか違う種類が交ざり合っており、花弁の色は白や赤、薄紅と様々だ。

（つうか、あの子供は一体なんだ？）

耳や尻尾に気を取られていたが、落ち着いて思い返せば小綺麗な顔立ちをしていた。歳《とし》はわからないが、あけすけで無防備な笑顔や言動は、まだ人や世間の汚さを認識していない幼子のようだ。鎖に繋がれた足枷といい、もしかすると親に虐待を受けているのかもしれないが、それにしては塞《ふさ》いだ様子もなく古鷹のような他人を堂々と家に上げている。

あんな姿を他人に見せれば騒ぎになることは必至だ。もし虐待されているのならば、親は絶対に他人を家に上げることを許さないだろうし、葉月ももう少し隠そうとするだろう。

もしあの恰好《かっこう》の原因が親でないのなら。そう思った時、ふと思い至った理由に思わず眉を顰めた。この家の主に自覚もなく囲われ育てられている愛人の類《たぐい》。

そうであれば、随分と悪趣味な——胸の悪くなるような稚児《ちご》遊びだ。

「ったく、随分予定が狂ったな……けど、そういや、あの時」

山道を下りていた時、確かに背中を押された。あんな場所で偶然などあり得ない。明確な悪意を持った誰かの仕業だ。

（まさか、嗅《か》ぎつけられたか？）

眉を顰めるが、その可能性は低いかと思い直す。フリーライターである古鷹が、今何について調べているのか。それを知っている人間は限られている。一番詳しく知っているのが目的地となる場所を教えてくれた情報屋である友人だが、商売としてやっている以上こちらの情報を漏らすことはしないはずだ。長年の付き合いからその辺りは信頼しており、だからこそ頼んでいるのだ。

「あの子が戻ってきたら、とりあえず車をなんとかしないとな」

枕元のカメラに手を伸ばそうとし、自分がサイズの合った浴衣《ゆかた》を着ていることに気づく。親か家主のものだろうか。渋茶のそれから覗く緩んだ包帯に苦笑した。

（随分不器用なことだ）

けれど、一生懸命さを感じるそれを巻き直す気にはならず、溜息をついた。

助けて貰ったことはありがたいが、厄介ごとに関わる気はない。あの子供はあっけらかんとしていたが、どう見ても尋常じゃない環境だ。面倒なことになる前に出て行こう。

視線を上げると、バタバタと足音がし、襖が勢いよく開いた。葉月が戻ってきたのかと思ったが、そこには古鷹と同年代だろう男が立っていた。驚愕《きょうがく》したような表情で部屋の入口に立ち竦《すく》み、こちらを見ている。

（親、にしては若い。まさか、こいつが家主か？）

できれば見つかる前に出て行きたかった。タイミングの悪さに舌打ちしそうになり、どうにか堪《こら》える。と、男がすぐに我に返ったように眉をつり上げた。

「誰だ、お前は！　どうしてここにいる！」

どうしても何も、それはこちらが聞きたい。予想通り怒鳴りつけてきた男を負けじと睨《にら》み返すと、「あ！」という緊迫感を台無しにする声が響いた。

「和ちゃん、あのね、この人怪我して……」

「葉月！　お前……っ」

笑顔で近づいていった葉月を男が振り返り、苛立《いらだ》ったように腕を掴《つか》む。やはり葉月の姿は見られたくないものだったらしい。ジャラリと音がし、後退《あとずさ》りながら葉月が顔をしかめた。

「和ちゃん、痛いよ」

「お前は向こうに行ってろ。出てくるんじゃない！」

頭上から浴びせられた怒声に、びくりと葉月の肩が跳ねる。明るさに彩られていた顔がふにゃりと泣きそうに歪《ゆが》んだ瞬間、古鷹は考える間もなく布団をはねのけ立ち上がっていた。右足に走った激痛に顔をしかめ、よろけそうになるのを左足で踏ん張り堪える。男の腕を掴むと力尽くで葉月の腕から手を外させた。

「やめろ。その子は俺を助けてくれたんだ」

「何？」

古鷹の言葉に、男の眉間《みけん》の皺《しわ》が一層深くなる。古鷹を睨みつけ、それなら、と続ける。

「怪我をしているなら、うちに移動しろ。手当てくらいはしてやる。ただし、終わったらすぐにこの村から出ていけ」

男の申し出は願ってもないことだ。当面の治療さえ受けられれば、一旦引き上げることもできる。足の痛み具合から置き去りにしたままの車を運転して帰るのは無理そうだが、手配すればどうにかなるだろう。予定は変わってしまうがトラブルがあった以上は仕方がない。出直してもう一度チャンスを狙った方が得策だ。

そう思うが、どうにも男の態度が気に食わず素直にわかったという言葉が出なかった。冷静になれ。そう言い聞かせるが、口から零れ落ちたのは正反対の言葉だった。

「うち、ってことは、あんたはこの家の人間じゃないってことだな」

「和ちゃんは、村の診療所のお医者さんだよ」

ちらりと葉月に視線を移すと、自分に聞かれていることがわかったのかすぐに答えが返ってくる。

「なら、この家に住んでるのはお前だけか。他に人は?」

「人? いないよ。あ、でもスイが一緒」

「スイ?」

人がいない、ということはペットか。目が覚めた時、スイが運んでくれたという言葉を聞いた気がしたが、すぐに頭の隅に押しやった。

「ともかく、この家の人間じゃないなら、あんたに指図されるいわれはない」

「俺は、葉月の親戚で保護者だ。怪しい人間をここに置くわけにはいかない」

「怪しい、ねえ。あんたが保護者でこの子がこの状態じゃ、どっちが怪しいんだかわかりゃしない。人の趣味に口出す主義じゃないが、それも分別のある大人《おとな》同士が合意の上でやってる場合だ」

「お前……っ！」

具体的なことは言わなかったが、意図は正確に伝わったらしく男の表情に怒りが増した。一方の葉月はきょとんとしている。視界の端に捉えたそれに苦笑しそうになりつつも表情を変えないまま男を見据えた。

「こっちは、お前を不審人物として警察に突き出すこともできるんだ。それが嫌ならさっさと……」

「駄目！」

ぐい、と男に胸ぐらを摑まれた途端、二人を交互に見ていた葉月が動いた。浴衣を握っていた男の手が離れ、代わりに脛《すね》の辺りに柔らかなものが当たる。

視線を下げると、むうっと唇《くちびる》を尖らせた葉月が、男から古鷹を庇うように両手を広げ間に割り込んでいた。

「俺とスイが見つけて連れてきたの。怪我してるんだから、乱暴しちゃ駄目！」

「葉月、ふざけてる場合じゃない。お前わかってるだろう」

「駄目！」

真っ向から反抗する葉月の姿に、男が怯《ひる》んだように一歩下がる。葉月の小さな頭を見下ろし、男に視線を移すと、何かが視界を横切った気がした。

（気のせいか？）

もう一度男の周囲をよく見るが、そこには何もない。すぐに脚に当たる柔らかさに意識が戻り、じっと足下を見下ろした。緊迫した空気を無視したまま、尻尾の根元を摑む。

「きゃん……っ！」

ぐっと引っ張ったそれは、予想に反して強い抵抗を示し抜けなかった。代わりに、目の前の男に全神経を向けていたらしい葉月が鳴き声のような声とともに文字通り跳ね上がる。

「葉月！　おい、お前何を……っ！」

「いたいー……引っ張ったー」

涙を滲《にじ》ませた葉月が、尻尾を抱き込むようにして身体ごと振り返る。恨めしげにこちらを見上げるその姿に、小さな子供を苛《いじ》めてしまったような罪悪感を覚えながら、苦笑して両手を肩の高さに上げた。

「あー、悪い。それ、どうやってつけてるか気になったんだ」

「つけてないよ。だってこれ……」

「葉月！」

再び男が怒鳴り、葉月が肩を震わせる。怯《おび》えたようなそれに、思わず細い身体を押しのけて庇うように背中に隠していた。

「子供相手に怒鳴るな。そうやって慌ててるところを見ると、こいつの恰好によっぽど隠し

たいことがあるらしいな」

「……──っ！」

言葉を詰まらせた男に、古鷹の背後から顔を出した葉月が眉を下げる。

「和ちゃん、お願い」

古鷹の浴衣の袖《そで》を縋《すが》るように掴み、請うように男に訴える。どうして葉月がここまで必死に自分を引き留めようとしているのか。ちらりとそんな疑問が浮かんだが、今は後回しにする。それは後から葉月本人に聞けばいいことだ。

「別に、俺はこいつやあんたに恨みがあるわけじゃない。こっちにも、少しの間家に戻れない事情があってな。足が治るまで置いて貰えれば、ここでの一切は忘れるし口外もしない」

もちろん、帰れない事情など嘘《うそ》っぱちだ。ここは目指していた場所から遠く離れてはいないだろうし、そうであれば、本来の目的も達成できるかもしれない。そんな打算とともに提案したそれに、当然のことながら男は全く信用していない視線を向けてきた。

「なんなら、身分証でも見せようか？　免許証ならあるが」

枕元にカメラと一緒に置かれた財布に視線をやる。だが、そちらに踏み出そうとした足首に再び痛みが走り、堪え損ねた身体が傾ぐ。あ、と慌てた声を上げた葉月の方に倒れそうになり、無理矢理足に力をこめてわずかに向きを変えた。下は布団と畳だ。葉月さえ巻き込まなければ、これ以上怪我をすることはないだろう。

「スイ！」

だが予想に反し痛みは訪れず、叫ぶ声とともに柔らかなものに受け止められた。突如視界に入った大きく白いものに目を見張る。感触自体は覚えのあるものだ。だが、その大きさがあり得ない。

「な……犬⁉」

『失敬な。我は天狐だ。言葉も解さぬやつらと一緒にするな』

身体を通して伝わってくる声に驚愕する。男のものでも、葉月のものでもない。他の場所から聞こえてきたなら、誰かが隠れていたのかと思えただろう。だが、直接脳に響くようなその声は、紛れもなく自分の身体を受け止めた白い塊から聞こえてきた。

「天狐って……狐か？」

「……スイが見えるの？　え、話せる、の？」

横合いから聞こえてきた驚き混じりの声に、違和感を覚えて身体を起こす。今度は右足に力を入れないよう気をつけ体勢を戻した。見れば、やはり目の前には白い大きな狐がいる。四本の足で立っていてなお、背の高さが古鷹の胸の辺りまであった。

「俺が白昼夢を見てるんじゃなけりゃ、馬鹿でっかい犬——ああ、わかったよ狐だろ——ならいるが。つうかお前、もしかして腹話術でもしてるのか？」

犬と言った瞬間聞こえてきた低い唸《うな》り声に、口端を引きつらせ言い直す。ここに来てから連続で起きている非現実的な出来事に、そろそろ夢だと思いたくなってきたが、常識を手放したくなくて原因を探ろうとする。

「腹話術？　えっと、俺できないよ。ほら」

唇を閉じた葉月が、もごもごと何かを口の中で言い始める。喋《しゃべ》ろうとする度に閉じた唇が震え、そちらに集中するあまりか、徐々につま先立ちになり始めた。わざとやっているのか判断しようもないが、どちらにせよ葉月が人を騙《だま》すタイプには見えず内心で苦笑する。

『葉月。人間は自分の信じたくないことは、それが現実でも信じないものだ。放っておけ』

だが切り捨てるようなスイの声に緩みそうになった頰を引き締め、悪いが、と目を眇めた。

「可能性の問題だろ。お前が実際に喋ってるか、俺には判断できないんだ」

『幾ら証明しようと、受け止める相手に信じる気がなければ無駄なこと。自分の都合のよいように結論づければよい』

「なんだと」

葉月が喋っているという疑いを完全には捨てていなかったはずなのに、狐相手にむきになってしまった。不意にそれに気づき、一旦頭を冷やすために口を閉ざす。

そういえば、スイの存在で忘れていたが男と話していたのだ。今更のように思い出し視線を向けると、驚愕の表情でこちらを見ていた。

「なんだ？　どうして、あんたそんな……」

「お前、スイが見えるのか？」

「は？」

どういうことだ。眉を顰めれば、葉月が軽く浴衣の袖を引く。

「あのね、スイは俺にしか見えないから……」

「ってことは、あんた、これが見えないのか？」

背後の、伏せて休み始めたスイを指差すと、男は唇を噛《か》むだけで頷きはしなかった。だがその、疑いと悔しさ、そして焦りが入り交じったような顔を見ただけで答えは容易に推測できる。

「和ちゃん、大丈夫。俺はちゃんとここにいるし、スイの結界も壊れてない。だから怪我が治るまででいいから……お願い」

葉月が横をすり抜け、古鷹と男の間に立つ。懇願する声に、しばらくの間目を閉じ沈黙していた男がゆっくりと口を開いた。

「結界は、問題ないんだな」

「うん」

「……――わかった」

長い溜息の後、苦い声で男が了承の言葉を告げる。それにほっと肩の力を抜いた葉月が、こちらを振り返り嬉しそうに笑った。その様子に、古鷹は厄介ごとに自ら足を踏み入れてしまったという後悔とともに、小さく口端を上げて笑みを作った。

「ガーゼと包帯、こっちが痛み止めと解熱剤。薬は、熱が高くなるようなら飲ませてやれ。消毒はしなくていい」

台所で、不本意だとありありと顔に書いた状態で二つの白いビニール袋を差し出した高遠に、葉月はありがとうと笑顔を向ける。

あれから、高遠は一度古鷹を連れて診療所へ戻った。葉月が見様見真似《みようみまね》で消毒しガーゼと包帯で押さえていた左腕の傷口を診て、縫った方が早いと判断したためだ。診療所に戻らなければ縫合はできない。そう言って、足を怪我した古鷹を診療所まで引き摺っていった。

ひどく捻《ひね》ったのか、古鷹の足首は腫れ上がっており随分歩きづらそうだった。高遠の肩を借りて歩く古鷹に、スイに連れていって貰ったらどうかと提案してはみたが、それは二人に却下されてしまった。

『大丈夫だよ』

しょんぼりした葉月に、そう言った古鷹は笑って頭を撫《な》でてくれた。

ついては行けない葉月が心配そうに見送っていると、高遠が溜息をついて治療が終わったら必ず連れてくると約束してくれた。高遠は、守れない約束はしない。それを知っているから、葉月はその言葉に安堵し、素直に頷いて待っていたのだ。

色々と文句は言っていても、きちんと古鷹の傷を手当てした上でこうやって薬も持ってきてくれる。高遠は、昔から葉月にとって優しい兄のような存在だった。

「ごめんね、和ちゃん」

袋を受け取り、幾度目かわからない謝罪を繰り返す。葉月の我《わ》が儘《まま》を許し古鷹の存在を見逃すということは、高遠も同罪になるということだ。本家に知られれば叱責《しっせき》は免れないだろう。

「謝るくらいなら、明日にでもあいつを追い出してくれ」

「……──」

尖った声に、ごめんなさい、と言いかけて口を噤《つぐ》む。自然と耳が伏せ、尻尾もだらりと下がってしまう。しばらくの間沈黙が流れ、はあ、と大きな溜息が頭上から聞こえてきた。

「あいつには必要以上に近づくな。あの怪我だったら当分は何もできやしないだろうが、何者かわからない以上、気を許すな」

何かあれば足の怪我を狙え。念を押すように告げる高遠に、大丈夫だよ、という言葉を飲み込んだまま苦笑する。

「それから、くれぐれも余計なことは喋るなよ。写真も撮らせるな。フリーライターなんかに知られたら、何を書かれるかわかったもんじゃない」

「大丈夫。ちゃんと、迷惑かけないようにするから。それより、ご飯食べようよ」

もうとっくに夕食の時間は過ぎている。古鷹も、早く食べて休んだ方がいいだろう。渡された袋を一旦台所に置くと、高遠の背を居間に向けてぐいぐいと押した。

「わかったよ。ああ、それと。あいつがいる間、夜はこっちに泊まるからな」

「え？　あ、うん。わかった。でもここに来てて大丈夫？」

夜に急患があった場合も呼び出されることを知っているため問えば、どうにかするから心配するなと軽く頭を叩《たた》かれる。どのみち、一日置きくらいで葉月が作った昼食や夕食を食べに来ているため、手間はたいして変わらないと肩を竦めた。

「電話を持たせてやればいいんだが……」

「持っても使わないし。それに、俺にはスイがいるから」

葉月に関しては、本家との間で厳しい決まりごとがあるのだ。色々と制限はあるものの、欲しいものは与えて貰っているし、約束を守りさえすればここで平穏に暮らしていくことができる。何より一人ではないのだからと告げれば、高遠がふっと小さく息をついた。

「……ああ、そうだな」

食事の後、一度、着替えを取りに家に戻ってくる。そう言って居間の方へ向かう高遠の背を見送り、傍《かたわ》らに姿を現したスイの身体を撫でた。

「古鷹さん、悪い人じゃないよ」

『どうしてそう思う』

真っ直ぐにこちらを見つめてくるスイの目を見返し、なんでだろう、と首を傾げた。視線の先にある目が細められ、スイが呆《あき》れているのが伝わってくる。

「わかんない。でも、近くにいると安心するっていうか……」

自分でも不思議なほど古鷹に対して警戒心が持てない。それをどう説明すればいいのかと思案していると、今はいい、とスイが動いた。

『答えが出たら、言え』

声を残してスイが姿を消し、うん、と小さく呟く。

(ああ……目、かなあ)

真っ直ぐにこちらを見る、あの灰青色の瞳。葉月を見て驚いてはいても、異形《いぎょう》の者に対する恐怖や畏怖《いふ》、憐憫《れんびん》といったものを感じなかった。実のところ、そんな存在はこれまでスイだけだったのだ。今は弟のように可愛がってくれている高遠ですら、初めて会った時は、瞳の奥に怯えを隠していた。

(でも、それだけじゃない気がするけど)

自分の中にある感覚が明確な形にはならず首を傾げる。しばし逡巡《しゅんじゅん》した後、まあいいかと考えることを放棄した。一緒にいれば、そのうちわかるだろう。

「それより。ご飯、ご飯」

二人を待たせていることを思い出し慌ててガス台に向かうと、温め直すだけになっていた料理に火を入れた。

どことなく重い雰囲気の中、三人での食事を終えると、高遠は「また後で来る」と言い診療所に戻っていった。食事中は聞くことができなかったが、古鷹があまり食べなかったことが気になり、葉月は古鷹が使っている客間を覗いた。客間といっても、居間として使っている部屋の隣で、障子で仕切ってあるだけだ。

「えっと。入っていいですか?」

少しだけ障子を開けて問うと、どうぞと声が返ってくる。中に入ると、古鷹が布団の上に座って何かを眺めていた。葉月が傍らに近づくと、手に持っていたものを枕元に置いてこちらに身体を向ける。どうやら、倒れていた時に古鷹の傍《そば》に落ちていたカメラを見ていたらしい。

布団の横に正座し、持ってきたお盆を枕元に置く。水差しとグラスが乗ったそれに、ありがとうと古鷹の目が優しく細められる。

「夕飯、あんまり入らなかったみたいだったから。果物とかなら食べられますか? リンゴなら、すぐ剝《む》けるから」

「ああ……折角作ってくれたのに、残して悪かったな」

申し訳なさそうに言われ、急いで首を横に振る。今日の献立は鍋焼きうどんだったのだが、古鷹が来た時には準備をすませていたため、好き嫌いも聞かずそのまま作ってしまった。味の好みなどもあるだろうから、残されても仕方がないと思っていたのだ。

「お腹、空《す》いてないですか?」

「いや。怪我のせいで、ちょっと食欲がなかっただけだ。料理は美味《おい》しかったよ」

その言葉に安堵し、だがすぐに、高遠から貰った薬のことを思い出した。解熱剤。ということは、怪我のせいで熱が出る可能性があるということだ。うっかり抜け落ちていた事実に慌て、古鷹の額に掌《てのひら》を当てる。

「おい?」

突然の行動に戸惑った声を上げた古鷹をそのままに、掌に感じる熱に眉を顰めた。さっきまで水仕事をしていたせいもあるかもしれないが、伝わってくる体温がはっきりわかるほど高い。これは、確実に熱がある。

「熱、熱がある。寝てないと!」

「そうか? あー、確かにまあ、多少だるいか」

葉月の指摘に、そういえば、とのんきに首を傾げた古鷹の肩を両手で押す。だが、かなりの身長差も体格差もある相手はびくともせず、恨みがましげに唸りながら見上げると、逆に

「どうした？」と不思議そうに聞かれる始末だった。

「熱がある時は寝るの！　俺、薬持ってくるから！」

ぎっと勢いのまま睨みつけるようにして言えば、驚いたように目を見張った古鷹が、口元に拳を当てて横を向いて笑い始める。どうして笑うのかわからず、だが咎《とが》めるように睨む瞳に力をこめると、わかったからと目にうっすらと涙を浮かべながら布団に身体を横たえた。

「なあ、聞いていいか？」

薬を取りに行くため立ち上がろうとした葉月を、古鷹が呼び止める。再びぺたんと布団の脇に座ると、古鷹の視線が葉月の頭に向けられた。

「お前の耳と尻尾。それ、本物か？」

向けられた疑問に、ああ、と少し落胆する。古鷹は、この姿を何かの遊びと捉えていたのかもしれない。だから、驚いただけだったのだ。

(これが本物だって知ったら、怖がられるかな)

寂しく思いつつ、うん、と頷いた。

「本物だよ。生まれた時からあるし。触ってみる？」

そう言って頭を近づけると、再び上半身を起こした古鷹が、耳に触れてくる。優しい手つきで耳のつけ根を撫でられ、髪をかき分けられると、くすぐったさと同時にぞくりと身体に震えが走った。気持ち悪いわけではない。逆に、気持ちいいのに身を竦めたくなるその感触に、葉月は堪えきれず古鷹の手から逃れるように頭を上げた。

「ね？」

古鷹の手を避けたと思われなかっただろうか。どきどきしながら問うと、葉月の耳に注意がいっていた古鷹は、気づかなかったように「ああ」と自分の手を見つめた。

「確かに、本物……みたいだな」

耳のつけ根が皮膚と一体化しているのを確認し、ようやく本物だと理解したのか、茫然と葉月を見つめてくる。だが、やはりそこには驚きしかなく、葉月はあれと首を傾げた。

「えっと、怖くない？」

「は？」

「みんなと違うし……」

膝《ひざ》の上で拳を握ると、小さく目を見開いた古鷹がふっと笑う。目を細めたその表情は、優しさと同時に甘さを感じさせるもので、葉月の心臓がどくりと鳴った。

「別に。それに、お前を怖がれって言われてもなあ……まさか、スイかお前が人間食ったりするのか？」

「食べ……っ、そんなことしないよ！　お腹壊すよ！」

思わず言ったそれに、古鷹が目を見張り再び爆笑し始める。

「そうだな。なら、俺にお前を怖がる理由はない。元があれだと微妙だが、似合ってるからいいんじゃないか？」

「似合ってる？」

そんなことを言われたのは初めてで、思わず自分の背後を見る。いつの間にか畳の上で緩く揺れていた尻尾を、意識して振ってみた。

「お前の家族には、他にもそんな姿のやつがいるのか？」

問われたそれに、すぐにかぶりを振る。高遠から余計なことは言うなと言われていることを思い出したが、このくらいはたいしたことではないだろうと続けた。

「一人だけ。他のみんなは、普通だよ」

「それで、一人でここに押し込められてるのか」

「狐憑《きつねつ》……じゃなくて、俺みたいな姿だと外の方が大変だからって。ここは、昔からずっとスイが護ってくれてる場所だから。ここに住むのが一番いいんだよ」

「……そんなものをつけられてもか？」

ふと視線を下げた古鷹が、先ほどまでの笑みを消して眉を顰める。その先にあるのは、葉月の足首につけられた足枷だ。幼い頃からつけられているそれを、面倒だと思ったことは確かにあるが、すでに自分の一部のようなものでもあった。古鷹の表情が曇ったことに眉を下げ、足枷を視界から隠すように浴衣の裾《すそ》を引っ張る。

「それ、親がつけたのか？」

再びの問いに、しばらく躊躇《ためら》った後、こくりと頷いた。厳しい声が葉月の父親を責めているようで、少しだけ悲しくなる。父親のことは嫌いではない。厳しい人ではあるし、会いに来てくれることはないけれど、高遠を通して頼みごとをしたらできる範囲で望みを叶《かな》えてくれる。高遠も、本当は優しい人だと言っていた。

「でも、別に嫌じゃないよ。これは仕方がないことだし、俺も、みんなも安心できるから。だから、その……」

悲しそうな瞳を向けられるのは苦手だった。明るく過ごしていることが、間違っているような気がしてくるのだ。そんな気持ちを言葉にできずにいると、不意に頭の上に掌が乗せられた。

「わかった。悪かったな、会ったばっかりで色々詮索して」

「え、あ、ううん。あの、俺も古鷹さんのこと、色々聞いてもいい？」

「別にそれは構わないが、お前みたいなびっくり話はないぞ」

「大丈夫！　和ちゃんとか親戚の人以外と話すの初めてだし、きっとびっくりするから」

明るく言えば、古鷹がそれは宣言することじゃないだろうと笑う。

「あ、でも今日は寝てください。薬持ってくるから」

古鷹に熱があることを思い出し、慌てて立ち上がる。もう一度古鷹の両肩を押して横たわらせると、踵を返した。

ずっと変わることのなかった日常に、不意に訪れた変化。だからだろうか。高揚した気分のまま、葉月は自然と浮かんでくる笑みに頬を緩ませた。

居間に置かれた、昔ながらの卓袱台《ちゃぶだい》。茶色を基調にした純和風の雰囲気だが、卓袱台の上は完全に洋風だ。

(美味《うま》そうだが、こうして見るとやっぱり和食ってイメージだよな)

ファインダー越しに見た光景に、思わず古鷹は苦笑を浮かべた。

ご飯や味噌汁、焼き魚などが乗っていそうな卓袱台の上には、ランチョンマットが敷かれ茶碗《ちゃわん》ではなくパスタ皿が置かれていた。その横には、銀色のフォークとスプーンが並べられている。

サラダボールに盛りつけられた新鮮な野菜のシーザーサラダに、半熟卵を乗せたカルボナーラ。手作りらしい、焼きたての香ばしい匂いをさせたロールパン。湯気の立つ大きめのマグカップに入っているのは、何かのスープだろう。お洒落《しゃれ》なカフェのランチメニューさながらのそれは、見た目も味も申し分ない。

最初に見た時はあまりの違和感に啞然《あぜん》としてしまったが、どうやら葉月は料理が趣味らしく、台所には、以前頼んで買って貰ったというホームベーカリーを始め様々な調理器具が並んでいた。

「古鷹さん、あったかいうちに食べよ……ましょう」

言いにくそうに言葉尻を直しながら、葉月が卓袱台の上に皿を並べ終え声をかけてくる。縁側でカメラを片手に居間の様子を眺めていた古鷹は苦笑した。

「普通に喋っていいって言ってるだろ。つっかえながらじゃこっちも喋りづらい」

よ、と右足に力を入れないように立ち上がる。片手杖で身体を支えながら、畳の上を歩いて行く。最初は畳を傷つけてしまいそうで躊躇いがあったが、葉月は気にしなくていいのにと笑った。この家には山の動物たちが常時出入りしているらしく、爪《つめ》を立てた跡などがそこかしこにある。葉月が引き摺っている鎖もあちこちに当たっており、今更変わらないと言われ、遠慮なく杖を使わせて貰うようになった。

「和ちゃんに怒られる、ます」

初日はくだけていた口調が、翌日から今のような言いにくそうなものに変わっていた。古鷹が薬を飲んで寝た頃に再び訪れた高遠から、あまり親しくするなと言い含められたのだろう。それが、葉月の中で馴《な》れ馴《な》れしくしないようにと変換されているのだ。

舌を噛みそうになりながらのそれに、もうひと押しと続ける。

「最初は普通に喋ってただろ。高遠に怒られたら、俺が無理矢理そうさせたんだから、文句はこっちに言えって言えばいい」

「うー」

悩むように言葉を詰まらせた葉月をそのままに、卓袱台まで移動する。向かい合わせに置かれた座布団の片方に脚を伸ばしたまま腰を下ろし、お盆を抱えて立っている葉月に正面を指差す。

「ほら、座れ。折角のパスタが冷めたら台無しだ」

「あ、はい！　じゃあ、いただきます」

古鷹の正面に座った葉月とともに手を合わせると、早速皿の横に並べられたフォークを手にパスタを口に運んだ。温かなそれは茹《ゆ》で具合もちょうどよく、チーズの塩気と半熟卵の甘みがほどよく絡んで食欲をそそった。ともすればくどくなりすぎるソースも、ブラックペッパーの辛みがアクセントになっていた。

「美味いな」

「よかった」

いつものように食べながらそう告げると、葉月が嬉しそうに笑う。

「ここのお店のチーズ、前に和ちゃんが東京に行った時にお土産《みやげ》に買ってきてくれたのがすごく美味しくて。たまに買ってるん、です」

今日使っている、パルミジャーノ・レッジャーノやペコリーノ・ロマーノといった定番チーズはもちろん、珍しい種類の物を見つけると買ってみているのだという。種類が同じなら味も同じだろう程度の興味しかなかったが、葉月に言わせれば違うらしい。

「へえ。つうか、それはやっぱりネット通販か」

「ん？　じゃないと、買えないし」

やはり喋りにくかったのだろう。話し方が戻り始めた葉月が、きょとんとフォークを咥える。当然のように返ってきた肯定に、これだけはどうにも違和感が拭えないと苦笑した。

昨日の夜、夕飯の支度《したく》中に水を飲みに行った際、山奥にあるこの場所では手に入れにくいはずの食材や調味料などを見つけたのだ。気になって聞いたところ、葉月がいそいそと持ってきたのが一台のノートパソコンだった。

『これで注文すると、和ちゃんのところに届けて貰えるんだ』

『……ネット通販かよ』

小説に出てくるあやかしのような姿の青年が、これまた昔ながらの日本家屋で文明の利器を使いこなしている様子は、シュール以外の何物でもない。

足の怪我が治るまでこの家に滞在することになってから、三日が過ぎた。

幸い、ここは古鷹の日指していた雪沢村の外れにあるらしかった。四方が山に囲まれた村の、さらに山を分け入った場所のため、三十分ほど歩かねば人家のある場所まで辿り着けないらしいが、近くには違いない。

そして、その間に目にした光景はどれも現実味に欠けており、全て夢だと言われた方が納得できるようなものばかりだった。

最たるものは、目の前の葉月の姿だろう。

さらりとした黒髪の合間、そして尾てい骨の辺りから、その存在を主張している狐の耳と尻尾。琥珀色の毛皮に覆われたそれは葉月の感情を表すかのようによく動き、触れれば柔らかな手触りと温かな体温が伝わってくる。

最初は、随分精巧なおもちゃをつけていると思っていた。だが、どこをどう見てもそれらは葉月の身体から生えており、結果、そういうものなのだという現実を受け入れざるを得なかった。

ここ数日、寝ている間の話し相手となっていた葉月が、古鷹の質問に答える形で自分のことを幾つか話してくれた。

葉月の家では、親戚を含めた中で、たった一人だけ葉月のような姿の者が生まれること。二人目はなく、だが、その一人がいなくなると再び生まれる。ただ、姿が変わっているだけで後は普通の人間と同じらしく、特別な力などはないそうだ。

他には、ここが代々、葉月のような姿をした者達のために準備された家であること。そして、護り手だと言われている天狐の存在。

ちらりと横目で見た先には、縁側近くでのんびりと惰眠を貪っている巨大な狐がいる。日当たりのいい場所で、気持ちよさそうに目を閉じていた。

『あの狐は、ずっと一緒にいるのか？』

『うん。スイは俺の家族なんだ』

スイはこれまで葉月にしか見えていなかったらしい。といっても、古鷹にも見えているためそう言われてもぴんとこないのだが、ここで目覚めた時に居合わせた高遠によれば、それは本当のようだった。

（現実離れしすぎて……狐に化かされてるって気しかしないが）

昔話じゃあるまいし、この現代日本でそんなことがあってたまるかと思う一方、目の前の否定しようのない存在達が、古鷹の現実や常識という言葉そのものを揺るがしていた。

もっと焦ったり驚いたり否定したりできれば楽だったろう。だが、葉月のあっけらかんとした様子に毒気を抜かれタイミングを逸してしまったのだ。

「古鷹さん、足と腕、大丈夫？　痛くない？」

「ああ、おかげさんで。痛み止めも貰ってるしな」

「よかった。でも、無理はしないでゆっくり治してくださいね。夜になったら、和ちゃんがまた薬と包帯持ってきてくれるから」

にこにこと笑う葉月に、ありがとうと微笑む。

あの高遠という男の実家はこの村唯一の診療所で、現在は父親が切り盛りしているそうだ。

高遠自身は、ここから車で一時間ほど離れた市街地の病院に通勤していたが、数ヶ月前に父親の身体に病気が見つかり手術と治療が必要ということで一時的に診療所に戻ることになったという。

高遠の診察を受けたところ、幸い骨に異常はなかったが右足の捻挫《ねんざ》がかなりひどかった。後は、運悪く落ちていた金具か何かに引っかけた左腕の傷が思ったより広範囲で、葉月が止血してくれていたそこを数針縫われた。他にあちこち打ち身や擦《す》り傷があったものの、そちらは一週間もすれば痛みも引くだろうとのことだった。

パスタを食べ終え、葉月が入れた食後のコーヒーを飲んでいると、頭上から馬鹿にしきった声が落ちてくる。

『ふん、山道を転げ落ちたくらいでそのザマとは、随分と貧弱なことだ』

「スイ！」

そんなこと言っちゃ駄目だよと慌てる葉月から視線を外し、葉月の背後に座ったスイを睨む。この規格外の大きさの狐は、姿を消すのも現すのも自在らしく、突如姿を現しては古鷹に皮肉を投げてくる。ただ、常時姿を消しているのも力を使うのだと言い、大抵は日当たりのいい場所で猫よろしく丸くなっていた。

「あいにく、普段から山道駆け回ってる犬っころとは違うんでな」

『誰が犬だ』

「え、ちょ、古鷹さん……」

ぐるる、と威嚇《いかく》する声に、葉月がおろおろとスイと古鷹を交互に見遣《みや》る。やがて、ふんと同時に鼻を鳴らし互いに視線を外すと、葉月の表情がぽかんとしたものに変わった。小さな笑い声が家の中に響く。

「二人とも、そっくり」

あははとやがて大きくなっていく笑い声に、なんとも言えず古鷹は口を噤んだ。表情はわからないものの、スイも不満気にぱたりと尻尾を振り葉月の背後に伏せる。

「そういえば。今朝、和ちゃんに渡してたのはなんの鍵?」

食べ終わった皿を片付けながら聞いてきた葉月に、ああ、と手伝いがてら皿を手渡しながら答える。

「車だよ。ここに来る途中で停めたままになってたからな。怪我が治ってから取りに行こうかと思ってたが、撤去されても困るから頼んだんだ。大事なものも積みっぱなしだし」

聞けば、古鷹が転落し車を置き去りにした場所からここまではそう遠くなかった。高遠も車があれば早く追い出せると踏んだのだろう、面倒だという態度を隠しはしなかったが引き受けてくれた。

「車……あの走るやつ、古鷹さんも乗れるの?」

興味津々に聞いてくるそれに、葉月の背後を見れば、尻尾がぱたぱたと揺れている。乗ったことがないのか、と聞こうとして、すんでのところでその言葉を飲み込んだ。葉月が足を動かす度に響いてくるジャラリという金属音。この数日で耳慣れ、ある程度聞き流していたそれが、葉月の置かれた境遇を否応なく思い出させた。

足枷は、葉月自身で外すことはできず、鍵は高遠と別の場所に住んでいる父親が管理しているそうだ。高遠に幾らなんでもあれはやりすぎだろうと言えば、何も知らないくせにと言いたげな一瞥《いちべつ》が返ってきただけだった。

「ああ。興味あるのか？」

「うん！　いつか乗ってみたいなあって」

「じゃあ、そのうち乗せてやる」

テーブル越しに手を伸ばし、柔らかな耳ごとぐりぐりと頭を撫でてやる。くすぐったそうに古鷹の手を受け入れていた葉月が、ありがとうと屈託なく笑う。

「あ、でも。スイも速いんだよ。山からここまですぐに着いちゃうんだ」

背後に座るスイに寄りかかり、頬を寄せる。葉月の耳や尻尾とはまた異なる、白銀の毛皮を纏った身体は随分と触り心地がよさそうだと思うが、いかんせんあの性格だ。触らせてくれとは意地でも言いたくない。

「さて、じゃあ片付けてくるね。古鷹さんは寝ててください」

「さすがにこれ以上寝てると溶けちまいそうだからな。縁側にいるよ」

「はーい」

軽い足音とともに皿を下げに行く葉月の背中を見送り、さて、と横に置いた杖を取る。卓袱台に手をつき左足で立ち上がると、隣の部屋に敷かれた布団に向かい、枕元のスマートフォンとカメラをまとめて手に取った。縁側に行くと、庭を眺められる位置で腰を下ろす。

この家は、スイによるなにがしかの力――結界と呼んでいるそれ――で、外からは見えないし立ち入れないようになっているらしい。例外は、高遠を含む身内数人だけだという。そこには明確な基準があるらしいが、血筋ということ以外葉月も知らないようだった。

『古鷹さん、どうして入れたんだろう?』

本来、古鷹はここに足を踏み入れることすらできないはずなのに。不思議そうにそう聞かれても、むしろこちらが聞きたいくらいだった。

『自分の身が可愛かったら、余計なことには首を突っ込むな。あいつのことを話しても、外から見えない以上、お前の頭が疑われて終わりだ』

芋づる式に、初日に病院で高遠に釘を刺されたそれも思い出し、眉間に皺を刻む。

「余計なこと、ねえ」

手遊びに、カメラを撫でる。

古鷹の肩書きはフリーライターだ。幾つかの出版社と契約し、様々なジャンルの記事を書いて生計を立てている。この現実離れした環境は、いいネタになるかもしれない。だが、どちらかといえば突飛すぎて、小説のネタにでもしろと言われて終わりだろう。葉月を人目にさらして存在を証明すれば、話は変わってくるかもしれないが。

（あの子供にそれをするのは、さすがになあ）

この仕事で名声を得たいという野心はない。日々の暮らしのために仕事ができればそれでよかった。場合によっては、自分の仕事で不幸になる人間がいるという自覚はあるが、それはあくまでそれなりの地位を手にしている人間に対してだ。ただひっそりと暮らしているだけの青年を、わざわざ売るような真似はしたくなかった。

（えらく懐かれてるっぽいしな）

どうしてか、葉月は初対面から古鷹に対して警戒心を見せる様子がない。むしろ、必要以上に懐いているといってもいいだろう。

普通は、あんなふうに事情を抱えた状態で見ず知らずの男を家に引き入れて看病するなどあり得ない。偶然見つけたのなら、高遠に言えばすむことだ。

「一体何を考えてんだか」

ぼやきながら、カメラを顔の前にかざす。電源ボタンを押すが、カメラは黒い画面を写したままなんの反応も返さない。壊れたか、充電が切れたか。ここへ来る前にフル充電していたため、転がり落ちた時に泥で濡《ぬ》れて壊れた可能性が高い。

そのまま、ちらりと横に置いたスマートフォンに視線を移す。こちらはジャケットのポケットに入れていたのと、生活防水のため無事だったが、元々充電残量が少なかったのもあって今は完全に沈黙している。車にはスマートフォンやカメラの充電器を置いているため、必要になれば充電すればいいだろう。

（ネットはあるのに、電話は繋がってない。メールも禁止、か）

パソコンでネット通販をしているため、こんな監禁状態でも外部との接触には困っていないのかと思いきや、外に対して連絡を取ることは一切禁止されているそうだ。固定電話がないのはもちろん、携帯電話の類も持っていない。

メールやSNSなどはしないのかと聞けば、SNSは存在そのものを知らなかったが、メールだけは知っており「これ貰った時に、それはしないって約束してるから」という答えが返ってきた。ネット通販のメールはどうしているのかと問えば、高遠が登録して使わせているためそちらに送られるらしい。

連絡手段の封鎖は葉月の存在を隠すためだろうが、ネットを使わせている辺りが半端だ。もしくは、葉月が言いつけを守るという何かしらの自信があるのかもしれない。

足枷はまごうことなき虐待だが、葉月の存在を隠す気持ちがわからないわけではない。むしろあの姿なら、その方が幸せなこともある。

だがこの環境自体よりも、自身が置かれた境遇に疑問を抱く様子も反発する様子もなく従順に従う葉月の方が、素直で明るい分どこかいびつな気がした。

ふと視線を戻せば、カメラの向こう側、庭先にある葉の落ちた木に小鳥が止まった。青みがかった灰色の背を持つそれは、ゴジュウカラだろう。幹に止まり、何かを探すように動き回っている。

カメラを床に置きぼんやりと鳥を眺めていると、隣にかたりとお盆が置かれる。ちらりと見れば、二人分の湯呑みには温かなお茶が注がれていた。

「上、着ないと。風邪《かぜ》ひくよ」

「ああ、悪い。ありがとう」

はい、と肩にかけられたのは男物の羽織だ。暖かな日差しが降り注いでいるとはいえ、山村ということもあり気温はかなり低い。ありがたく羽織らせて貰い、そういえば、と隣に座った葉月を見た。ここに来てからずっと同じサイズの浴衣を借りている。この羽織もそうだが、高遠が泊まっていくことがあるにしても、随分と何枚も用意しているものだと思ったのだ。

「借りてる浴衣は、高遠のか？　何枚かあるようだが」

「うん。うーん？」

一度頷いた葉月は、すぐに疑問系に変えて首を傾げる。なんだそれは、と苦笑すると、確かに和ちゃんも着たことあるけど、と付け加えた。

「家が近いから、普段ここに泊まってくことはないよ？　古鷹さん来てから泊まりに来てるけど、そんなの初めてだし」

それに、和ちゃん浴衣なんか面倒がって着ないから。そう言われ、葉月の言葉通り、高遠は古鷹がここに滞在することが決まった直後に自身の着替えを数枚持ってきていたことを思い出す。高遠が泊まるようになったのは、確実に古鷹が原因だ。葉月に危険が及ばぬよう監視しているつもりなのだろう。

『葉月に何かしてみろ。あいつに何かあれば、スイが必ずお前を排除するはずだ』

似たような前例が、ないわけじゃない。脅すようにそう告げてきた高遠に、だが古鷹はへえとそっけない返事をしただけだった。現実感がないといえばそうなんだろう。だが不思議と、葉月や白銀の狐が怯えなければならないような存在だとは思えなかった。

(スイに限って言えば、性格はひん曲がってるが)

「じゃあ他に誰か着てたのか、これ」

浴衣の袂《たもと》を腕にかけて示してみせると、首を傾げていた葉月は、ううん、と予想に反しかぶりを振った。

「着て貰ったの、初めて。縫う時にサイズ測れるのが和ちゃんだけだったから」

「お前が縫ったのか?」

売っていたものだと思っていただけに綺麗に仕立てられているそれに驚く。そういえば、料理の腕も相当なものだ。元来、手先が器用なのだろう。

「うん。自分の分も縫えた方が便利だし。多恵《たえ》おばちゃん……和ちゃんのお母さんに習ったの」

「高遠の母親も、ここに来てるのか？」

「時々来るよ。おじさんは外から来た人だから駄目だけど、おばちゃんは高遠の人だから。和ちゃんが来るようになる前は、ずっとおばちゃんが来てた」

ようするに、役目を引き継いでいるか何かで、今は高遠が、それ以前は高遠の母親が葉月の面倒を見ていたのだ。

よくわからないしきたりだが、葉月の話を鵜呑《うの》みにすればそういうことになる。

「だから、着て貰えて嬉しい。ずっと仕舞ってたから」

にこにこと嬉しそうにする葉月に、穿《うが》った見方をしようとした端から毒気を抜かれる。ここに来てからずっとこんな調子だ。不可思議な状況に置かれているというのに、存外平静なのも、葉月ののんきさが原因だろう。

「あ！　お茶、飲んで飲んで。温《ぬる》くなっちゃった」

慌ててお盆を古鷹の方に押し出す葉月に、苦笑しながら湯呑みを手に取った。のんびり庭を眺めながら口に運ぶと、ほうじ茶のほっとするような優しい香りが鼻腔《びこう》をくすぐる。

家事を一通り終わらせると、葉月はよくこうして古鷹の隣で過ごそうとする。怪我をしている古鷹の面倒を見ているつもりなのか、はたまた誰かの傍にいるのが好きなのか。二人で喋っていることもあるし、何を話すでもなく庭を眺めていることも、昼寝していることもある。普段は何をしてるんだと問えば、家事をしたり色々作ったりしてる、という答えが返ってきた。

ふんふんと鼻歌を歌い始めた葉月が、古鷹がいる方とは反対側に置いていた風呂敷包みを膝の上に置く。包んでいる大判の布を広げれば、片手分ほどの平板と目の粗い紙やすりが並べられている。木の表面には、庭の木に止まった鳥が描かれていた。

「彫刻？　それ、お前が彫ってるのか？」

「そうだよ。ほら」

白木のままのそれを、こちらに向けて見せる。木肌に施された彫刻は、まだ彫りっぱなしではあるものの精緻で奥行きもある。

彫り方はよく知らないが、板の表面自体はそのままで輪郭線がより深く彫り込まれているため、模様が浮き上がって見える。小鳥が今にも羽ばたきそうなそれに、たいしたものだと感嘆した。

「へえ、上手《うま》いもんだ」

正直な感想を告げれば、目を見張った葉月が、次の瞬間には嬉しさ全開の笑顔になる。えへへ、と照れた表情に変わり、その可愛らしさに自然と笑みが浮かんだ。

普段、腹の探り合いのような仕事をしているだけに、裏表なく真っ正面からこちらと向き合ってくる葉月の存在は新鮮だった。親戚に葉月と同じくらいの年齢の従弟《いとこ》などもいるが、ある意味親の教育が行き届いているというか、この容姿で親戚中でも浮いている古鷹に近づかないよう言い含められているのを忠実に守っていた。場合によっては、親が話している侮蔑の言葉を、深く考えないままこちらに向けてくることもある。もちろん、その場合はそれ相応の皮肉を親に対して返したが。

そうして、楽しげに表面を紙やすりで磨き始めた葉月に、ふと思いついた言葉を告げた。

「それ、誰かにやる予定があるのか？」

「ううん」

「じゃあ、出来上がったら貰えないか？」

「え！」

声を上げると同時に、驚いたように耳が立ち上がる。

「そこまで驚くことか」

「だってそんなこと誰にも言われたことないし。えっと、これでいいの？　他にもあるし……あ、あ、でも好きな動物がいたら別の彫るから！」

やすりと彫りかけの板を握りしめたまま訴えてくる。紙やすりで指を擦《こす》れば傷になってしまう。まずは紙やすりを置けと指差し、大人しく膝の上に置くのを見届けると、今彫っているそれでいいよと笑う。

「鳥、好きだしな。子供の頃、飼ってた。今、それ彫ってるのも何かの縁だろ」

縁、と呟いて掌の鳥に視線を落とす。大事そうにそれを撫でると、ぱたぱたと落ち着きのない様子で尻尾が揺れ始めた。

「なんだ、どうした？」

せわしなく動くそれを、こちら側に来たタイミングでなんとなく手で押さえてみる。と、尻尾は反対側に行こうとする勢いのまま手の中をするりと滑り抜けていく。

「ひゃ……っ！」

妙な声とともに背筋を伸ばした葉月が、慌てて尻尾を抱えて上目遣いでこちらを見る。力は入れていないはずだが触ったのがまずかったか。わずかに赤らんだ頬と涙目になっているその表情に、なぜかどきりとしつつ狼狽《うろた》えた。

「わ、悪い」

「だ、大丈夫、びっくりしただけ。あ、俺、夕飯の準備してきます！」

居たたまれなくなったように、葉月が立ち上がる。どう考えても早い夕食の準備を止めようとしたが、止める間もなく荷物を一抱えにして走り去っていく。声をかけようと上げた手をそのままに、呆気《あっけ》に取られてその姿を見送る。

「……はええよ。さっき昼飯食ったばっかりだろ」

そして向ける先のなくなった言葉だけが、静かな部屋の中に虚しく響いた。

傍にいると、落ち着かない。怖い。けれど傍に行きたい。

赤くなった頬を、頭を振って冷やしながら、葉月はどきどきと高鳴る鼓動に困惑した。

（なんだろう、なんだろう、なんだろう）

同じ問いを繰り返し、台所の壁に背をつけて座り込む。フローリングの冷たさが着物の生地を通して伝わり、体温を少しだけ下げてくれるような気がした。膝の上に、持っていた包みを置く。そっと広げると、彫りかけの鳥が顔を覗かせた。

「……へへ」

にへらと頬を緩ませ、鳥を指先で撫でる。彫った場所をなぞり、上手いなって、ちょうだいって言われたよ、とまだ出来上がっていない鳥に向かって話しかけた。

最初に彫物を始めたのはいつだったたか。数年前、高遠が持ってきてくれた雑誌の中に、とても綺麗な木彫りの写真が載っていたのだ。以前から絵を描くのが好きで、スケッチブックに色々と描いていたそれをこんなふうに立体的にできたら素敵だな。そう思ったのが始まりだった。

高遠に頼み、彫刻刀と参考になるような本、そして木材を手に入れて貰った。それから何度も失敗を繰り返し、少しずつどうやって彫ったら思ったような形になるかわかってきたのだ。

今は肉合い彫りという板の表面と同じ高さで模様が浮き上がるような形で作っているが、板の地部分を彫り下げて模様がより立体的になる彫り方や、丸彫りという立体そのものを彫る彫り方もある。もっと色んな道具が必要なものは手に余るため作れないが、欄干《らんかん》などにも使われている透かし彫りなども、いつかやってみたいと思っていた。

高遠は上手いなと褒めてくれているが、基本的に葉月が何をやってもそう言ってくれるため、本当のところ出来がどうかなどわからなかった。

けれど、古鷹が上手いと——欲しいと言ってくれた時、これまでになかった嬉しさを感じた。人に見せるために作っていたわけではない。自分が楽しいからやっていたことだが、誰かに自分が作ったものを褒めて貰えてこれほど嬉しかったのは初めてだ。

（和ちゃんの時と何が違うんだろう）

考えてみるが、よくわからない。それでも確かに、古鷹がくれる言葉は今までになかった感情を葉月にもたらした。

ほとんど会う機会のない身内以外の人間だからだろうか。それとも古鷹だからだろうか。平板を抱き締めながら、先ほどまで見ていた古鷹の顔を思い出す。

それに、彫ったものを人に欲しいと言われたのも初めてだった。上手くできたものは少しの間手元に置いているが、基本的には残しておらず、大抵は薪《たきぎ》などにして燃やしてしまっている。取っておいても、いずれ自分がここからいなくなった時に全て処分されてしまう。ならばせめて、自分の手で燃やしておきたかった。

「うひゃ！」

「葉月？」

がらりと真横にあるガラス張りの引き戸が開き、声がかけられる。びくりと肩が跳ね、同時に耳がぴんと立ち上がるのがわかった。慌てて仰《あお》ぎ見れば、不思議そうな顔で見下ろしている高遠が立っていた。

「なんだ、和ちゃんか。珍しいね、お昼に。どうしたの？」

「なんだとは随分だな。あの野郎の車を運んできたんだよ。ったく、なんで俺がこんなことを……。にしても、お前こそどうした。なんでこんなところで座り込んで……まさかあいつに何かされたのか？」

眉間に刻まれた皺を見て、違うよ、と勢いよく首を横に振った。

「これ、褒めて貰ったの」

言いながら、抱き締めていた木彫りを見せる。それでも不審そうな表情を崩さない高遠に本当だってと言い募る。

「何もなかったならいいが。いいか、あいつにはあまり近づくな」

溜息交じりの声に、大丈夫なのにと思いつつも頷く。でなければ、高遠が納得しないと知っているからだ。

高遠の家は、葉月が生まれた宮藤《みやふじ》家の分家に当たる。

宮藤葉月。それが本来の名前だが、名字を名乗ることは許されていない。それは『狐憑き』として生まれた者の決まりだった。

宮藤家は、この村の大半の土地を所有している一族だ。そしてこの家には、たった一つ、表沙汰《おもてざた》にできない秘密がある。

それが、一族の中に一人だけ生まれる『狐憑き』の存在だった。

同時に複数人存在することはない。けれど必ず宮藤本家、またはより近い家に一人だけ生まれてくる、獣——狐の耳と尻尾を持った、人間。

「にしても、あいつ一体何者なんだ……まさかスイまで……」

引き戸を閉め、高遠が苛立たしげに髪を掻き回す。ぶつぶつと呟きながら、冷蔵庫から作り置きの麦茶を取り出した。立ち上がって食器棚からグラスを取り差し出すと、ありがとうと声が返ってくる。

「でも、古鷹さん嘘ついてなかったでしょう？」

未《いま》だに古鷹に疑いの目を向けている高遠に訴えてみる。

「確かにあいつが言ってた場所に車もあったが、歩こうと思えば歩ける距離だからな」

古鷹に聞いた話では、この村から少し離れた山道から転がり落ちたということだった。そこからこの家までどうやって来たのか、古鷹がわからないという以上確かめようもないが、きっと何か事情があるのだろう。

「ともかく、素性を調べたら確かに仕事はフリーライターらしい。なんの記事書いてるかまではわからなかったが、戻れない事情ってのもその辺だろう。ろくな内容じゃないに決まってる」

「古鷹さんいい人だよ」

不満とともに唇を尖らせた葉月を、高遠がじろりと睨み下ろしてくる。

「お前がどうしてもって言うから怪我が治るまでは黙認するが、治ったらすぐに出ていかせるからな。これが本家にばれてみろ、騒ぎになるぞ」

「……大丈夫だよ。和ちゃん以外、ここに来る人なんていないんだし」

その一言に、高遠が眉を寄せる。が、何も言わないそれに、もう一度大丈夫だと言うように微笑んでみせた。

今現在この家に入れるのは、高遠家の人間以外は葉月の父親、そして叔父《おじ》だけだ。葉月の代になって、先代の狐憑きの時にはこの家に入れた分家の人間は誰一人入れなくなった。古くから残された文献によれば、代々の『狐憑き』によってそれは変化するらしい。

葉月の母親は、葉月を産んで間もなく亡くなった。本家にいる父親も、最後に会ったのはいつだっただろうか。もう、随分昔のことだ。

古鷹の滞在を高遠に頼んだのは、咄嗟《とっさ》のことだった。怪我のこともあったが、それよりもなんとなく離れがたかったのだ。もう少し話してみたい。そう思った。

あれが他の人だったら、同じことをしていただろうか。葉月自身、考えてみてもそれはよくわからなかった。したかもしれないし、しなかったかもしれない。

(あの瞳……)

最初に、気を失っていた古鷹をスイに連れてきて貰って家の中に運び入れる時、古鷹がうっすらと目を開いた。

そこに見えた瞳に、葉月は動揺し目が離せなくなった。灰色がかった青。初めて見るそれに感じた胸の高鳴り。恐怖、不安、憧憬、慕情。落ち着かない鼓動が、そのどれに由来するものかは未だにわからない。

こんなふうに誰かに対して強い興味を惹かれること自体、これまでになかったことだ。同じ時間が淡々と流れていくだけだったそこに、突如現れた見慣れぬ存在。だからだろうか。

(どっちにしても、悪い人じゃない)

宮藤の家に伝わる『狐憑き』の話を聞いたのは、物心ついた頃だ。

当時面倒を見てくれていた高遠の母親が悲しそうな顔で教えてくれた。こんな姿で生まれてきたのは葉月のせいではない。けれど、この姿で生まれてきた以上、外の世界では危険がつきまとう。ここで静かに暮らすのが、きっと一番幸せだと。

それに反発する気持ちはない。理不尽を嘆いても姿形が変わるわけではなく、ただ自分を可哀想《かわいそう》な存在にするだけのことだ。それならば、これが葉月の『普通』なのだと受け入れてしまった方が楽だった。

古鷹は、葉月の姿を特別視することもなく、ただあるがままを受け入れて接してくれている。もしかすると、自分の姿はさほどおかしなものではないのだろうか。外に出ても、危険などないんじゃないだろうか。そんな甘い夢を見てしまいそうなほどに。

そして何より、スイが見えたのだ。自分以外に、初めて。

スイは、昔から『狐憑き』の傍にいたらしい。どうして傍にいるのか、聞いてはみたが教えて貰ったことはない。スイは、ただそうあるべき存在なのだと言うだけだ。

ただ驚いたことに、これまでの『狐憑き』にもスイは見えなかったらしい。家を隠し『狐憑き』の傍にいるとは伝えられていたものの、実際に家が外部から隠されている事実が『いる』という証明になっていただけだった。

なのに、葉月は赤ん坊の頃から見えていた。そしてずっと一緒にいるスイは、葉月にとって大事な家族だった。

高遠も、そういった存在がいるということを知らなければ、葉月の一人遊びか空想だとでも思っただろう。ただ、葉月がいると言うから、そしていなければ説明のつかない状況があったから信じてくれている。

それでも、昔から時折、何かを探すような目で葉月が話す先を見ていることがあった。その度に、素知らぬふりをしながら少しだけ悲しくなっていたのだ。

（けど、古鷹さんはスイが見えた。ちゃんとスイがいるって、言ってくれた）

嬉しかった。何よりもそれが一番、嬉しかった。

「大丈夫。和ちゃんは心配しなくていいよ」

にこりと笑った葉月に、物言いたげな表情を崩さない高遠は、やがて諦めたように溜息をついた。


「お前、他は器用なのに、どうして包帯だけはこうなんだろうな」

縁側に座り、どうにもおかしくて笑いながら告げると、葉月はむむっと眉を寄せて古鷹の腕を見た。そこには、かろうじて巻かれているものの、微妙にきつさが足りず緩んできた包帯がある。

葉月の家に世話になり始めて、一週間が経とうとしていた。腕の抜糸がそろそろすむだろうというその日、昼食の片付けのために皿を下げようとしていた葉月が、畳の縁に引っかかったのか、前につんのめった。

慌てて支えたが、湯呑みに残っていたお茶が浴衣にかかり、その下に巻いていた包帯も濡れてしまったのだ。幸い、皿が割れることはなかったため安堵したが、古鷹の腕を濡らしてしまった葉月は大慌てで替えの包帯を持ってきたのだ。

料理も上手く、裁縫さえこなす葉月の手先は間違いなく器用なはずなのだが、どうも包帯を巻くのだけは苦手らしい。力加減が上手くいかないのか、巻き終わって腕を動かすと緩んでくるか、逆にきつすぎてしまうのだ。

「ごめんなさい」

しょんぼりと耳を伏せてしまった葉月に、大丈夫だよと笑う。家の中にいる分には、包帯が緩くても気にならない。自分で巻き直してもいいが、折角やってくれたものを目の前でやり直すのも気が引けてできなかった。

「巻かれてりゃ問題ない。それより、向こうから鞄取ってくれるか？」

「うん！」

古鷹が使っている和室の隅にある黒いワンショルダーの鞄を指差せば、葉月が立ち上がって取りに行く。車の中に置いていた、身の回りの荷物を詰めたものだ。

さほど大きくないそれを持ってくると、古鷹に手渡して、再び隣に腰を下ろす。その後ろでは、スイが目を閉じて昼寝をしていた。

鞄からタブレット端末を取り出し操作すると、手元を覗き込んでいた葉月が目を見開く。

「それ何？」

「タブレットだよ。ええと……」

指先で操作し、地図を開いてみせる。今自分がいる辺りを検索して表示した。

「この辺だな。この村は」

航空写真に表示を切り替えてみせると、おお、と葉月が興奮したように身を乗り出してくる。

「古鷹さんがいるところは？」

「俺がいるところは、この辺か」

場所を切り替えると、都心部の自身が住む辺りを表示してみせる。初めて見るせいか、きらきらと瞳を輝かせて画面に見入っている葉月に、小さく微笑んだ。

タブレットを渡してやると、指先で恐る恐る画面をスクロールさせては、おお、と声を上げる。何度かそれを繰り返し、上気した頬で顔を上げた。

「すごいね、これ！」

「俺が住んでる位置とここと……日本地図にしたら、このくらいの距離だな」

全体表示にしてみると、ここ とここだと指差してみせる。

「遠い……」

ぽつりと呟いた葉月に、そうでもないさ、と笑う。

「車で来れば数時間だ。それより葉月……」

「え……ぎゃ！」

突如聞こえてきたぱたんという音と同時に、葉月が声を上げて背中をのけぞらせた。何事かと目を見張ると、目尻《めじり》に涙を浮かべた葉月が後ろを振り返った。

「スイ、いたい……」

よく見れば、葉月のふさふさした尻尾がスイの前脚の下に敷かれている。どうやら、葉月が知らぬ間に興奮してぶんぶんと振っていた尻尾が、昼寝をしていたスイの顔に当たっていたらしい。邪魔だとばかりに葉月の尻尾を脚で押さえているスイは、素知らぬ顔で昼寝を続けている。

「はーなーしーてー」

尻尾を取り返そうとしている葉月とそれを無視しているスイの姿に、笑いがこみ上げる。どちらかといえばスイは葉月の保護者のような印象だったが、こうしてみると兄弟のような雰囲気もある。

「葉月ならスイに乗れそうだな。大きさ的に」

「古鷹さんでも乗れるよ？　最初の日、スイに運んで貰ったし」

何気なく言った台詞《せりふ》に、葉月が尻尾を摑む手を離してこちらを向く。

Z

「そうなのか?」

全く覚えがないが、そういえば、最初の日に葉月がそんなことを言っていた気がする。葉月の後ろにいるスイに視線をやると、礼を言うかどうか逡巡した。言うこと自体は構わないのだが、どうにも素直に言うのは癪《しゃく》に障るのだ。

「ちっちゃい頃は、よくスイに乗せて貰って遊んでたよ。乗るのが大変だったけど」

「っていうか、乗れるのか? ガキの頃っていったら、下手《へた》すりゃ寝てるこいつより小さいだろう」

葉月の言葉に、その光景を想像する。伏せてもスイの背中はそれなりの高さがある。今なら乗れるだろうが、幼い頃にどうやって。そう思っていると、葉月は何を思い出したのか、うんうんと頷き始めた。

「スイ、ひどいんだよ。俺が登ろうとして何度も滑り落ちてたら、後ろ衿《えり》咥えて自分の背中に向かって放り投げるんだ」

「……――」

予想外の言葉に絶句する。咥えて、投げる。目の前の葉月とスイに交互に視線をやると、明確にその様子が思い浮かび、思わず横を向いて吹き出した。

「い、意外と大雑把だな……」

笑いながら言えば、ふん、と葉月の後ろから目を閉じたままのスイが鼻を鳴らす。

『人の背中に這い上ろうとしてはずり落ちて、仕舞いにはぐずぐず泣いていたから、わざわざ乗せてやったんだ』

「でもあれ、結構楽しかったよ。ぽーんって空に浮かんで」

そういう葉月も案外肝は据わっているらしい。よかったな、と笑いを残しながらぽんぽんと頭を叩き、タブレットを受け取った。

(そういえば、写真を入れてきてやればよかったな)

容量の問題で、こちらには撮った写真は入れていないのだ。もう少ししたら、外に出て写真を撮ってきてやろうか。色鮮やかな風景をこれで見せてやったら喜ぶかもしれない。

楽しげに笑う葉月の横顔を見ながら、もっとそんな顔をさせてやりたいと思っている自分に気づく。

もっと、ずっと。こんなふうに一緒に過ごせたらいい。

そう思ってしまう自身に戸惑いつつ、目の前の存在に急速に惹かれていく心を、古鷹はそっと胸の奥に押し隠した。


大きく息を吸うと、冷たい空気が肺を満たす。

高く遠く広がる青空にほっと息をつき、古鷹は周囲を見渡した。山の合間に存在する小さな村。ぐるりと見渡せば、終わりかけの紅葉が山肌《やまはだ》を黄色や赤に染めている。

人工的な匂いの薄い場所。緩やかなカーブとともに続く道など舗装されている場所もあるが、土や草がそのまま残されている所の方が多かった。水と自然が豊富なこの地方は、米を育てるのに適しているらしい。収穫を終えた田圃《たんぼ》と畦道《あぜみち》が広がる景色は、住んだことがないはずなのに、どこか懐かしいような気がした。

穏やかな日差しに照らされ、きらきらと光る雨粒。普段から、雨上がりの外は嫌な匂いが鼻をつくようで好きではなかったが、ここでは何もかもが瑞々《みずみず》しさを増しているように思えた。

足の捻挫はだいぶ痛みがひいてきたものの、まだあまり体重はかけられなかった。古鷹のことを早く追い出したがってはいても、さすが医者というところか。古鷹があの家に居座るようになってから毎晩泊まりに来ていた高遠は、朝診療所に行く前、三日に一度は律儀に診察をして家を出ている。

『もう少ししたら、足の痛みもたいしたことがなくなるだろう。車の運転ができるようになったら、さっさと出て行け』

それでも、そう釘を刺すことは忘れない。

高遠の診療所から借りている杖をついたまま、村の中をゆっくりと見て回る。ここに来て一週間ほど経った頃から、午後の二、三時間だけ外出するようになった。小さな村とはいっても、それなりの人数が暮らしている土地だ。ぽつぽつと人家や店も存在する。見るものがあるわけではないが、散歩を兼ねてのんびりと歩いていた。

（折角の機会だ。噂話《うわさばなし》くらいは集めないとな）

そう思いつつ、ふと、地面に視線を落とし履いたスリッパを見つめる。杖を手に庭に下りては庭木を眺めている古鷹に、村まで行ってみたらどうかと言ったのは葉月だ。そして、綺麗に洗濯した古鷹の洋服を出してきたのだ。

『腕の抜糸もすんだし、古鷹さんが平気なら外に行っても大丈夫だよ？　少し動いた方がいいって和ちゃんも言ってたし。あ、外に行くならお買い物頼んでもいい？』

俺のことは気にしなくていいから。言葉にはしないまでも、そう伝えるように笑った葉月は、家の敷地から出ることすらできない相手に気兼ねし外に行けないでいる古鷹の心情を正確に読み取っていた。そして優しい笑顔で、何事もないかのように背中を押してくれる。

（あの環境であああまで素直ってのは、どうなんだ）

ここに来てからの、葉月の甲斐甲斐《かいがい》しさといったら。

食事の支度はもちろん、着替えの準備から怪我のためにままならない風呂の手伝いまで楽しそうに世話をされ、申し訳なく思いつつもありがたかった。どうして会ったばかりの自分にそこまでするのかはわからなかったが、限られた人間にしか会えない環境だからこそ、葉月にとって人との出会いというものが大切なのかもしれない。

思い出した光景に頰を緩め、愛用の一眼レフを収めたショルダーバッグを抱え直す。村の中を歩くにしても、手ぶらよりはカメラがあった方が話の種にもしやすいかと、もう一つ仕事用に持ってきていたものを車の中から引っ張り出してきたのだ。だいぶ歩きづらくはあったが、何か珍しいものがあったら撮って葉月に見せてやりたいというのもあった。

「ん?」

ふと前方を見れば、小さな店が目につく。昔ながらの写真館は、その佇《たたず》まいもレトロで、幼い頃よく出入りしていた近所の店を彷彿《ほうふつ》とさせた。店主であった偏屈で職人気質の老人は、カメラに興味を持っていた古鷹に、無愛想ながらもあれこれと教えてくれた。

最初にカメラを触らせて貰った時の記憶が蘇る。肉眼で見た時と、ファインダー越しに見た時の景色の違い。同じ景色のはずなのに、それが写真に落とし込まれた時、撮る人間によって全く違うものに変わってしまう面白さ。初めて暗室に入らせて貰って、現像した時のあの独特の匂いと画像が浮かび上がってきた時の喜び。

(あー、懐かしいな、ああいう店。じいさんが亡くなってもう大分経つか)

古鷹が高校生の頃に病気で他界した一番最初の恩師を思い出しながら、横目で見つつ店の前を通り過ぎる。入ってみようかとちらりと思ったが、店の電気が落とされていることに気づいたのだ。おそらく休みなのだろう。

そこからしばらく歩き、見覚えのある店を見つける。和菓子を売っているそこは、先日外出した時にも立ち寄った店だった。あそこで買った大福を葉月がとても気に入っていたことを思い出し、今日も買って帰ってやろうと足を向ける。

「こんにちは」

「いらっしゃいま……ああ、あんた高遠医院の若先生んとこの」

古鷹の容姿に一瞬ぎょっとした様子を見せた店主である老婦人は、以前訪れた際、外国人が来たと店にいた知り合いらしい客と大騒ぎしていた。話しかければ日本人だったと安堵の様子を見せたが、それでもやはり古鷹の容姿は珍しく、見れば驚くらしい。一番の原因は、やはりこの瞳の色だろう。

（まあ、初めてじゃなし。田舎《いなか》じゃ当然だろうな）

むしろ、よそ者でこんな容姿では、不審者扱いで邪険にされることの方が古鷹にとっては当然の反応だった。

それでも最初に高遠の知人と言ったのは正解で、割合すんなり警戒を解いて話を始めてくれた。

「この間買った大福が美味しかったから、今日も貰おうかと思って。まだあるかな」

「おお、そうかそうか。そりゃあよかった」

店の奥にあるレジ前に座っていた老婦人は、古鷹の言葉に相好を崩し立ち上がった。古鷹が陳列台に並べた和菓子の前に立つと、その奥に向かい合うように立つ。

和菓子屋、というわけでもないらしく、店の中は昔懐かしい個人商店のイメージだった。元は米屋だったのかもしれない。数種類の米の他、大豆、雑貨、調味料など色々なものが売られており、家族で経営しているらしい。長男夫婦と同居しているらしく、平日の昼間は時間に余裕がある老婦人が店番をしているのだと、以前言っていた。

「この間は普通のやつだったから、今日は豆大福にしようか。ばあちゃんのお勧めは？」

「今日は、おはぎもあるよ。うちの一番人気だ」

「じゃあ、それ二つと豆大福一つ」

「はいよ」

陳列台に置いてある菜箸で和菓子を器用に取った老婦人が包むのを眺めながら「そういえば」と声をかけた。

「この辺りで、不思議な話とかない？」

「不思議？　そりゃ神隠しとか、そんなのかい」

老婦人が作業をしながら呆れたような声を出す。さすがにこういった土地では、神隠しという言葉が出ても違和感を感じない。むしろあってもおかしくない気がしてしまう。

「そうそう、そんなの。仕事でさ、そういう話を集めて記事を書くことになっててね」

「そうさねえ。昔は、そりゃあ色々あったよ。狐が山から人を化かしに下りてくるとか、山にいる神様が子供を攫《さら》っていくとか」

「へえ。今は、そういうのはない？」

「……——さあね」

急に突き放すような声音になったそれに、仕事柄、何かあるなと感じる。だがそれを表に出さないまま、やっぱりそうかと肩を竦めた。

「そりゃあ最近じゃもうないよな。そういえば、だいぶ前にこの辺りの家で不幸が続いた上に、子供が行方《ゆくえ》不明になったって記事を見かけたけど、あれ本当？　なんか事件っぽくなったって噂で聞いたけど」

「……ありゃあ、お稲荷《いなり》さんの罰《ばち》だ」

「え？」

「いや、なんでもない。ただの不幸続きだよ。ここは年寄りが多いからね。ほら、できた」

ビニール袋に入れた和菓子を渡され、ありがとうと受け取り小銭を払う。たった今老婦人から出た言葉を聞き直そうかと思ったが、こちらを見ていない横顔に喋る意思はなさそうで、すんなり引くことを選ぶ。

「これ、一緒に食べた子がすごく美味しかったって言ってたよ。また今度、買いに寄らせて貰うから」

「ああ、ありがとね」

笑って言うと、老婦人もまた表情を緩める。店を出る前に、あ、と足を止めて振り返った。

「そういえば、診療所の近くにある大きいお屋敷って、誰かの家？」

「そうだよ。宮藤さんっていって、この辺りの地主さんの家だ。それがどうしたんだい？」

「いや、立派なお屋敷だから、何かの施設だったら写真撮らせて貰えないかと思ってさ。個人のお宅じゃ無理か」

「あそこの方々は、目立つことがお嫌いだからね。無理だろうよ……ああ、でも」

不意に老婦人が思い出したように告げる。

「若先生に頼めば、屋敷の写真くらいは撮らせて貰えるんじゃないかね。親戚なんだから」

「ああ、そうなんだ。なんだ、じゃあ今朝聞けばよかったな。親戚がいるのは聞いてたけど、あそこの屋敷だとは思わなかった」

からりと笑えば、老婦人も「灯台もと暗しだね」とつられて笑う。

がらりとガラスの引き戸を開いて外に出る。老婦人に会釈して扉を閉めると、さて、と先ほど聞いた家がある方向を見つめた。土産も買ったし、今日は戻るか。そう決めて、再び村の中をゆっくりと歩いた。

「宮藤……か」

葉月が台所に籠もっている間に、ネットでさらえるだけの記事をさらった。何かのためにとタブレットを持ってきていたのは正解だった。この村に関する情報を集めていると、十数年前に、この村の宮藤という家で、不幸が続き殺人事件ではないかと疑われたことがあったらしい。その直前には、その家で生まれたばかりの赤ん坊が一人、行方不明となった。

小さな新聞記事になったそれと訃報《ふほう》情報を知り合いに調べて貰ったら、どうやら本当のことだったらしい。そして恐らく、その行方不明の赤ん坊が葉月のことなのだろう。高遠の親戚の家。ならば、年数的にみてもほぼ間違いない。だが、それが本当に葉月のことならば、赤ん坊の存在が世間に知られていることの方が驚きだった。

（あいつの戸籍はちゃんとあるのか……）

葉月のあの状況ならば、存在していることすら隠している可能性もあると思っていた。

どうにも、掘り返せばきな臭い話ばかりが見つかってしまう。厄介なことに首を突っ込んでしまったと思いつつ、ここを出て全て忘れてしまおうと思えない自分に、古鷹は随分入れ込んでしまったものだと苦笑した。


台所から、味噌のいい匂いが漂ってくる。

今日の夕食は、いい鯛《たい》が手に入ったらしく鯛飯にすると葉月が張り切っていた。一定のリズムを刻む包丁の音。それに混じる、葉月の楽しげな鼻歌。この家に流れるゆったりとした時間は、これまで感じたことのなかった心地よさを古鷹に与えた。

手には、昼間持ち歩いていた一眼レフカメラの本体、畳に敷いた新聞紙の上にはカメラの手入れをするための道具と、本体から取り外したレンズやストラップなどの小物を置いている。ここに来る直前まで他の仕事をしていたため、きちんと手入れができていなかったのだ。

まずは細いブラシで隙間に溜《た》まった埃《ほこり》やゴミを浮かせる。レンズ部分に当たれば傷がつきやすいため、その辺りは慎重に避けた。その後、ブロアーと呼ばれるゴム製の先の尖った小さなポンプのような道具を握り、空気の力で、浮かせた埃やゴミを飛ばす。

後は、綿棒などを使って落としきれなかった溝や細かい部分の汚れを落とし、クリーニングクロスで全体を磨く。本体の汚れの落ちにくい部分は、濡れタオルやクリーニング液の染み込んだシートでレンズ部分を避けて拭いた。

レンズも同様に、ブロアーでゴミを取り除き、クロスを使って傷をつけないように拭き上げていく。無心になってできるこの作業が、古鷹はわりと好きだった。汚れた部分が綺麗になっていくと、心もすっきりとする気がするのだ。

(ごくろうさん、またよろしくな)

いつも、そう心の中で呟きながら手入れをする。それは、古鷹にカメラについて色々教えてくれた、写真館の主人がやっていたことでもあった。

『カメラは所詮道具だ。だが、愛着を持って接すれば、自《おの》ずと大切にするだろう』

道具は値段ではない。自分が撮りたいものに一番合った、そして手に馴染むものを探せ。

見つけたら、最後まで大切にしろ。教えられたそれを、古鷹は今も心に刻んでいる。

借りている八畳間でおおよそカメラ一式の整備をすませると、乾燥のため一旦道具はそのままにして腰を上げた。そろそろ食事の支度ができる時間だろう。

「ん？」

杖を使い居間に行き、ふと、飾り棚の空いたスペースに一冊の雑誌が置かれていることに気づく。見覚えのある表紙にぎくりとし、そっと手を伸ばした。

「これ……」

大判の雑誌は、幾人かのカメラマンによって撮影された海の風景を集めた特集号だった。持ち上げ、裏返し、再び表紙を見る。何度見ても変わらない。どうしてこれがここに。動揺とともに、じっと雑誌を眺める。蘇るのは、重苦しい過去の不快感。

以前、古鷹はカメラマンとして仕事をしていた。基本的には雑誌やポスターなどに使われる風景を撮り、だがそれだけでは生活はできないため、師匠にあたる人のスタジオで助手兼カメラマンとして働いていた。そのため、仕事としては風景写真とスタジオ撮影がほとんどだった。

けれど、ある出来事をきっかけにカメラマンとしての道は捨てた。カメラ自体を手放すことはできなかったが、それでもそれを仕事にすることをやめた。

『独創性も何もない、猿真似だ。私なら、次点の作品を選ぶがな』

今もはっきりと思い出せる、あの蔑む声。まだ年若かったあの頃、最も言われたくなかった人物の言葉で幼いプライドは叩き折られた。あの頃、立ち向かうこともせず逃げ出してから、何年が経っただろうか。

ある意味、この雑誌は、古鷹の苦い過去と挫折の象徴でもあった。

「お待たせしましたー。あれ、古鷹さん？」

楽しげな声とともに、お盆に皿を乗せた葉月が居間に入ってくる。

「葉月。これ、どうして」

持っていた雑誌を見せると、葉月はにこにこと笑った。

「夕方、古鷹さんが帰ってくるまでそれ見てたんです。前に別の本と間違って注文しちゃったんだけど、すごく綺麗だから気に入ってて。中身も海がいっぱい載ってて、一番好きな本なんです」

皿を並べながら楽しげに言う葉月に「そうか」と呟く。古鷹の反応があまりよくなかったせいか、ちらりとこちらを見た葉月は、それ以上言うことなく腰を上げた。台所に戻っていく後ろ姿を見ると、尻尾がだらりと寂しげに下がっている。

「はい、ご飯です。今日は鯛飯に、鯛のあら汁に、揚げ出し豆腐！」

全ての料理を並べ終え、気を取り直したように未だ飾り棚の横に立っている古鷹に声をかけてくる。ああ、と雑誌を棚に戻し、葉月の向かい側に座った。

（まあ、別に知られて困るものでもなし）

折角自分の好きなもののことについて話してくれたのに、そっけなくしたままになるのも気が引け、箸を取りながら溜息をついた。あのな、と声をかける。

「あれ、俺の写真も入ってる。一部だけどな」

「……ふえ？」

言いたいことだけを口早に告げ、いただきます、と茶碗を手に取る。炊きたてのご飯と、混ぜ込まれた鯛の甘い匂い。魚特有の生臭さは全くなく、微かな昆布《こんぶ》と酒の風味が食欲をそそる。一口食べれば、硬すぎず柔らかすぎないご飯に鯛の味が十分に染み込んでいた。

黙々と食事を進める古鷹の傍らで、葉月が、箸を止めたまま古鷹と雑誌を交互に見つめている。視線が幾度かさ迷うのを目の端で捉えたまま、もう一度呟いた。

「載ってるとこに、撮影者の名前書いてなかったか？」

「……っ！」

ようやく頭の中まで意味が伝わったらしい。勢いよく茶碗と箸を置いた葉月が、腰を上げて飾り棚に駆け寄る。雑誌を手に取ると、今度は滑り込むように古鷹の真横に座った。膝の上に広げて最初からぱらぱらと捲《めく》っていく。

横から手を出し、葉月が捲っているそれを止めて後ろの方のページを適当に開く。ばさりという音とともに一発で目的の場所が開くと、そこには、手作りらしいしおりが挟まれていた。どうしてここに。動揺を押し隠し、その場所に書かれた名前を指差す。

「ゆきなり、こだか。古鷹さん？」

「随分前、賞を取った時に新人枠で載ったやつだけどな。古い雑誌だし、もう売ってないだろ。よく持ってたな、お前」

「……これ。ここの、古鷹さんが撮ったの？」

「ああ」

茫然とした葉月の頭を耳ごと軽く撫でてやる。ふに、と小さな声とともに首を竦めた葉月に、悪いとすぐに手を離した。

「耳と尻尾、触られるの苦手なんだったか」

「違……そうじゃなくて、あの」

戸惑ったような葉月の声に、無理するなと苦笑する。

「苦手なことは苦手って、ちゃんと言っていい」

ふるふると首を横に振った葉月の顔がどことなく赤い気がして、眉を顰める。熱でもあるのかと額に手を当てると、びきりと掌越しに身体が硬直したのがわかった。

「少し熱いな。風邪でもひいてるんじゃないか？　俺の世話でバタバタしすぎたんだろう」

「違っ、違うよ、違う。大丈夫！　あの、写真！　これ、ここのが、一番大好きで！　海見たことないけど、他の写真で見るよりもっと、こんなに綺麗だったんだって……思って、いつも、ここだけしおり挟んで何回も見てて」

徐々に俯いていく顔に、ああ、と笑う。どうやら、驚いたのと照れたのとで赤くなっているらしい。だがすぐに、海を見たことがないという一言に内心で溜息をついた。それはそうだろう。この辺りは内陸で、さらにこんな山奥に閉じ込められていては、海を見る機会など訪れるはずもない。

「いつか、本物の海を見せてやりたいな」

「ん？」

微かな呟きは、葉月の耳には届かなかったらしい。見上げてきた瞳になんでもないと告げると、ありがとな、と微笑む。

「写真、もう本には載らないの？」

「写真は撮ってるが、本には載らないだろうな。俺はもうカメラマンじゃないし」

「……そう」

しょんぼりと俯いた葉月の頭を再び撫でようとし、ぴたりと手を止めた。つい撫でてやりたくなってしまうなと思いつつ、手を引こうとする。

「あ……」

気配に気がついたのか、葉月が顔を上げる。引きかけていた古鷹の手を取ると、大丈夫、と言うように自分の頭の上に乗せた。柔らかな髪と耳の感触に、どこかほっとする自分がいる。

「嫌じゃ、ないから」

恥ずかしそうに上目遣いで告げた葉月の表情に、どきりとする。どことなく潤んでいる瞳のせいだろうか。これまで幼さばかりを感じていたそこに、急に大人びた色が加わった気がした。

(子供相手だろうが……)

自身の感情に戸惑いつつ、艶やかな感触を掌で味わいながらゆっくりと頭を撫でた。流れる沈黙に気まずさを感じ始めた頃、そういえば、と思い出して告げる。

「ここ何日か外に出た時の写真ならあるから、後で見るか?」

「うん!」

勢いよく縦に振られた頭と一緒に、視界の端に嬉しげに揺れる尻尾が映る。それらを視線で追ううちに、胸に蘇った過去の不快感が薄れていることに気づき、我ながら現金なものだと自嘲《じちょう》した。


「おい、お前!」

玄関から外に出たところで背後からかけられた声に振り返ると、眦《まなじり》をつり上げた高遠が表

門の前に立っていた。

高遠の呼びかけには答えないまま、奥で片付けをしているだろう葉月に聞こえないよう玄関をきっちり閉める。時間的に、診療所は昼休憩なのだろう。そろそろ来る頃かと思っていたため、古鷹は促されるまま杖をついて高遠のところまで歩いて行った。

表門を出てすぐ、まだ外からは隠された場所で一旦立ち止まると、高遠はちらりと家の方へと視線を移した。葉月の姿がないことを確認し、壁にもたれて立った古鷹を睨みつける。

「お前、どういうつもりだ。ここ数日、俺の名前を勝手に使って村の人から話を聞いて回ってるらしいじゃないか。一体、何を企んでる」

村人から、外から来たフリーライターが取材をしていると聞いたらしい。肩を竦め、別にと返した。

「人聞きの悪い。この通りお前の診療所の杖だって持ってるんだ。葉月のことを隠すなら、そっちの世話になってるって言う方が自然だろう。村の人に聞いてる話だって、今度書く記事のための取材だ。仕事をして何が悪い」

「……昔のことについても嗅ぎ回っているだろう」

「昔？　ああ、この辺で不幸があったってことか？」

「……――」

こちらを睨みつけたまま口を閉じた高遠に、古鷹はあえて怒らせるように、ふっと口端を引き上げてみせる。

「十数年前、宮藤家の子供が行方不明になっている。葉月は、その子供だな」

「誰がそんなことを……っ」

「誰でもない。それらしい話を向けてみたら、村の老人達は明らかに何かを知っているが誤魔化そうとしている雰囲気があった。まるで箝口令《かんこうれい》を敷かれているみたいにな」

「……──」

さて、どうしようか。これ以上は黙っておこうかとも思ったが、相手の反応を見るためにもう一つ気になった話を口にした。

「狐の嫁入り」

その一言に、高遠の肩が微かに揺れた。だが表情を変えないそれを観察しながら続ける。

「昔話の中で、この村ではそれが少し変わった話になっていた。村の子供を、百年に一度山に棲《す》む妖狐《ようこ》に嫁入りさせるしきたりがあった。けれど、それを破った家に神罰が下り、狐に呪《のろ》いをかけられた……」

山で不思議な怪火を見つけ、近づけば狐の嫁入り行列だった等の話はよく聞く。天気雨が降る時は、狐が嫁入りをしているという場合もある。だがこの村で、誰からともなく伝え聞かせられているという昔話の中に、そんな話があったのだ。

「そしてあの家には、昔から『狐屋敷』という呼び名がある」

「そんな適当な話を誰がしたかは知らんが、これ以上、あることないこと吹聴《ふいちょう》する気なら、力尽くでこの村から追い出すぞ」

「吹聴？　別にそんなことはしていないだろう。あの屋敷がそう呼ばれているのは、あの家の裏山によく狐が出るからだって村の人は言っていた」

実際のところ、言っていたのは村の幼い子供達だ。あの辺りに狐がよく姿を見せるのは本当の話らしく、それで『狐屋敷』と呼んでいるらしい。老人達はこの村の権力者に敬意を払っているふうだったが、子供はその辺りも容赦はない、といったところだろう。

けれど、それだけの意味でないことは、葉月の存在が証明している。

「あんたがどう思おうが勝手だが、別に俺は葉月をどうこうするつもりはない。恩人に対しての敬意は人並みに持ち合わせてるからな。けど、商売柄、隠されると知りたくなる質《たち》なんだ」

「知って、どうする」

「別に。俺が、あの子のことを知りたいだけだ」

飄々《ひょうひょう》と反論を返した古鷹に、高遠が怒りを抑えるために奥歯を噛んだような表情をする。

「お前の、そのくだらない好奇心が、葉月の命を危険にさらすことになるんだ。たとえお前にそんな気がなかったと言っても、だ」

憎々しげに睨んでくる高遠に、古鷹は冷めた目を向ける。

ならば、お前達がやっていることは、全て葉月のためだとでもいうのか。零しそうになったその言葉を飲み込むと、わざとらしく呆れたような溜息をついた。

「外からはこの家が見えないんだろう？　たとえ俺が何を言ったって、証拠がなけりゃただの妄想で片付く話だ。あんな子供をさらし者にしたって後味が悪いだけだからな」

「……本当だな」

「信じる、信じないは、あんたの勝手だ」

肩を竦め、高遠の横を通り過ぎる。すっと、全身が目に見えない膜を通り抜けたような感触とともに、空気の質が変化したのがわかった。結界の中は、外の天気と全く変わらない。それでもどこか空気が澄んでいる感じがするのだ。逆に、外に出た時は一瞬だけ息苦しさを覚える。

「やれやれ。そろそろ怪我も治りそうだし、ここにいられる間に何か摑めりゃいいが……」

呟きながら、細い獣道を進んでいく。杖をつきながらでも不自由しないそこは、高遠医院の傍に続く道だ。高遠も同じようにこの道を通って出入りしているらしい。

ふと、足を止めて振り返る。高遠が後から来る気配はない。葉月のところに行ったのだろう。こうして古鷹には見ることができる家が、他の人間には見えないという。

(さて、どうするか)

今一番の悩みどころは、葉月が『外』に出るタイミングだった。もしかするとそれが、古鷹が調べていることにも繋がるかもしれない。

本人に、迂闊《うかつ》なことは聞けなかった。葉月はともかく、高遠の耳に入れば厄介なことになる。これ以上疑いを持たれれば、確実に追い出されるだろう。

『いってらっしゃい』

先ほど、にこりと笑い古鷹を見送ってくれた葉月の笑顔に、後ろめたさを覚える。少なくとも葉月は純粋に懐いてくれている。今、古鷹がやっていることは、その好意を裏切っていることになるだろうか。

最初に葉月を見た時から、放っておけない気分になったのは本当だ。けれど、それとは別に葉月を利用しているのも事実だった。

(全く、どうして俺はこんなことを……)

自分がしていることに嫌気が差す瞬間は、度々ある。けれど、そんなことを言っても生活できるわけではない。仕事として割り切ってやるしかないのだ。わかってはいるが、それでも虚しくなるのはどうしようもなかった。

「……やめやめ」

余計なことに気を取られていると、足をすくわれる。それが自分だけでなく、周囲にまで被害を及ぼすことになりかねないのだ。

気を引き締め直し、再び足を進める。けれどすぐに葉月の顔を思い出して溜息をついた。

時折、何かに思いを馳《は》せるように、外を見つめていることがある。あそこから連れ出して自由にしてやりたい、というのは自分のエゴだろう。外に出ても、あの姿形である限り隠れ住まなければいけないことには変わりがない。そういう意味では、今の環境は決して悪いものではない。

けれど、あくまでもそれは、葉月に留《とど》まることと出ていくことの選択肢が与えられてこそだ。繋がれたままの一生など、護るための言い訳にすらならない。あの足枷と鎖は、葉月ではなく宮藤の家を護るためのものだ。それは幾ら言葉を重ねようと、一人の人間から自由を奪う『拘束具』でしかない。

（せめて、あの状況をどうにかしてやりたい）

自分に、何が出来るかなどわからない。たいした力もないことなど、自分が一番よく知っている。目指した夢すら叶えようとせず捨てた男だ。

それでも。葉月に対しては『仕方がない』と思えなかった。自分に関係ないことだから放っておけばいい。実際、今までの自分なら、絶対にそう思って見なかったふりをしていただろうに。

（まずは、敵を知ることだ）

今のこの現代で、情報は何にも勝る武器だ。あの状況の理由。そして、葉月にとっての自由。それらを考えるためにまず必要なのは、判断材料になる情報を得ること。

宮藤家。恐らくそれを調べていけば、仕事も葉月のことも自ずと見えてくるだろう。

「っと、きたか」

不意に、ジーンズの後ろポケットに入れたスマートフォンが振動する。立ち止まって見れば、メールが二通届いていた。

一通は情報屋である友人、もう一通は仕事上の別の知り合いだ。

「今晩、か」

友人からのメールにざっと目を通し、他には聞こえないよう小さな声で呟く。そのままもう一通を開き、内容を確認する。こちらにはわずかに目を見開いただけで、そのまま一旦メールを閉じた。返事は後ですることにして溜息をつく。

「さて。どうするかな……」

ひっそりと呟き、古鷹はこれからのことを頭の中で一つずつ整理していった。

「え、どうして⁉」

古鷹を、今日の夕方には出ていかせることにした。高遠からもたらされた話に、葉月は目を見張った。

雨が降りそうな気配がし、洗濯物を取り込もうとしていた矢先に、高遠が訪れた。古鷹に傘を持っていくように伝えるのを忘れてしまった。心配しながら、古鷹が使っている部屋の縁側から庭に下りるため窓を開こうとしたところで、高遠に話があると言われたのだ。

そうしてまずは、今夜、宮藤本家——葉月の実家に行くことを告げられた。ひと月か、ふた月に一度、夜中に人目を忍んで葉月は実家に戻っている。戻るといっても、父親に会ったり泊まったりすることはなく、ある用事のためだけに行くのだ。それが終われば、夜中にそのままここまで戻ってくる。

そのことについて詳細な話を聞き、やがてしばらく躊躇うようにした後、高遠が古鷹についての話を切り出してきたのだ。

「あいつが宮藤のことを色々と嗅ぎ回ってるからだ。村の誰かから加賀《かが》に話が伝わって、当主の耳に入った。一応、当主を説得して俺の責任で任せてくれることにはなったが、他の人間が知るのも時間の問題だ。そうなれば、お前が危ない」

「……でも」

こんな、急に。泣きそうになりながら、葉月はお願いと高遠に縋り付いた。

「もうちょっとだけでいいから。お願い。もうすぐ、古鷹さんの怪我も治るでしょう？　だから……」

「俺は、あいつが危険だと判断した。お前がなんと言おうと、今回ばかりは無理だ」

淡々と告げる高遠に、どうしようと焦燥ばかりが募る。

遠くなく別れなければならない相手ではあるが、こんなふうに、突然それが訪れるとは思っていなかった。

もう少し、もう少しだけ傍にいたい。そんな気持ちが溢《あふ》れ出し、お願い、ともう一度呟きながら高遠の服を握る。

「もう、絶対に我が儘言わないから。何も、いらないから……だから」

胸の奥が熱くなり、喋る度に声が震えそうになる。額を高遠の身体に擦りつけ瞬きをすると、ぽろりと涙が零れ落ちた。ぱたぱたと床に落ちたそれに、高遠が驚いたように身動《みじろ》ぐ。

「葉月、お前……」

「ごめん、和ちゃん。お願い……後、もうちょっとだけ」

自分でも止められない涙を零しながら呟けば、しばらくの間逡巡するような沈黙が流れる。

葉月の鼻をすする音だけが響き、やがて、背中に高遠の腕が回った。慰めるようにぽんぽんと背中を叩いてくれるそれに、感情が昂《たかぶ》り頬を濡らしていた涙が止まり始めた。

「……――ったく。なんで、そんなにあいつに固執するんだ」

「わかんない。でも、絶対、古鷹さんは大丈夫だから。みんなには、迷惑かけないから」

「お前、そんなにあいつに入れ込んでて、離れられるのか?」

探るような声に、一瞬、心の奥底でぎくりとする。だが、それはもとより覚悟ができている。古鷹がここを去れば寂しいと思うだろうが、それでも、この数日間の楽しい思い出がある限り葉月は慰められる。

「大丈夫。ちゃんとわかってる」

馬鹿なことはしない。古鷹のためにも、みんなのためにも。そして、自分のためにも。

決然とした声でそう告げれば、眉を顰めた高遠が、深々と溜息をついた。

「……俺も、お前に甘すぎるのはわかってるんだがな」

そう呟いた声で許されたことを知り、葉月は喜びとともに高遠に抱きついた。


人家がある場所まで出て少し歩いたところで頬に雨が当たり、古鷹は足を止めた。

見上げれば、空には灰色の雲が一面に広がっている。葉月の家にはテレビがなく、天気予報は見ていない。どうやって天気を確認しているのか、いつも葉月が出がけに雨が降ると教えてくれるが、今日は別段何も言っていなかったためさほどひどくならないか葉月も確認を忘れていたのだろう。

「今日は戻るか」

先ほど高遠と言い合いをしたことを思い出し、もう一度顔を合わせるのも億劫《おっくう》だがと溜息をつく。どちらにせよ、あれから三十分以上は経つため、高遠も昼食を終えてそろそろ診療所に戻る頃だろう。

来た道を戻り家まで辿り着くと、ふと思い立って庭の方に回る。朝、葉月が洗濯物を干していたのを思い出したのだ。雨がやむ気配はなく、むしろぱらぱらと大きな粒が落ち始めている。まだ干されていたら濡れる前に取り込むくらいはしておこう。

「ああ、やっぱり干しっぱなしか」

雨に気づいていないのか、庭には洗濯物が干されたままだった。そちらに向かおうとし、だが視界の端に映った光景にぴたりと足を止める。

「……――」

気がつけば、思わず身を隠していた。足音を立てないように壁際に身を寄せ、ゆっくりと家の中を見る。

窓の向こうに見えたのは、高遠に身を寄せる葉月の姿。高遠の背に腕を回し、胸に顔を埋めている。高遠もまた、大事そうに葉月を抱き締めていた。

見たくないものを見てしまった。舌打ちしそうになる自分に気がつき、どうにか堪える。あんな状況下にいることを強要している高遠に向けられる、葉月の信頼。それは古鷹から見ても絶対的なものに思えたが、あくまでも家族的なものだろうと思っていた。

けれどたった今、恋愛感情という可能性を目の前に突きつけられた気がした。

（まさか……いや、だがないわけじゃないか）

葉月の世界は狭い。高遠が、家族であり恋人である可能性は十分にあり得た。これまでの葉月の高遠に対する態度にはそういった気配はなく、同時に隠し事ができるタイプだとは思えないが、高遠が何かしら言い含めている可能性がないわけじゃない。

どちらにせよ、先ほど見た光景が自分にとって不愉快なのは間違いなかった。

（いや、ちょっと待て……）

そこまで考え、どうして自分が不愉快になるのかと自問自答する。葉月が自分より高遠を選んだようで面白くなかったのか。それにしたって、比較すること自体がおかしすぎる。自分はつい先日出会ったばかりの存在で、高遠は生まれた頃から一緒にいる相手だ。

「……――」

少し、頭を冷やした方がいいのかもしれない。深く考えることをやめ、胸の奥に存在するわだかまりから目を逸らした。苛立ちを散らすように深く息を吐き、玄関の方に戻る。

ともすれば蘇りそうになる先ほどの光景を無理矢理頭から追い出すと、古鷹は溜息とともに扉を開いた。

窺《うかが》っていたタイミングがやってきたのは、その日の夜だった。

もしや、とは思っていたが、葉月から切り出されたその話に自身の想像がそう外れてはいないだろうことを確信する。

　葉月が、外に出る機会。それが今夜。そして昼間のメールで、古鷹の目的もまた今晩だと知らされていた。

「帰りは遅くなると思うから、古鷹さんは気にせずに寝ててくださいね」

　結局雨に濡れてしまい、干し直した洗濯物を畳みながら葉月が告げる。夜中に、実家に行かなければならないらしい。高遠が迎えに来るというそれに、無意識のうちに笑みが消えてしまう。

「……？　古鷹さん？」

　不思議そうにこちらを覗き込んできた葉月から視線を逸らす。葉月に当たることではない。わかってはいるが、昼間抱き合っていた二人の姿を思い出せば、無性に腹が立って仕方がなかった。

「いや、なんでもない。スイも一緒か？」

「はい。ちょっと家の中が寂しくなるけど、朝までには戻るから」

「気をつけてな」

　さらりとした髪を撫でてやると、葉月が少し照れくさそうに笑う。この頃は、こうして頭を撫でても逃げようとしなくなった。素直に預けられる柔らかな体温に、ささくれた気持ちが少しだけ癒《い》やされる。

さすがに、自身のこの苛立ちを、高遠ならともかく葉月に向けてはいけないことは自覚している。今度高遠に嫌がらせでもしてやろう。そう思いつつ、古鷹はそっと浴衣の袂に仕舞ったスマートフォンに意識を向けた。

日が変わる前の時間帯、街灯がほとんどない場所のため月明かりとペンライトの光だけが頼りだが、気をつければそれなりに道は見えた。昼間は雲に覆われていた空も、夜になって綺麗に晴れてくれている。

宮藤家から少し離れた表門が見える場所に身を隠しながら、足下を照らしていたペンライトの明かりを消す。

「占いの館ってよりは、新手の宗教っぽいよな……」

宮藤家の方を見ながらそう呟き、苦笑する。純和風の建物は、今流行の占いという言葉とはあまり結びつかない。それよりは『誰か』を奉っている建物と言われた方がしっくりくる。

だが、そうなれば『誰か』は葉月ということになるだろう。

古鷹がこの村に向かっていた本来の目的は、宮藤家に出入りする、とある政治家の調査のためだった。話を持ちかけてきたのは、友人を介しての知人である別の政治家の秘書で、どうやら同じ党内での派閥争いに絡む問題らしい。当の秘書がそんな話をしたわけではなく、あくまでも古鷹の推測ではあるが、大きく外れてはいないだろう。

対象者である政治家は先手を打つのが異様に上手く、依頼主も幾度か煮え湯を飲まされたことがあるらしい。だが、ある時ふとしたきっかけで『知られるはずのない情報を知られている』ような不自然さに気づき、秘密裏に調査をしたのだという。

そこで出てきたのが、この宮藤家だった。

対象者は、おおよそ二ヶ月に一度、夜中に人目を盗んでこの家に通っているらしい。愛人がいる雰囲気でもなく、一、二時間ほどで出てくる。よくよく調べると、この宮藤家にはそういった客の出入りが他にもあるという。依頼主が調べただけでも、その中に大企業の社長やら有名女優などがいるのだから、何もないわけがなかった。

そして、出入りのあった人物の周囲から噂を集める過程で、占いの話が出てきたのだ。誰かに占って貰っているという類の話ではなく、単純に最近興味を持っているらしい程度の話だったが、それが妙に引っかかった。

やがて調べを進めていくうちに、似たような話を幾つか聞き、推測が確信に近いものになったのだ。とはいっても証拠は何もない。外部に漏れないようにしているのなら、それなりに出入りする客は選んでいるとみて間違いないだろう。ならば、潜入するのは難しい。

そう思い、実際に宮藤家の周辺で調べを進めるため、また調査対象である政治家が近々また訪れるという情報を得たため古鷹はこの村へとやってきたのだ。上手くいけば、何か証拠になるような場面を撮ることができるかもしれないという期待とともに。

といっても、実際には村に辿り着く前にこの状態になり、葉月に出会うという奇妙な事態になったのだが。

犯罪に関わっているわけではないし、立場のある人間がそういったものに傾倒するのは珍しいことではない。ただ、一般人とは違い、記事の書き方次第でそういったものに関わっているということ自体がイメージダウンに繋がる。

明確な結果が見えぬものには不快感を示す人間が多い。結局のところ、依頼主にとってそれが事実であってもそうでなくても、証拠らしきものさえあればいいのだ。疑いを積極的に裏付けるようなものさえあれば、大抵の人は信じるのだから。

ふと、先ほど出かけた葉月のことを思い出す。

足枷を外された葉月は、高遠に肩を抱かれるようにして外に連れていかれた。玄関から見送った古鷹に、にこりと笑って手を振り、その後ろにはスイの姿もあった。高遠は葉月にスイは古鷹と一緒にいさせろと言っていたが、スイ自身が聞かなかったのだ。

恐らく、古鷹が余計なことをしないように見張りとして残しておきたかったのだろう。

二人が並んだ後ろ姿から昼間見た抱き合う姿までをつられて思い出してしまい、ちっと軽く舌打ちする。

屋敷の裏手へと回り、様子を窺う。杖をついているためゆっくりと、なるべく音を立てないように細心の注意を払った。

「多分、葉月はここだろうな」

裏山と屋敷の間には、車が通れる程度の道がある。そこを歩きながら、古鷹は屋敷を見上げて小さく呟いた。

葉月の家が古鷹の向かうはずだった村の外れにあると知った時から、宮藤家と関わりがあるのだろうと思っていた。この村で、あんなふうに家に人を囲い込むような状況を作れるのは、金も地位もあるからだ。

そしてその後、村で宮藤家の噂話を聞き納得した。狐屋敷。そう呼ばれる所以《ゆえん》となる出来事が、恐らく葉月のあの姿なのだろう。

「占い、か。あの状況だ。別に驚きゃしないな」

耳と尻尾を持つ葉月に、スイもいる。この上で、件《くだん》の占いの当事者が葉月であってもなんの不思議もない。

腕から杖を外し、垂直にしたまま手に持つ。少し足に体重をかけてみて、痛みはあるが我慢すれば歩けるだろうことを確認する。来る前に葉月から借りていたテーピングをしてきたため、少しはましだった。

痛みに顔をしかめながら、素早く屋敷の裏門へと向かう。以前、昼間のうちにこっそりと確認しておいた入れそうな場所から、そっと中を覗き込む。人気がないことを確認し、音を立てないよう中へと足を踏み入れた。完全な不法侵入だが、家の中にまで入る気はない。そしてもちろん、無計画に行動を起こしたわけでもなかった。人払いはされているだろうという、ある程度の自信はあった。

葉月がここに来るとして、家に入るなら絶対に裏からだろう。そして屋敷内でも人目につかないようにするため、なんらかの対応はされているはずだ。それでなくとも夜中に近いこの時間、その上、これから来るだろう客の人目に触れたくないであろう立場。それらに鑑みて、屋敷の庭に忍び込むくらいならばどうにかなるという勝算はあった。

外に出かける葉月は、羽織を着せられ尻尾も中に押し込まれていた。頭には大きめの帽子もかぶせられ、人目を避けるように通りやすい道ではなく森の中の獣道を通っていったようだった。あの様子なら、屋敷に戻ったからといって姿を人目にさらすことはないだろう。

(外から見ても、あいつがどこにいるかなんてわかりゃしないが……)

実際、危険を冒して敷地内に踏み込んでも、真相に行き着くための手がかりが摑める確率はかなり低い。だが、どうしてもじっと待っていることができなかった。葉月がここで何をしているかを知るために。

(さて、入ったはいいがどうするか)

門から建物までの距離は思った以上にあり、ゆっくりと庭木や石灯籠《いしどうろう》の陰に隠れながら家の中に目を凝《こ》らす。部屋から漏れてくる明かりはここまでは届かないが、夜の闇に目が慣れてきたこともあり、何かにぶつかることもなく壁伝いにゆっくりと庭を進んでいった。

「……っ」

ふと見た先、窓の向こうの廊下に、大きな白い影を見つけて息を呑む。スイだ。そう思った時、心の声が聞こえたかのように座ったままのスイが首を巡らせた。

視線が合った。遠目ではっきりと見えたわけではないが、そう思った。ばれたか。ぎくりと身体を強張らせたが、スイはしばらくこちらを見つめた後、ふいと興味を失ったように視線を外した。立ち上がり、目の前にある閉ざされた障子をまるでないもののようにするりとすり抜けていく。

(あそこに、葉月がいる)

間違いない。スイがいるのが何よりの証拠だ。しばらく睨むようにそちらを見つめていると、廊下の端に人影が見えた。スーツ姿の壮年男性の姿に、念のためにと持ってきていたコンパクトカメラを慌ててポケットから取り出す。ピントを合わせる間も惜しく、障子を開ける男性の姿を数枚写真に収める。部屋の中から顔を出したのは高遠で、古鷹は微かに眉を顰めた。

やがてきっちりと障子が閉じられると、古鷹はカメラを下ろした。転落した時に持っていたコンパクトカメラは、葉月に拾われる前に泥に濡れ壊れたと思っていたのだが、後日、車の中に置いてあった充電器で充電してみたら普通に使えたのだ。

（とりあえず、今日はこのくらいで引き上げるか）

次第に、足の痛みもひどくなってきた。人気のないうちにと元来た道を戻っていると、ふと、誰かに呼ばれたような気がして足を止めた。反射的に屋敷の方を見るが、すぐに誰も自分を呼ぶはずもないことに気づく。見つかっていたら、のんきに呼ばれる間もなく不審者として捕まるだろう。

「……葉月？」

まさか、そんなわけはない。そう思いつつ、古鷹は明かりのついた、けれどどこか威圧的な雰囲気を漂わせる建物を見遣り、目を眇めた。

暗い部屋の中を、片隅に置かれた行灯《あんどん》のほのかな明かりだけが照らしている。かろうじて部屋全体に明かりが届いてはいるが、薄ぼんやりとしていて、葉月は洞窟の中にでもいるような気分になった。

ここに来た時はいつもそうだ。人目につかないよう夜中に出入りし、照明も最低限に抑えられている。万が一誰かに見られても誤魔化せるよう、尻尾も羽織の下に隠し帽子もかぶったままだ。

八畳ほどの座敷の中央に膝を抱えて座った葉月は、膝の間に顔を埋めたまま羽織の下に隠した尻尾を小さく揺らした。

(早く帰りたいな……)

昔から、この空間が嫌いだった。冷たく、何もかもに拒絶されているような気がする。

宮藤本家であるこの家の中で、葉月はこの部屋にしか入ったことがない。いつも当主である父親に呼ばれた時だけ、高遠に連れられてここを訪れる。葉月にとっては実家になるが、他人の家という感覚が強く居心地が悪い場所だった。

ここよりはまだ、足枷があってもあの家にいる方がいい。今日は、特にそう思った。

(古鷹さん、もう寝ちゃったかな)

家にいるはずの人を思い、強張った頬を緩める。早く帰りたい理由は一つだけだ。待っている人がいるというその事実が、葉月の心を温めていた。溜息をつくと、吐く息すら温かくなっている気がする。

月に一度くらいの頻度で、葉月はここに呼ばれる。役目を果たし家に戻るまでの一時間程度が、葉月にとって唯一の外出だった。

葉月――宮藤の『狐憑き』――には、一つだけ特技がある。特技、と言っていいのかはわからないが、その力を家のために使うのが『狐憑き』の仕事だった。

誰かの、少し先の未来を見る力。

全てが見えるわけではない。相手が一番知りたいと思っているだろう事柄の未来を、断片的に見ることができるのだ。

そして、見た内容は高遠を介して相手に伝えられる。直接話すことは禁じられているし、葉月とて全て上手《じょうず》に伝えることなどできないからだ。

高遠家の人間は『狐憑き』がそれを見ている間、身体のどこかに触れることで、その映像を共有することができる。ある意味で『狐憑き』に近い存在。だからこそ、高遠家の人間はずっと『狐憑き』の世話を任されていた。

ぼんやり膝を抱えていると、がらりと右横の障子が開く。高遠が戻ってきたかと顔を上げれば、そこにはあまり会いたくない人物が立っていた。さほど大柄ではないが、こちらを見下すような視線を投げてくる男は、葉月の叔父にあたる人物だ。とはいっても、狐憑きである時点で一族との血縁関係はないものとみなされるため、宮藤家当主の弟と言った方が正しい。

普段叔父はここに住んでおらず、たとえ葉月が仕事でここを訪れても顔を出すことなどまずない。いつもとは違う、葉月にとってはあまり歓迎したくない事態に身を竦ませた。

叔父は、つかつかと部屋の中へ入ってくると、表情を変えることなく腕を振り上げた。

「……っ！」

ばしっと鈍い音がし、同時に頬に痛みが走る。身構える間もなく、叩かれた勢いで畳の上に倒れ伏した。何が起こったのか。茫然と叔父を見上げると、憎々しげにこちらを睨み下ろしてくる視線とぶつかる。

「外の人間を、中に入れたそうだな」

冷淡な声に目を見開く。もう、一番知られたくない人に知られてしまっていた。高遠も、この叔父の耳に入ることを最も警戒していたのだ。

「そいつが、村の中であれこれ嗅ぎ回っているそうだ。いいか、今日ここから戻ったら、そいつを殺せ」

「……っ！　そ、んな……」

嫌だ、と首を横に振ると、再び拳が振り下ろされそうになる。固く目を閉じ衝撃に備えるが、数秒経っても痛みは訪れなかった。恐る恐る瞼を開くと、叔父がこちらに拳を向けたまま、不自然な体勢で固まっている。

『葉月』

するりと障子の向こうから、障害物などないように戻ってきたスイに視線を移す。どうやらスイが止めてくれたらしい。だが、葉月があらぬ方向を見ているのに、叔父の表情が不気味なものでも見るように一層歪められた。

「スイ、大丈夫」

『……――』

低い唸り声とともに、スイが叔父を一瞥する。と、身体の自由が戻ったのか、叔父がつんのめるようにしてたたらを踏んだ。激しい舌打ちの音が聞こえ、身を竦ませる。

「この、化け物が！」

罵るように呟かれた低い声に、俯いたまま拳を握りしめる。幼い頃から聞かされてきたその言葉は、何度聞いても慣れるものではない。

「お前は、どれだけこの家に災いをもたらせば気がすむ。お前らがいるから、この家は……俺達は！」

憤ったように続け、だがすぐに客が来るのを思い出したかのように、叔父が入ってきた方とは別の障子で仕切られた向こう――続きの間に視線を走らせる。再び舌打ちし、叔父は「いいな」と念を押すように続けた。

「お前が引き込んだ人間は、お前の責任で始末しろ。家の敷地内に埋めておけば見つかる心配もないだろう。そいつがこの家に何かしてきたら、お前だけじゃない、一族全体が危ういんだ」

「……いや」

咄嗟に言い返した声に、叔父が瞠目《どうもく》する。だがそれよりも、声を上げた葉月自身が驚いていた。けれど、そこでやめることができず先を続ける。

「嫌だ。もしあの人に何かしたら、絶対に許さない。何かあったら……すぐに、俺は死ぬから」

「……っ、お前」

「死んだら、きっと他の狐憑きが生まれるよ」

高遠から聞いて知っている。今、叔父の長女が妊娠しており、数ヶ月後に子供が生まれるのだ。その子供が狐憑きになるとは限らないが、葉月がいなくなれば確率は高くなる。どういった基準で選ばれているかもわからないため、防ぎようがない。

怒りに震え、真っ赤な顔をした叔父が腕を振り上げる。だが逃げずに真っ直ぐ叔父を見据えた葉月に、怯んだように後退った。

「疫病神が……っ！」

悔しげにそう言い残し、荒い足音とともに叔父が部屋を出ていく。

障子が激しい音を立てて閉まると同時に、ほっと息をついた。スイは、いつの間にか葉月の背後に回り込みその場に伏せている。背中に当たる柔らかな毛並みに埋もれるように、後ろに体重を預けた。温かな身体に、じんじんと痛みを訴える頬を寄せる。

『相変わらず、ここの空気は淀《よど》んでいるな』

「……家の方が落ち着くかな。早く帰りたいね、スイ」

『あの男……』

「ん？」

珍しく言い淀んだスイの声を、目を閉じて聞く。あの男というのは叔父のことだろうか。どうしたのかな。そう思いながら続きを待っていると、からりと再び右横の障子が開く音がした。閉じていた瞼を開くと、シャツにスラックス姿の高遠が部屋に入ってくる。

葉月が何かにもたれるような姿勢でいるからだろう。高遠の視線が葉月の背後に注がれる。だがその視界に何も映っていないのが、ほんのわずかに寄せられた眉でわかった。

『でかい専用クッションだな。いや、布団か』

耳に古鷹の声が蘇る。この間、スイの身体にもたれかかって昼寝をしていた葉月を見てそう笑ったのだ。スイがうるさげに尻尾を振ると、運悪く古鷹の顔に直撃してしまい、そのまま一人と一匹の口げんかが始まった。

これまでになかった騒々しさは、何もかもが新鮮で心が弾む。けれど、だからこそ、その時間が続けられないことに胸が痛くなった。

（古鷹さん……）

先ほどの叔父の言葉を思い出し、胸元の衿を握る。古鷹には、早くこの村を出て貰わなければならない。殺せ、というあれは冗談でもなんでもない。本気の言葉だ。滅多なことはしないと思うが、下手をすると、家から出ている間に古鷹に危険が及びかねない。

そして叔父にばれているということは、当主である父親も知っているのだろう。

（でも、和ちゃんが何も言わないってことは、許してくれてるのかな……）

当主である父親と叔父の考え方が、全く同じでないことは知っている。

父親は家を第一に考えてはいるが、それでも葉月が望めば高遠を通して叶えてくれていた。パソコンもそうだし調理器具などもそうだ。勉強がしたいと望んだ時も、高遠に暇を見つけて教えてくれと言ってくれたらしい。だから葉月は、高校生用の参考書までなら一人で解くこともできる。

逆に叔父は、葉月を毛嫌いしている。足枷も、叔父や葉月を直接知らない一族の人間を落ち着かせるための道具の一つだった。あれがある限り、葉月はこの村を出て行けない。その安心感が、必要なのだ。

（あと、十日……）

それが、今日の昼間に高遠とした約束だった。どんなに長くとも、十日。葉月もそれでいいと頷いた。父親は、それを許してくれたのか。聞いてみようかと隣を見たが、高遠が時計を一瞥しこちらを見たことで時間がきたことを知った。

「葉月、そろそろ時間だ。準備は」

「大丈夫」

隣に座った高遠に手を差し出すと、大きな手で握り込まれる。同時に、高遠が入ってきた方とは別の——正面側にある障子の向こうの部屋に誰かが入ってくる音がした。部屋を仕切っている障子は開かれないままなので、そこにいるのが誰かはわからない。

「いいぞ」

高遠の声を合図にそっと目を閉じる。

視界を暗くし、障子の向こうにある気配に気持ちを向ける。額の中心が熱くなるような感覚。慣れたそれに神経を集中させると、暗闇の中に薄ぼんやりとした光が点《とも》り始めた。白いスクリーンのように広がった光の中に、映像が浮かび上がる。

（男の人……いっぱい。あれは、段ボールかな。建物、人……怖い）

ぞろぞろと並ぶ男達が段ボールを抱えて歩いている。笑みのないその表情と、都会的な建物の雑然とした風景は、どこか無機質で冷たい印象を与えた。

ふっと光の中に浮かんだ景色が薄れて消えていく。葉月の手を握っていた感触が離れていき、隣で人が動く気配がした。高遠が離れていったのだ。

（え？）

目を閉じたまま、いつも通り自然と光が消えていくのを待つ。だがふっと再び光が強くなると新しい映像が浮かび――そこに映し出されたものに顔を強張らせた。

赤。

咄嗟に思い浮かんだ言葉はそれだった。禍々《まがまが》しい、そして目を見張るほどの鮮やかな赤い色。水たまりのように広がったそれの中央に、俯せで横たわる人。

「……——っ！」

思わず上げた叫び声は、幸いにして音にならなかった。ひゅっと息を吸い込み、映像が消えるのを待たずに目を開く。瞠目したまま、震える身体を自身の手で抱き締めた。

『葉月、どうした』

「……あ、ぅ……」

畳に額をつけるように上半身を倒した葉月に、背後から気遣わしげな声がかかる。だがスイのそれにも答えを返せないまま、たった今見た映像を脳裏に蘇らせた。

（あれは、何。あれは……古鷹、さん？）

血の海に横たわる男の姿。服装も、体格も、髪の色も。見覚えのあるあの姿は、確かに古鷹のものだった。

（どうして、あんな。それに、なんで古鷹さんが？）

鼓動が異様に速くなるのがわかる。嫌な予感に胸苦しくなり、喘《あえ》ぐように息を継いだ。苦しさを誤魔化すように、摑んだ自身の腕に無意識のうちに爪を立てる。

『葉月！』

空気を切り裂くような声が意識に割り込み、目を見張る。ふっと緊張が解け身体から力が抜けた。いつの間にか畳に押しつけていた頭を持ち上げ、上半身を起こす。声の主——スイの方を振り返り、ごめんと硬くなった頰の筋肉をどうにか引き上げようとする。

『葉月、何を見た』

「……――」

躊躇のないスイの問いに、葉月は言葉を詰まらせる。言葉にしてしまうとあの光景が本当のことになりそうでできなかった。とはいえ、もしもあれが少し先の未来なら、葉月が言わなくても実現することになってしまう。

「古鷹さんが、血だらけで倒れてた」

『あの男が？』

「どうしよう、スイ。このままじゃ古鷹さんが……っ！」

伏せたスイの身体にしがみつく。一体何が起こるのか。不意に、先ほどの叔父の言葉を思い出し身震いする。どうすればあの未来を間違いにできるのだろう。見るだけで何もできない自分の力を、今ほど恨めしく思ったことはない。

『落ち着け、葉月。本当にあの男だったのか？』

「うん……」

顔は見えなかったけれど、あの姿形は確かにそうだ。首や手首……あちこちから血を流した古鷹が、血だまりに横たわっていた。

「でも、なんで……なんで、見えたの？」

『それは……』

スイの声を遮るように、障子が開く。葉月の手を離した後に一度部屋を出ていった高遠が戻ってきたのだ。座り込んだまま視線を向けると、眉間に皺を刻み葉月の前に膝をつく。

「大丈夫か？　ああ、やっぱり。また熱が出てるな」

額に掌を当てられ、そのひんやりとした感触にようやく自身が発熱していることを知る。これをやった後はいつもそうだ。翌日には治っているのだが、毎回高遠には心配そうな顔をさせてしまう。

「もうしばらく、我慢できるか？」

あの障子の向こう側にいた人間が帰り、家の中が落ち着くまでは、葉月はここから出られない。下手に屋敷の中を動き回ると、家で働いている人間や客に見咎められる恐れがあるからだ。いつものそれにのろのろと頷くと、よほど体調が悪いと思ったのだろう、一層表情を曇らせる。

「今日はうちに泊まるか。あそこに帰っても……」

最後まで聞かないまま、葉月は反射的に首を横に振っていた。今はとにかく早く帰って、古鷹の顔を見たかった。今はまだ、大丈夫だろうか。これからすぐのことでなければいい。祈るような気持ちで考えながら、葉月は俯いて唇を噛む。

正面で諦めたような溜息とともに、くしゃりと髪がかき混ぜられる。その慣れた感触は、いつでも安心を与えてくれるものだ。なのに、今の葉月の心は少しも晴れない。

次々と湧き上がる不安に叫び出したくなるのを堪えるように、スイの身体に顔を埋める。そんな葉月を守るように、柔らかな尻尾がそっと身体を包んでくれた。

静寂の中に、葉月の苦しげな息づかいが響く。

暑そうに布団の上掛けを外す姿に、古鷹は肩を冷やさないようかけ直してやった。歪んだ頬に眉を顰め、古鷹は葉月の額の上に乗せた手拭いを取り上げた。

枕元に置いた桶《おけ》に張った氷水で手拭いを濡らす。絞って水気を切ると、再び葉月の額の上に乗せた。もう一つ桶にかけていた手拭いで、汗に濡れた首筋を拭ってやる。

宮藤家に訪れた客人の写真を撮った後、すぐにその場を離れた古鷹は葉月達が帰ってくる前に家に戻った。どちらにせよ、客人が家にいる間は外に出られないだろう。そう思い急いで戻ったのだが、やはりその通りだったようで、古鷹が戻って浴衣に着替えた頃ようやく帰ってくる気配がしたのだ。

だが迎えに出た玄関口で目にしたのは、スイの背中に乗せられぐったりとした葉月の姿だった。何事かと駆け寄ると、スイから熱を出しただけだと説明された。どうやら高遠は、ここに戻ってくる途中で急患の連絡があったらしい。高遠から渡された薬が葉月の袂に入っていると言われ、探れば確かにそこには高遠医院の薬袋が入っていた。

『葉月、ほら薬だ』

ひとまず寝かせようと慌てて布団の中に押し込み、台所にあった薬缶《やかん》で湯を沸かし白湯《さゆ》にして葉月のところへ戻った。だが熱が上がってきたのか、うなされていた葉月は薬を飲もうとせず、起こしても起きなかった。

迷ったのは一瞬。解熱剤らしい錠剤と白湯を口に含むと、古鷹は口移しで葉月に薬を飲ませた。唇を重ねるとあわいから舌を差し入れ、錠剤と白湯をゆっくりと流し込んでいく。幾度かそれを繰り返して白湯を飲ませると、ほんの少しだけ葉月の表情が緩んだ気がした。それでも触れた舌は熱く、体温計が見当たらず正確に計ってはいないものの、かなり上がっているだろう熱に唇を合わせたまま思わず眉を顰めていた。

それから一時間ほどが経った今、薬が効いてきたのか最初よりは落ち着いてきている。まだ苦しげではあるが、呼吸も規則正しいものになってきていた。

「スイ」

『……――』

ぼそりと呟くと、どこからともなくスイが姿を現した。葉月の枕元に座った大きな狐に古鷹は冷めた視線を向ける。

「あそこで、葉月は何をしていた」

詳細は言わずとも、伝わっているだろう。あの時、宮藤の家でスイは確かに古鷹に気がついていた。あの後高遠が出てくる様子もなかったため、スイは何も言わなかったのだろう。

『知りたければ、己の力で探せ。その役目は私ではない』

突き放す言葉は、予想していたものだ。だから古鷹もそれ以上は問わなかった。

全てを話すほど信用されていないのは当然だ。会って間もない人間に軽々しく話せることではないだろう。それでも、事情を知らず蚊帳《かや》の外に置かれることが腹立たしいほどには、葉月と関わりを持ちたいと思っていた。たとえそれが本人から必要とされていない——古鷹のエゴだとしても、だ。

「……だか、さ……」

耳に届いた微かな声に、どきりとする。自分の名を呼ぶそれに目を覚ましたかと思い顔を覗き込むが、瞳は閉じたままで、寝言かと肩から力を抜いた。

それでも意識のない時に呼ばれるのは頼られているようで面映《おもは》ゆい。汗ばんだ髪の毛を分けて力なく垂れた耳をそっと撫でてやる。起こさないように幾度か葉月の頬を撫でた後、再び額に乗せた手拭いを氷水で冷やした。

「早く治せよ」

自身でも意識しないまま愛おしげに瞳を細め、古鷹はそっと熱で荒れた唇を指先で辿った。

「ん……？」

息苦しさに眉を顰め、薄く目を開く。寝ぼけた頭で天井を見つめ、身体の重さに葉月の風邪が移ったかとぼんやり考えた。だがその割に、身体に籠もるような熱は感じない。

（そういえば、葉月は大丈夫か？）

寝る前に見た苦しそうな表情を思い出し、様子を見に行こうとはっきりし始めた意識の中で考える。そこでようやく、身体が重いのが体調のせいではなく物理的な重量のせいだと気がついた。

「……っ！　おい、葉月⁉」

見れば、腰の辺りに跨《また》がるようにして葉月が座っている。そのまま俯せに身体を倒して、上半身を重ねるようにして古鷹の上で眠っていた。かけていたはずの布団は、葉月の手によって脇に避《よ》けられている。

葉月の身体ごと上半身を起こすと、んん、と寝ぼけた声が聞こえてくる。後ろに倒れそうになる身体を背中に腕を回して支え、胸元に抱き込む。体温が高く、まだ熱が下がっていないのが肌を通して伝わってきた。

「お前、こんなところで何やってるんだ……」

驚きと呆れで深々と溜息をつく。独り寝が嫌だと親の布団に潜り込んでくる子供のような行動に、そしてそれを可愛いと思っている自分に、苦笑を禁じ得ない。

ぽんぽん、と軽く背中を叩いてやり、どうするかとしばし逡巡する。

抱えて隣の部屋に敷いた葉月の布団に戻してやってもいいが、今も古鷹の胸元にしがみついて離れない手を強引に外すのも忍びない。

「まあ、このままでいいか」

とりあえず、朝まで隣に寝かせておけばいいだろう。そう思い、葉月を布団に横たえようとしたその時……──。

「ちょ、おい？」

訝《いぶか》しげな声になったのは、寝ていたはずの葉月の腰が古鷹のものに押しつけられるようにして動き始めたからだ。やがて古鷹の浴衣の衿を開くと、胸元に熱を持った唇を押しつけてきた。

「ん……」

妖《あや》しげな声に、腰の辺りに熱が溜まるのがわかる。だが未だ混乱の方が強く、葉月の肩を摑んで身体を離した。

「あ、やぁ……」

ぐずるような声とともに、葉月が古鷹の身体に手を伸ばす。衿を摑まれたまま顔を覗き込めば、先ほどまで閉じていた目はうっすらと開かれ涙の溜まった瞳でこちらを見上げてきた。

「……――っ」

そこにあったのは、真っ直ぐな子供のような表情ではなかった。頬は紅潮し、瞳は何かを求めるように潤んでいる。誘うように、縋るように。こちらを見つめるその視線にぐらりと視界が揺れた気がした。

「葉月……？」

掠れた声で名を呼べば、こちらを見ていた顔がふわりと笑んだ。そのあどけなくも艶《あで》やかな笑みから目を離せずにいると、ゆっくりと葉月の顔が近づいてくる。

「葉……っ」

唇が重ねられ、ぺろりと舌を舐《な》められる。押し返さなければと思った腕は、だが驚きでわずかにできた歯列の隙間から入り込んできた舌に押しとどめられた。柔らかな舌が古鷹の口腔に差し込まれ、ぎこちなく絡めてくる。

「ん……っふ……」

熱があるからだろう。先ほど口移しで薬を飲ませた時と同じ熱さが、口腔から伝わってくる。違うのは、それが病人に対するものとは別の感覚を伴っていることだった。衿を摑んでいた腕が首に回され、身体をぴったりと重ねたまま口づけられ、葉月を押しのけることも忘れてしまう。いつの間にか、貪るようにキスを返しながら葉月の背中へ腕を回して抱き込んでいた。

「あ……や……」

口づけを解くと、むずかるように葉月が首を横に振る。もっと、と掠れた声で呟かれたそれに、このまま細い身体を貪りたいという強い欲求が湧き上がるが、どうにか理性で抑え込んだ。焦点が合っていないわけでもなく、動きが鈍いわけでもない。寝ぼけているとは思えないが、一体葉月に何があったのか。普段の性格を見ていて、いきなりこんなことをするタイプではないことはわかっている。

(男を知らない——か、どうかはわからないが)

そう考えた瞬間、苛立ちを覚えたが、今のこの状態で手を出してしまうにはあまりにも奇妙なことが多すぎた。

「スイ。葉月はどうした」

『……——』

古鷹の背後に気配を感じ、再び口づけてこようとする葉月の頭を抱え込んで胸元へと引き寄せた。額を自分の身体に押しつけると、返事を待つ。

『わからん』

「これまで、こんなふうになったことは?」

『ない』

端的な、こんな時まで慌てる様子のない天狐に、そうかと溜息をつく。

「葉月に危険はないのか？　診療所には？」

『……酩酊《めいてい》はしているが、それだけだ。身体の内に籠もった気が外に出せなくなっているようだが、寝てしまえば治まる』

しばらく様子を見るように葉月を見ていたスイの言葉に、ほっと安堵の息を吐く。原因はともかく、命に関わるような危険がなければいい。

『手を離せ。あちらに戻しておく』

「……朝まで俺が預かる。どのみち、この状態じゃ戻してもまた来るだろう」

言外に姿を消せというのを理解したのだろう。しばらく無言で古鷹を見つめる気配がした。

『お前が危険じゃないとどうして言える？』

「意識のないやつに手を出すほど、不自由はしていないからな」

やがて、ふん、と面白くなさそうな声とともにスイが姿を消した。無理矢理葉月を連れていくかとも思ったが、あっさりと古鷹に任せたことに多少驚きすら感じた。

「……さて」

もがく葉月の頭を押さえ込んだまま、どうするかと溜息をつく。寝るまでこの体勢でもいいが、できれば早々に寝かしつけてしまいたかった。

（さすがに、この状態で最後までやるのはな）

葉月自身、朝になって今夜のことを覚えているかわからない。前後不覚な状態で身体を奪ってしまうようなやり方は、好きではなかった。

何より、葉月の心が伴っていない状態で身体を重ねても虚しいだけだ。互いに身体だけの関係だと割り切っている相手ならともかく、好きな相手にそれをしたら確実に後悔する。

「……ったく」

そこまで考えて自嘲する。誰かに対して好きだと――嫌われたくないと思うのは、初めてのことかもしれない。この容姿は、身内から忌避される一方、周囲からは望まぬ好意を寄せられることが多かった。これまでの相手も、一方的に好きだと言われ付き合い、気がつけば離れていったということばかりだった。拒みもしないが、追いもしない。薄情者の典型だと友人からは言われているが、自分でもその通りだと思っている。

人に対して執着することなどなかった。友人達も、古鷹のそんな性格を知っているせいか適度な距離感を保ってくれている。親しいが、深くは突っ込まない。古鷹も友人に対してそのスタンスを崩さなかった。

だが葉月は違う。もっと深く知りたい。関わりたい。そのために葉月からは嫌われたくなかったし、傷つけるようなこともしたくなかった。

「……ぃ……あつ、い」

胸元からくぐもった声が聞こえ、押さえていた手を緩める。見れば、大きな瞳からぽろぽろと涙が零れ浴衣を濡らしていた。

「葉月？　どうした」

汗で頬に張り付いた髪を避けてやり、涙に濡れた目元を指で拭う。知らず声が甘やかなものになるのを自覚し、心の中で苦笑した。

「こ、だかさ……あつ、い……」

ん、と唇から零れた声は、艶の混じったものだった。スイと話して落ち着いていた欲情が再び腹の底に熱を溜めていく。やはり早めに寝かせた方がいい。そう判断し、葉月の身体を少しだけ離した。

「ここ、あつい……、なんで……」

は、は、と息を継ぎながら、葉月が古鷹の手を取り自身の中心へと導いていく。先ほどから葉月のものが勃起《ぼっき》しているのはわかっていた。古鷹のものに押しつけるようにしていたそこに浴衣の上から触れてやると、葉月が喘ぐような声を上げた。

「ああ……っ」

浴衣をかき分け葉月のものを探る。尻尾があるからだろう、下着は穿《は》いておらず、濡れた感触が掌に伝わってきた。形を確かめるように撫でてやると、それだけで葉月は身体をくねらせ切羽詰まったような声を上げる。すぐに小さな嬌声《きょうせい》が耳に届き、びくびくと反射のように幾度か腰が震えた。

「……触っただけでイったのか？」

「んんっ！」

可愛い反応に思わず唇に笑みが浮かぶ。葉月を寝かせるためだ。そう心の中で言い訳し、葉月の腕を首に回させたまま、濡れた手で再びそこを擦る。一度達したというのに葉月のものは萎《な》えておらず、次第に古鷹の手に合わせるように腰を揺らし始めた。

「あ、あ……もっと……」

刺激が足りないのか、葉月が譫言《うわごと》のように呟く。だが自分でもどうしていいのかがわからないらしく、むずかるような声を上げ始めた。古鷹の肩に伏せた顔を上げるよう囁《ささや》くと、宥《なだ》めるように頬や鼻にキスをする。幾度かそれを繰り返し、やがて唇を重ねた。

「ん、ん……っ」

水音をさせながら、幾度も舌を搦《から》め捕る。上顎《うわあご》の裏辺りを舌先で繰り返し刺激してやると、手に握った葉月のものから先走りが零れるのがわかった。

「はぁ……、ふ……古鷹さ……もっと、ちょうだい……」

自分で何を言っているのかわかっているのか。堪えきれなくなりそうな衝動をねじ伏せながら唇を離す。膝の上に葉月を乗せたまま、浴衣をはだけて胸元に唇を寄せた。

「腕、離すなよ」

「あ、あ、ああ……っ」

片腕で腰を支え、もう片方の手で葉月のものを刺激しながら、快感に尖った胸の先端を舌

で転がす。きつく吸い上げ、舌先で弾《はじ》くと、葉月が喘ぎながら首に回した腕に力をこめた。もっとして欲しい。嬌声の中にその言葉を聞き取り、自身の忍耐に限界を感じつつも、これまでより強い刺激を葉月に与えた。

握った竿を扱《しご》き、胸先に軽く歯を立てる。腰を支えていた腕を外し、片方を唇で、空いた方の手でもう片方を弄《いじ》ると首を激しく横に振り弾みで古鷹の首から腕が外れた。

「あ、あ……あああっ」

「……っと」

危うく後ろに倒れそうになった葉月の背を片手で支える。古鷹の腰に絡んでいた脚を外させ、無理矢理、背後から抱き込むように身体の向きを変えた。

「そう、いい子だ。そのままこっちに寄りかかってろ」

葉月が素直に身体を預けてくると、腹の辺りに尻尾が当たり思わぬ刺激をこちらに与えてくる。苦笑し、尻尾の根元を撫でてやると、これまでよりも高い声が上がった。

「やっぱり弱いのか？　ここ」

「駄目ぇ……そこ、変になる……」

くすりと笑うと、葉月がふるふると首を横に振る。やはり尻尾や耳は感覚が強いらしい。

ふと悪戯心《いたずらごころ》が芽生え、目の前にある耳を舌で舐めた。

「ひゃん……っ」

毛づくろいのように柔らかな毛を根元から舐めてやり、耳先を甘噛みする。

「あ、あっ……や……っ」

幾度か遊ぶように感触を楽しみ、くちゅりと音を立て耳の内側に舌を這わせると、いつしか葉月が身を捩《よじ》り始めた。見れば、古鷹が手を外していた中心に自身の手を添えて、不器用な手つきで扱いている。自慰などほとんどしたことがないのだろう。快感を追うというより力任せに扱いているような手つきに、そっと葉月の手を外させた。

「そんなんじゃ痛くなるぞ」

唇を寄せていた耳元で囁くように告げると、ひくりと耳が震えた。腹の辺りに当たる尻尾も根元から硬直したようになっている。欲しがるような態度とは裏腹にぎこちなさを感じるその反応に、こういった行為に慣れていないことが透けて見えて知らず微笑んだ。

「古鷹さ……も、一緒……」

不意に、葉月が古鷹の下肢《かし》に手を伸ばしてくる。何を、と思えば、浴衣の裾から手を差し入れ古鷹のものを探ろうとしていた。

「ちょうだい、古鷹さんの……欲し……っんぅ」

みなまで言わせず、顎を取って振り向かせるようにして口づけで言葉を止めた。けれど嫌がるように暴れられ、仕方がないと腹を括《くく》った。最後まではしないが、このくらいは許して貰おう。そう思い、下着を下ろして猛《たけ》ったものを取り出す。

「あ……」

背後から尻の間に当てると、葉月が嬉しげに微笑む。無邪気にも思えるその表情とは裏腹に、葉月は自身の後ろを古鷹のものに擦りつけ始めた。

「お前、な……っ」

いつか意識のある時に覚えてろよ。内心で歯噛みしながら、葉月の悪戯をやめさせる。腰を抱き寄せ、葉月の中心を握ると一気に追い上げるように扱いた。腰を揺らして、声を上げる葉月の後ろに自身のものを擦りつける。古鷹の身体で尻尾が擦れているのにも感じているらしく、嬌声を上げながら身悶《みもだ》えた。

「あ、あ、あ……あああっ！」

古鷹の掌で放埒《ほうらつ》を迎えた葉月は、やがてがくりと身体を預けてきた。硬直が解け、力が抜けたのだろう。くたりとした身体を離そうとすると、その腕に手がかけられた。

「もっと……欲し……」

胸元に、甘えるように頭を擦りつけてくる。障子の向こうから入ってくる月明かりに照らされた葉月の姿は、何とも言えず淫靡《いんび》なものだった。浴衣ははだけ、露《あらわ》になった下肢は葉月が放ったもので濡れそぼっている。後ろへ伝い古鷹のものすらも濡らすほどのそれに、今すぐ葉月を奪ってしまいたい衝動に駆られた。

露になった足首に足枷はついていない。高遠は戻っていないし古鷹がつける義理もないため放ってある。このまま、ここから連れ去れたら。そう思いつつも、単純にそうすることが葉月のためにならないことも理解しているため、自身の力のなさに臍《ほぞ》を噛むしかない。

「ねぇ、ちょうだい……」

焦《じ》れたように古鷹の腕の中でもぞりと動き、葉月が再び向かい合うように抱きついてくる。自身と古鷹のものを擦り合わせ、んん、と気持ちよさそうな喉声《のどごえ》を上げた。

「……っ、全く、厄介なやつだ」

ぼそりと呟いたそれに、ぼんやりと葉月が視線を向けてくる。なんでもない、と苦笑交じりの言葉とともに、自身の箍《たが》がどこまで持つかと溜息を零しながら、古鷹は再び葉月の唇に口づけを落とした。


山道を走っていた。

どきどきと高鳴る胸を押さえながら、葉月《はづき》は、草履《ぞうり》を履いた足で山道を駆けていく。道らしい道はない。草と土と岩と木と。歩くことすら難儀するような場所を、まるで平地のように進んでいった。

（もうすぐ、もうすぐ会える……）

心の中で何度も呟《つぶや》きながら、唇《くちびる》が笑みの形を刻んだ。この先に待つ人のことを考えるといつもそうだ。頬《ほお》が緩むのを止められない。

木々をかき分け、光が差す方へ進んでいく。山の奥深く。澄んだ空気が満ちたそこは、居心地もよく、何より大好きな人がいる場所だった。

あと少し。視界の端に流れていく風景には目もくれず、ただ光のある場所だけを見つめて一目散に走っていく。そうして辿《たど》り着いた瞬間、視界は真っ白な光に包まれた。

だが視界を染めた光が収束し消えた時、目の前に広がったのは、赤と白だった。よく見ればそれは人の背中で、そこは血に塗《まみ》れていた。白は着物の色だ。よく見れば泥や血で汚れたそれを、必死で掴《つか》む。先ほどまでの浮かれた気持ちは一瞬で消え失せ、胸に絶望的な悲しみが広がる。

『……――、……――っ』

自分が何かを叫んでいるが、音は聞こえない。ただ、この広い背中を離してしまっては絶対に駄目だという気持ちだけが強くあった。男がこちらを向いて何かを呟く。だがやはり、音は耳に届かない。優しい笑み。心配するな、お前だけは助ける。そう言った気がしたのは気のせいか。

(駄目、駄目……それは、危ない……っ!)

突如、目の前の身体《からだ》が、がくりと力を失う。男の背中が視界から消えた瞬間、正面に禍々《まがまが》しいほどの黒い塊が見えた。人の形を取ったそれは、全体が黒くて顔も姿もはっきりしない。

ただ、男と同じほどの身長だということだけがわかった。

視線が合う。それだけなのに、ぞっとして全身に鳥肌《とりはだ》が立った。

怖い……――。あれは悪いものだ。近寄ったら殺される。

そう思うのに、身体はぴくりとも動かない。だが目の前で、再び自分を庇《かば》おうとしている背中を見つけた途端、呪縛をかけられたように動かなかった身体に灯《ひ》が点《とも》った。

『呪《のろ》いをかけた。なに、死にはしない。寿命が尽きるまで、永遠に続く痛みを味わうことになるだけだ』

楽しそうな悪意に満ちた声だけが、やけに鮮明に聞こえた。死よりも辛《つら》い、永遠に途切れることのない痛みの呪い。そんなものを、目の前の――大好きな人に、与えてなるものか。

考える間などなかった。自分を庇うように動かない目の前の男の背から、飛び出した。

正面から伸びてきた黒い影。首と腕と脚、そして身体に巻き付いたそれが吸収されて消えていく。そして次の瞬間、身体中に痛みが走った。影が巻き付いた場所が燃えるように熱くなり、痛みを訴え始める。

熱い、熱い、熱い……――。

気を失えたら――いっそ、死んでしまった方がましだ。延々と続く痛みにそう思った時、耳に音が届いた。

叫び声。誰かが、叫んでいる。悲しい慟哭《どうこく》にも似たそれに、これ以上痛がったら心配をかけると痛みを堪《こら》えた。泣いちゃ駄目だよ、と小さく呟く。

大丈夫。俺は……――。

朦朧《もうろう》とする意識の中で何かを告げる。うっすらと目を開くと、視界には穏やかな風景が戻っていた。先ほどの影はいない。もう危険はないのか。ならば男も助かるだろう。痛みよりもそちらの安堵《あんど》が勝り、自然と唇に笑みが浮かんだ。

やがて目の前に光の塊が現れる。大きな塊は、やがて自分もよく知る形になっていった。

（あれ、どうして……）

男が、光の塊を撫《な》でる。大きな狐を象《かたど》ったそれは――天狐だ。天狐の頭を優しい手つきで撫でた男は、額を合わせる。何かを呟くと、光は一際強い光を放った。

真っ白に染め上げられた視界の中で、ゆっくりと意識が遠のいていく。

『……――から』

その中で、確かに愛《いと》しい人の声を、聞いた気がした。

再び目を開いたとき、周囲は真っ暗だった。

先ほどまで見ていた光はどこにもなく、ただ闇だけが広がっている。自分がどこに立っているのかも――本当に立っているのかすらも、わからない。

『ようやく、機が巡ってきた』

耳元で、声が響く。全身を駆け抜けた悪寒にその場を飛びのくが、暗闇に目が慣れることはなく、やはり何も見えない。

『……誰』

今度は声が出た。いや、音が聞こえた。

『誰だろうな。そんなものはとうに忘れた。だが、お前とあいつのことは忘れない』

楽しげな声は、どこから聞こえてくるのか。背後からか、正面からか。よくわからないがすぐ傍《そば》から聞こえてくるのだけは確かだった。

『あの時はしくじったが、今度は造作もない。力を失った人間の男の命など、簡単に奪ってやれる。これで、ようやく長年の恨みを晴らせるというもの』

その言葉に、嫌な予感が全身を駆け巡る。ここは危ない。早く戻らなければ。そう思うのに、足が縫い止められたように動かなかった。懸命に動かそうとしてジャラリと音がする。足首を見ると、そこには見慣れた足枷《あしかせ》があった。暗闇のはずなのに、それだけがくっきりと見える。

(嫌だ、嫌だ……)

繋《つな》がれたそれを解《ほど》こうとしゃがんで足枷に手をかける。けれど、それはびくともしない。

どうしてと思う一方、これは外せないものだということも理解していた。

『お前は、生きているだけで周囲の人間を不幸にする』

笑い声とともに聞こえてきた覚えのある声にぎくりとする。足枷にかけていた手が震え、やがてそこにしゃがみ込んだ。膝《ひざ》を抱えて顔を埋《うず》める。

『お前が逃げたから、家の人間が次々と死んでいった。あの時と同じだ。お前が天狐を奪ったから、あいつは力を失いただの人間になった。そして力を失ったから――あいつは、俺に殺される』

『……――っ！』

にたり、と誰かが笑った顔が見えた気がした。

（どうして、誰が……また、死んでしまう。誰が……――古鷹《こだか》さん、が）

混乱する頭の中で、不意に脳裏に名前が浮かぶ。そうだ、あの人だ。血だまりに倒れていた映像。あれは決して、間違いではなかったのだ。遠からず起こる未来。

『やめて、あの人を殺さないで……っ』

膝を抱えたまま、震える声で懇願する。

『もう遅い。あいつには、お前を通して呪詛《じゅそ》をかけた。天狐があいつの元に戻らない限り助からないだろう』

まるで口笛でも吹きそうな調子の声が、徐々に遠ざかっていく。はっと顔を上げ、助ける方法を教えてくれと追い縋《すが》った。けれど無情にも声は小さくなり、やがて完全に気配が消えた。途方に暮れて闇の中で足を止め、どうしようと小さく呟く。

自分のせいで、古鷹の身に危険が及んでしまう。どくどくと早鐘を打つ鼓動が不気味なくらい近くで聞こえる気がした。

（お願いだから、あの人には手を出さないで……）

必死に祈りながら目を閉じると、足首にひやりとした感覚がした。ぱっと目を開くと、先ほどまでの暗闇は払われ、周囲の風景は一変していた。見覚えがあるのは、葉月がいつも使っている部屋だからだ。

目が覚めたような気もするが、身体が重い。ぼんやりとした意識で、腕を動かそうとしても動かない。まだ寝てるのかな。そう思いながら閉じそうになる瞼《まぶた》を何度も開こうとする。

『もうすぐだ。もうすぐ……』

囁《ささや》くような声に瞼を押し上げ周囲を見ると、すぐ近くに人影を見つけた。カシャリという音と、足首に何かがつけられた感触。慣れたそれが足枷だとすぐにわかったが、一体誰がと必死にその人影に目を凝《こ》らす。

「かず……ちゃ？」

見慣れたシルエットに掠《かす》れた声を出せば、優しい指先が髪を撫でてくれる。そのままそっと頬を辿った指が、首筋へと辿り着き、両手がそこに回される。

『早く、戻れ』

高遠《たかとお》にしては、どこか嗄《か》れた声。もしかしたら、高遠ではないのかもしれない。その可能性に辿り着き、ぞっとした。

「いや……や……」

離して。

そう呟いた瞬間、葉月の意識はすとんと暗闇に飲み込まれていった。


「……――っ！」

目を開くと、見慣れた天井が視界に入ってきた。

硬直した身体をそのままに視線だけで周囲を確認し、自分の家だと認識する。途端、全身から力が抜けた。どっと汗が噴き出し、寝ていたはずなのに体力を使い果たしたような気怠《けだる》さに襲われる。

長い間夢を見ていた気がする。その中で最後の方に見た夢だけが、鮮明に記憶に残っていた。丸めていた身体を布団《ふとん》から起こし、肺に溜《た》まった嫌な空気を吐き出すように息を吐く。

布団を捲《めく》ってみると、足首にはきちんと足枷が嵌《は》められていた。昨日は高遠が来なかったはずだから、無意識のうちに自分でつけたのかもしれない。だが、夢の中で高遠の姿を見た気もして、首を傾《かし》げた。

昨夜《ゆうべ》は、森の中を通って帰る途中、急患の連絡が入った高遠と別れそのままスイに連れて帰って貰《もら》ったのだ。その頃には随分熱が上がっていたらしく、家にいつ戻ったかも覚えていなかった。

本家に戻って『占い』と呼ばれているあれをやると、いつもそうだった。やったあとは熱を出して寝込んでしまう。大抵翌日には下がっているのだが。

「……――」

足枷をそっと撫でる。

自分はこの家でこれを嵌めておかなければならない。それは、幼い頃から言い聞かされてきたことだ。外せば、また誰かが……――。

そこまで考えて、身体が強張った。誰が、どうなる。

「古鷹さ……――、スイ」

名を呼ぼうとして、唇を噛《か》む。言いかけたそれを飲み込み改めて別の名を呼べば、ふっと大きな狐が姿を現した。ずっと傍にいてくれたのだろう。

「おはよう」

『熱は下がったようだな』

鼻先で頬を撫でられ、うん、と自分から顔を寄せる。

「昨夜、もしかして古鷹さんに迷惑かけちゃったかな」

『明け方までは様子を見ていたようだな。だが、お前もあいつの面倒を見ていたんだ。お互い様だろう』

やはり、帰り着いてからは古鷹が面倒を見てくれていたらしい。恩に着る必要などないというスイの言葉に、そんなわけにはいかないよと苦笑した。

「ねえ、スイ。ずっと前にした約束、覚えてる？」

スイの首筋にしがみつき、呟く。艶《つや》やかな毛皮に顔を埋めると、肯定するように尻尾《しっぽ》が揺れる気配がした。

『絶対に、嘘《うそ》はつかないでね』

言えないことは言わなくてもいい。けれど、嘘だけはつかないで。幼い頃に、たった一つ交わした約束。母親が死んでいることを知った直後にスイにお願いしたのだ。どんなに辛い事実でも、優しい嘘より本当のことを知っておきたいから、と。

「俺が誰かからスイを奪ったって、本当？」

『……否』

少しの間。そこには何がこめられていたのか。

「スイは、元々別の人と一緒にいた？　その人は、俺を助けるためにスイと一緒にいさせてくれたの？」

『……――』

答えはない。言えない、ということか。だがきっと沈黙は肯定と同義なのだろう。

『ここにいるのは、私の意思だ』

「……うん、ありがとう」

その言葉で十分だ。今聞いた答えからすると、あの夢で黒い影が言っていたことは本当なのかもしれない。自分が誰かからスイを奪ってしまった。だからその人は殺されてしまう。

（古鷹さん……）

あの時、葉月を助けてくれた広い背中。血塗れで、なお庇ってくれていた男の人の顔は古鷹にそっくりだった。初対面のはずなのに、あれはいつのことだったのだろう。これから先の未来のことだろうか。

もし、あれが夢でないとするなら、スイは古鷹の元にいたということになる。ならばあの影が言っていたのは、間違いなく古鷹のことだろう。

（どうしよう……俺のせいで、古鷹さんが）

不安で心臓が痛くなる。スイにしがみつく腕に力をこめた。どうしよう、どうしよう。それればかりが頭の中を巡り、どうすればいいのかわからなくなる。

すでに古鷹に呪詛をかけたと言っていた。スイが古鷹の元に戻らない限り、助からないとも。けれど、どうすればスイを戻せるのか。何よりそんな話をして、スイや古鷹が信じてくれるだろうか。

「スイ、古鷹さんは何か特別な力があるの？」

『いや。あれはただの人間だ』

問えば、こちらはすぐに答えが返ってくる。やはりそうか。古鷹も自分のこの姿のことはすぐに受け入れてくれたけれど、夢の話など本気で取り合って貰えるとは思えない。

溜息をつき、とにかく古鷹の様子を見に行こうと決める。本当にただの夢だったのかもしれないのだから。そう自分に言い聞かせ、のろのろとスイから身体を離した。

その時、ふと、あることを思い出す。

（そういえば、もっと前に別の夢も見てた気が……）

「……っ！」

思わず自分の身体を見下ろす。寝ている間に乱れてはいるが、きちんと浴衣《ゆかた》を着ている。

顔が熱いのは決して体調のせいではないだろう。

「うわ、うわ……」

呟きながら、両手で赤くなった頬を押さえる。

あの嫌な夢の前に、もう一つ見ていた夢。それは、自分が古鷹の寝込みを襲っているものだった。口づけし、熱くなった身体を持て余しながら慰めて貰う……――。

（うわー……っ‼）

いたたまれなくなり、心の中で叫ぶ。声に出したら気づかれてしまう。口を両手で塞《ふさ》ぎ、その場にしゃがみ込んだ。無意識のうちに、動揺を表すように尻尾がぶんぶんとせわしなく動いた。

「あああ、どうしよう。なんて夢……」

自分が夢の中で何をしていたのか。知識としては一応あった。昔、初めて勃起《ぼっき》した時、病気かと思い高遠に泣きついたのだ。その時に身体の仕組みと、自分で慰めるやり方は教えて貰った。けれどそれを人にして貰う、というのはどうなのだろうか。

問題が、あるのかないのか。それはわからないが、自分が相当に恥ずかしい夢を見たのだということだけは感じていた。

「葉月？　ああ、目が覚めたか」

「……──っ‼」

頭上からかけられた声に、しゃがんで俯《うつむ》いたまま固まる。ぴんと耳が立ち、毛がざわりと逆立つ。顔が上げられず、さりとて何も言わないわけにはいかず、そろそろと顔を上げる。

「あの、あの……」

「熱は下がったか？」

しゃがみ込み、額に掌《てのひら》が当てられる。たった今思い出していた、自分を抱いていた大きな掌の感触に、びくりと肩が跳ねた。まばたきすらできないまま硬直していると、よし、と古鷹が頭を撫でてきた。

「もう下がったみたいだな。よかった」

ほっとしたように微笑まれ、どきりと胸が高鳴る。やましさから声が喉に絡まるが、昨夜熱を出した自分を看病してくれたのだということを思い出し、慌てて口を開いた。

「あの、ありがとうございます。昨夜……」

「え？」

一瞬、何かに驚いたように目を見開いた古鷹に、つられて目を見張った。

「明け方まで一緒にいてくれたって、スイが。迷惑かけちゃってすみません」

「……覚えてるのか？」

探るような声に、首を傾げる。

「帰ってきたところまでは。でも、その後はあんまり……」

「そうか。ならいい。別に迷惑はかかってない」

くしゃくしゃと髪と耳を撫でられる感触が心地よい。うっとりと目を閉じ、すぐにそうじゃないと古鷹を見た。

「古鷹さんは、身体なんともないですか？」

「ああ、俺は別に。別に移ってもないから心配するな」

とりあえずまだなんともなさそうだ。安堵し、夢のことを言おうか迷った末、口を噤《つぐ》む。

目覚める前に見たあれは本当にただの夢だったかもしれないのだ。無駄に心配させても仕方がないだろうし、信じて貰えない可能性もある。何より、変なことを言うやつだと思われるのが嫌だった。

もう一つ気がかりなのは、占いの時に見えた古鷹の姿だったが、自分の能力では目の前にいる人の未来しか見えないはずなのだ。あの場に古鷹はおらず、ならばやはりあれも見間違いなのかもしれない。

できるだけ楽観的な方向で自分を納得させようとしていると、ふと、古鷹の視線が移ったのに気づく。そして葉月の足下に向いた途端、先ほどまでの微笑みから一変して眉間《みけん》に皺《しわ》が刻まれた。

「……つけたのか」

「え?」

視線を追えば、そこには足枷がある。古鷹には覚えがなさそうで、ならばやはり自分が寝ぼけたままつけたのだろう。

「……――」

目を眇《すが》めた古鷹が溜息《ためいき》をつく。不機嫌そうな気配に、何か悪いことをしてしまっただろうかと内心で焦る。

「あの……?」

「いや。とりあえず、今日は大人《おとな》しくしておけ。飯は作ってやるから、もう少し寝てればいい」

「え！　大丈夫です、そんな……」

「俺がやってやりたいんだ。いいから甘えろ」

ふっと向けられた優しい笑みに、立ち上がろうとしていた動きが止まる。胸が苦しくなるほどに鼓動が乱れ、再び顔が熱くなるのがわかった。

（今の声……）

夢の中、耳元で囁かれた声と同じ。甘く、優しいそれに腰が抜けそうになる。

「あ、う……」

恥ずかしさに顔を直視することができず、俯いたまま頷《うなず》く。よし、とどこか嬉《うれ》しげな声がかかり、目の前にしゃがんでいた古鷹が立ち上がった。もう一度布団の中に戻るよう促され、だがまた嫌な夢を見るかもしれないと思うと、動くことができない。

躊躇《ためら》う葉月の様子に、古鷹が頭上で溜息をついた。その声に、ぐずぐずしていると迷惑になると気づき慌てて布団に戻ろうとすると「ちょっと待ってろ」と声がかかる。

「眠る気分じゃないなら、これでも見てるか？」

再び戻ってきた古鷹の手には、一冊の冊子がある。差し出されたそれを受け取ると、ぱらりと開いた。

「あ、これ！」

結構な厚みのある冊子の中身は写真だった。アルバムの中には、明るい日差しに照らされた山々や、白く光る海。一方で、夜空に散りばめられた星や、花火の写真などもある。一枚ずつゆっくりと見ていくと、自然と口元に笑みが浮かんだ。

「すごい……」

これまでに見たことのない風景。山の景色はいつも見ているが、それでも場所が違えば違った世界に見える。特に花火大会の、夜空に咲く大輪の花などは一度も見たことがない。写真の下側には多くの人々が写っており、それだけ人が集まる場所など想像がつかなかった。

この空の下には、色んな世界がある。どきどきする胸を押さえながら、膝の上に乗せてページを捲った。

「移動中とかに気晴らしで撮ってたやつだけどな。車の中に置きっぱなしになってた」

「これ、全部見てていい？　いい？」

「ああ」

興奮気味に顔を上げると、古鷹が苦笑しながらこちらを見下ろしていた。ほんの少し動いた視線の先には自分の尻尾があり、いつの間にか嬉しげにぶんぶんと振っていたことに気づく。慌てて止めようとするが、いかんせん無意識の興奮をすぐに抑えられるものでもなく、うああと情けない声が漏れた。

「っく、くく。あははは！　いや、そんなに喜んで貰えたら、見せ甲斐《がい》もある。まあ、寝なくてもいいから大人しくしてろ」

慌てる葉月の様子に古鷹が吹き出し、笑い始める。眉《まゆ》を下げて見上げれば、楽しそうな表情で古鷹が再びしゃがみ込んでくる。

だが正面から目を合わせた途端、ふっと古鷹の顔から笑みが消えた。

「なあ、葉月」

「え？」

真剣な声に、目を見開く。なんだろう。改まったその表情が、葉月の背にひやりとした感覚をもたらした。何か、悪いことがあったのか。

「いつか、実物を見たいと思わないか？」

「……実物？」

意味を捉え損ね、首を傾げる。なんの、だろうか。

「海や山。それに花火。ここから出て、色んなものを見に行きたいと思わないか？」

「……――っ」

古鷹の言葉に、心が揺れなかったかと言えば嘘になる。だが、それは叶《かな》わない夢だと知っているから葉月はそっと首を横に振った。

「俺は、ここにいないといけないから」

「……それは、誰が決めた」

「そう決まってるの、昔から。俺が生まれた場所には、そういう呪いがかかってる。そうしないと……」

不幸になる者達がいる。言葉にはしないまま、ぱたりとアルバムを閉じた。

「それに、この恰好《かっこう》じゃ外には出られないよ。普通は、耳も尻尾もないって知ってる。だから父さんや和《かず》ちゃん達が隠してくれてるって、ちゃんとわかってるから」

自分にできることは、ここで静かに暮らしていくことだけだ。

「お前は、それでいいのか？」

ぐっと両腕を摑まれ、反射で上げた顔を真《ま》っ直《す》ぐに見据えられる。真剣な、強い眼差《まなざ》しが俯いて視線を逸《そ》らすことを許さなかった。怖い。不意に、目の前の存在が怖くなった。

これまで知らなかった――知らずにいたかった何かを、突きつけられそうな感覚。一度それを手にしてしまえば、もう後には戻れない。そんな予感があった。

「わか……らな……」

ここにいたい。そう思っているはずなのに、口から零《こぼ》れた言葉は、迷うものだった。はっと気がつき、強く頭を振る。

「違う、ここにいる。いなきゃ……」

「俺が聞いているのは、しなきゃいけないことじゃない。お前が、どう思ってるか、だ」

強い口調で遮られ、びくりと身体が震えた。

わからない、わからない。どう答えるのが正しいのか。いや、正しい答えは一つしかないはずなのに、それが正しいかわからなくなった気がした。

「……わからないよ。古鷹さん、怖い……」

じわりと涙が浮かびそうになる。胸が詰まり鼻をすすれば、はっとしたように両腕から手が外れた。温かな体温がなくなったことに、ほっとするよりも不安が増し、自分の気持ちさえ把握できなくなってくる。

「悪い……いきなり言われても困るよな。なあ、葉月」

「……ん？」

ぐすりと浴衣の袖《そで》で滲《にじ》んだ涙を拭くと、頬に掌が当てられた。優しい指先に柔らかく頬を撫でられる。心地よさに瞼を閉じれば、暗闇の中で古鷹の声が聞こえた。

「俺は、お前が我慢せずに笑って暮らせるようにしてやりたい。ここにいたいなら会いに来るし、もしお前がその気になってくれたら、ここを出て一緒に来て欲しいと思ってる。今すぐじゃなくてもいいから、今度、もう一度答えを聞かせて欲しい」

自分は、ここにいなければならない。それ以外の選択肢を初めて目の前に提示され混乱する。そんな方法はないはずだ。誰かが不幸になるとわかっていてそれをやっても、一生その罪を抱えて生きていかなければならない。それならば、ここにいる方がよほどいい。

（だけど……）

どうしてだろうか。ここにいたいのだという、その一言がなかなか声にならなかった。

「……──あ」

ふわり、と。唇に温かなものが触れた。柔らかな感触。目を見開くと、すぐ近くに古鷹の顔があった。近すぎる距離に狼狽《うろた》える間もなく、再び唇が塞がれる。押しつけられただけのそれはすぐに離れていき、そのまま目元に押し当てられ涙の跡を拭ってくれた。

立ち上がった古鷹が、軽く頭を撫でてくる。

いいな、というその声を、葉月は遠くから聞こえる音のように茫然《ぼうぜん》と聞いていた。

「……相変わらず、仕事が早いな」

友人から電話がかかってきたのは、葉月が熱を出した日から三日経った時のことだった。

あの日から、葉月の態度がどことなくぎこちなくなっている。これまでと変わらず古鷹の世話をしようとするが、あの開けっぴろげな笑顔がなりを潜めているのだ。物言いたげな表情でこちらを見ていることもあり、先日、焦るあまり葉月に問いを押しつけ──あまつさえキスまでしてしまったのは失敗だったかと、古鷹の胸に後悔を生んでいた。

友人によれば、葉月がやっているのだろうと思っていた占いは、宮藤家で随分古くからやっているそうだ。紹介のみで審査がかなり厳重なため、お偉いさんの顧客が多いらしい。

『何十年？　ここ十数年の話じゃなく？』

もしもあそこで行われているのが葉月による占いなら、せいぜい十数年だろう。だが返ってきた答えは否だった。それを教えてくれた今回の情報源は信頼できる人物で、かなり信《しん》憑《ぴょう》性《せい》が高いらしい。ならば恐らく、葉月のような姿の者が代々やっているのだろう。

そしてもう一つ、気になる話が出てきた。どうやら今の宮藤家当主は、一度大病を患い死にかけたらしい。その時期が、宮藤家から赤ん坊が行方不明になった時期と重なっていた。不幸続きと、子供の行方不明、そして当主の大病。厄災が一気に降りかかってきたようなその時期に、一体何があったのか。

何もかもが関連付いているわけでもないだろうが、先日聞いた葉月の言葉を思い出し、眉を顰《ひそ》めた。

「そういう呪いがかかってる」

どちらにしろ、あまり嬉しくない知らせではあった。

「背に腹はかえられない、か」

呟き、スマートフォンをポケットに仕舞う。結界の外に出て話していたため、再び家の中に戻り玄関口で声をかけた。

「スイ、いるか？」

さほど大きくなくとも聞こえるだろう。そう確信し、葉月に聞こえないくらいに音量を落とすと、案の定目の間に微《かす》かな風が起こった。姿を現した白い獣に、ちょっと来てくれと庭へと促す。

スイの主人である葉月は、朝から、古鷹の着ていた浴衣数枚を洗い張りし再び縫い上げると言っていた。本格的な洗い方に驚きつつ、しばらくはスイと話していても聞こえないだろうと判断し呼んだのだ。

『何だ。わざわざ呼ぶには、それ相応の用があるのだろうな』

「ああ。葉月のことだ」

一呼吸置き、おもむろに切り出す。

「あいつをここに縛りつけているものはなんだ？」

『……――それを知って、どうする』

「あいつが望めば、俺はここからあいつを連れ出す。だから、その障害になっているものの正体を知りたい」

『自分にはそれが叶えられると？　それに葉月がお前を選ぶと？　それは随分な傲《おご》りだな』

淡々とした、けれど明らかに蔑む口調に目を眇める。

「そんなもの、やってみなけりゃわからないだろう」

『期待をさせて、できなかった時に傷つくのは葉月だけだ。それに万が一できたとして、お前にはあの子を一生抱えていくだけの覚悟はあるのか？』

人、一人の人生を背負う。葉月に関して言えば、その意味は何よりも重い。互いが一人で生きていける相手であれば別れればすむが、葉月の場合、外に連れ出した後に古鷹が見捨てれば冗談でなく命に関わる問題となってくる。

自分の価値観で正しいと思うことが、必ずしも相手のためになるわけではない。葉月をここから出してやりたいというそれ自体が、傲慢な自己満足なのだ。

（そんなことは、わかっている）

言われるまでもなく、そんなことは散々考えた。けれど何度考えても、このままここを立ち去ってしまう方が後悔するという結論に達したのだ。

実際問題、自分に特別なことができるわけではない。せめて、できるだけのことはする、というくらいの方が自分のためにも葉月のためにもいいとわかっている。それでも絶対にどうにかしたいと思ったのは、自分の写真を見た時のあの笑顔があったからだ。

もっと、縛るもののない場所で幸せそうな笑顔が見たい。

心の奥底から突き上げるようなこの衝動を、なんと呼べばいいのか。

「傲りでもなんでも構わない。あいつが俺を選ばなくても、ここから出なくてもいい。ただせめて『縛られて』いるんじゃなく『望んで』いる状態にしてやりたいだけだ」

この家に結界を張り、周囲から隠し続けているスイがいるのだ。本当に外に出ようと思えば、葉月一人の姿など隠せるはずなのだ。なのにそれをしないのは、ここから出るなという言葉を忠実に守っているからに過ぎない。

「本当は、お前がいれば葉月は人に見つかることなく外に出られるんだろう？」

『……――』

答えないそれは、古鷹の問いを肯定したも同然だ。それに苛立《いらだ》ち、目の前の存在を睨《にら》みつける。

「……教えろ、スイ」

自然と低くなった声に、スイが目を見張ったような気がした。沈黙が落ち、やがてぽつりと声が聞こえた。

『宮藤家《みやふじけ》には――そして、葉月には呪いがかかっている』

「呪い？」

葉月も言っていたそれに、眉を顰める。

『ついてこい』

身を翻し、スイが庭から表に出る。杖をつきながら後に続けば、遅い、という声とともにスイが身を伏せた。

『乗れ』

背に掴まると同時に身体が浮く。白く艶やかな毛に手をかけ背に跨《また》がると「伏せていろ」という声がする。言われるままに上半身を前に倒すと、軽々と山の中を駆け始めた。頭を上げようものなら、即、どこかの木にぶつかって振り落とされてしまうだろう。そんなスピードだった。

視界を流れていく木々の様子を見ながら、村に向かうのとは逆方向、山の奥に入っていっているのだろうと見当をつける。散歩中に幾らか分け入ったこともあり、どちらの方向に行っているのかはなんとなくわかった。

だがそれも数分もしないうちに見覚えのない風景へと変わっていった。歩けば一時間はかかるだろう距離を、ものの五分程度で走ってしまう。

「ここは……」

突如足を止めたそこは、鬱蒼《うっそう》とした木々の中に隠されていた。よくよく見れば獣道らしきものがある、といった程度の道しかない場所。それでも、全く人が訪れていないというわけでもないらしく、草が踏み分けられた跡がある。

スイの背中から下りると、木々の間を通り抜け、空き地のような場所に足を踏み入れる。雑草は生えているが地面も見えているし、少なくとも山奥でずっと放置された場所には見えなかった。恐らく、定期的に手入れされているのだろう。

空き地は思ったよりも広く、また最奥に木造の建物があった。風雨にさらされ今にも倒壊しそうなそれは、神社の社《やしろ》だろう。扉の前には紋が刻まれた賽銭箱《さいせんばこ》らしきものもある。

大人が二、三人は入れるか、というくらいの社と、その近くに生えた大木。木にかけられた注連縄《しめなわ》。現在ここが神社として機能しているようには見えないが、大切にされていたという痕跡は見受けられる。

そして最も特徴的な、狛犬《こまいぬ》ではなく狐の石像。

「稲荷《いなり》神社……？」

ふと、以前和菓子を買った際に老婦人が呟いていた言葉を思い出す。お稲荷さんとは、この神社のことか。あの時言っていた罰《ばち》とは、この寂れた風景のためだろうか。

そう思い傍《かたわ》らにいるスイを見上げると、古鷹をここに連れてきた当の本人は先ほど入ってきた方向をじっと見ていた。

「おい、スイ？」

なんのために、自分をここに連れてきたのか。それを聞こうとして、だがすぐに、たった今自分達が来た方向から足音が聞こえ口を噤む。耳を澄ませば、恐らく二人分だろう、草をかき分ける音が徐々に近づいてきた。

山中にいるだけで悪いことをしているわけでもないのに、身構えてしまう。そして音が間近に迫った時、木々の向こうから男が二人、姿を現した。

「……――っ」

人がいるとは思っていなかったのだろう。先にこちらの姿を見つけた男が、驚愕《きょうがく》したように目を見張っていた。真っ直ぐな黒髪に、さほど背も高くなくほっそりした姿は、知っている誰かを彷彿《ほうふつ》とさせた。

「ここは私有地です。どこから入ってきたのかは知りませんが、看板を出しているのが見えませんでしたか？」

後から追いついてきたもう一人の男が、古鷹に気づき目を眇める。こちらは、古鷹と同じくらいの身長だ。もう一人に比べればがっしりとしており、細身の男性を隠すように前に立ちはだかった。片方の手には、日本酒の一升瓶を持っている。

「ええ……」

ちらりと横を見れば、スイが男達を見据えたまま告げた。

『後ろの男が葉月の父親だ。宮藤家当主、宮藤周《あまね》。ちょうどいい。お前が聞きたいことは、あいつらに聞け』

「って、おい。お前な……」

初対面の相手にどうしろっていうんだ。そう文句をつけようとした言葉は、スイの冷淡な声に遮られた。

『葉月に呼ばれている。現実を知ってなお、お前があの子を助けたいというのなら——その方法を見つけられるというのなら、耳をかしてやろう』

「だからって……スイ！」

そのまま消えるように姿を消したスイの名を思わず呼ぶ。しん、と後に残った静寂に溜息をつきたくなりながら、古鷹はどうにか目の前の男達に視線を戻した。

「すみません。宮藤周さん、ですね」

視線を向けたのは、スイに教えられた、庇われるようにして立っている細身の男だった。やはり、どことなく雰囲気が葉月と似ている。もちろん葉月のような幼さはなく、どこか怜《れい》悧《り》さすら感じさせているが。

「何者だ」

長身の男の視線が鋭さを増す。ボディーガードを兼ねているのだろう。威嚇《いかく》するような気配を受け流し、肩を竦《すく》めてみせた。さすがにこの程度で腰が引けていては、仕事でも取材などできない。

「古鷹といいます。仕事は、まあ、フリーライターですが……今は仕事でここにいるわけではありません」

そう言って、カメラなどは持っていないと示すように両手を肩の高さに上げてみせた。そのまま周をじっと見据えると、男の背後に静かに立っていた周がそっと男の背を叩《たた》いた。

「加賀《かが》、構わない。話を聞こう」

「……ですが」

眉を顰めた男――加賀に、周が小さく頷く。そして、こちらへ視線を向けてきた。

「今、スイとおっしゃいましたね」

「俺をここまで連れてきた、でかい狐がそう名乗りましたから……――葉月の家で」

その名を出した途端、周の表情がわずかに歪《ゆが》む。

「……高遠の息子《むすこ》から、話は聞いています」

ばれていないか黙認されているかのどちらかだろうとは思っていたが、どうやら葉月の家にいることは知られていたようだ。黙認されているのも意外で、そうですか、と呟いた。

「俺は、一週間ほど前、葉月の家の前で怪我《けが》をして気を失っているところを助けられました。今は怪我が治るまでということで、世話になっています」

「ここのことは、誰から？」

「スイに連れてこられました。あなた方の家が葉月にどうしてあの状態を強いているのか。それを知りたいと言ったら、ここに」

そうして、先ほど言われた通り、詳しいことは周達に聞けと言って戻っていったと説明する。もちろん周達が信じるとは思っていないが、それ以上、説明のしようがないのだから仕方がない。

（あいつも、もう少しタイミングを考えろよな）

宮藤家当主に会えたこと自体は僥倖《ぎょうこう》だが、相手から話を聞き出そうにも、何もかもが突然すぎて頭の中の整理が追いつかない。

「スイは、どのような姿をしていますか」

「白銀の、でかい狐ですね。天狐、と言っていました。背丈は四本足で立ってこのくらい」

言いながら、高さを示すように胸の辺りに掌を持ってくる。可愛《かわい》げも愛想もないひねくれ者ですが、葉月のことは大切にしてる。そう付け加えると、周はしばらくの間古鷹を見つめ、やがてふっと息を吐いた。

「……わかりました」

「周様」

眉を顰めた加賀に、周が小さく頷く。張り詰めたような緊張感はそのままに、周は再び古鷹に視線をやった。

「あれの家も、そして天狐も見えるんですね」

「そうらしいです。見えないと言われた方が、俺には不思議ですが」

「ごくごくたまに、貴方《あなた》のような人がいるという話は文献に載っていました。スイと呼ばれているものを見ることができる人が、あれの他にいるとは思いませんでしたが。天狐は……役目を負わされた者にすら、見えなかった」

「役目？」

多少、姿形が変わっているとはいえ、足枷までつけられているあの状況を作っておいて随分聞こえのいい言葉だ。そんな思いがつい声に出てしまった。だが周は、気分を害した様子もなく静かにこちらを見ていた。

「貴方にはわからないでしょう。一族の中に必ず生まれてくる異形《いぎょう》の者。その者が、自分達の命を握っているのです。そういう呪いを、かけられている」

「その、呪いってのはなんだ。どうしてあんたらは、葉月を足枷までつけてあそこに縛りつけている。耳や尻尾があるって、それだけじゃないだろう」

古鷹の言葉に、周はすっと目を眇める。

「あれが、助けてくれとでも言いましたか」

「言ってねえよ。むしろ、言ってくれた方が納得もできる」

そうですか、という声の中にあったのは安堵だ。それが無性に腹立たしかった。

「あれのような者達を、私達は狐憑《きつねつ》きと呼んでいます。一族の中から、必ず一人だけ生まれる。そしてその者がこの村を離れると……一人ずつ、一族の者が命を落とすのです」

「……――」

「本人の意思には関係なく連れ出されてもそうなります。あの者達は、生まれた時から自分達がどうしてあそこにいなければならないかを理解しています。そして外に出ても、あの姿形では普通に暮らすことは敵《かな》わないことも。そのため、ほとんどの場合、あの家で暮らすことを自ら選びます」

そう言って、何かを堪えるように周が俯いた。拳を握り、続ける。

「あの足枷は、逃げることを許さないためのものではありません。むしろ、不用意に連れ出されないようにするためのものです」

「前例があるのか」

古鷹の言葉に、びくりと周の肩が震える。庇うように周の前に立っていた加賀が、隣に移動し支えるように周の肩に腕を回す。

「……そうですね。文献によれば、昔から幾度かあったそうですよ。私が当主になった頃にそれが起こった時は、二週間で六人、家の者が亡くなった」

予想以上の答えに瞠目《どうもく》する。確かにそれは、呪いと呼べるものだろう。

「そして、連れ出そうとした者もまた命を落とします。全身が血に塗れた姿で」

思っていたよりも凄惨な事実に、背筋にぞっと震えが走る。どうしてそんなことが起こるのか。

「昔から、貴方の家は占いをやっているそうだが。何か関係があるのか？　今は、葉月がやっているだろう」

「あれが話しましたか」

「いえ、申し訳ないが調べさせて貰った。葉月には何も聞いていないし、俺が知っていることも知らない」

「狐憑きは、占いの力に長《た》けている。その特性を生かして仕事をしているだけのこと」

「仕事？　対価があるようには見えないが」

自分達が商売に使っているだけではないのか。だが古鷹の疑問は周によって否定された。

「少なくとも私は、あれに仕事としての対価を支払っていますよ。けれどそれ以前に、あの者達には『価値』が必要なんです。そうでなければ、一族の誰かに殺されている」

目を見張った古鷹に、それはそうでしょう、と周は自嘲《じちょう》するように笑った。狐憑きの者が村を離れただけで、自分達の誰かが命を落とす。そんな不安を抱えたままでいるより、その存在をこの世から消してしまえばいい。そう思う者がいたとしてもおかしくはない。それを惜しむ付加価値があれば、少なからず歯止めにはなる。

「幸い、あれの住む場所は一族でも特定の者しか見ることができないけれど、絶えるまで殺してしまえと言い出す者は昔から後を絶ちませんでした。占いという仕事は、あれらのためでもあるのです」

随分、押しつけがましい恩の着せ方だ。だが、葉月のような者達の存在を、少なくとも周囲に納得させるための何かが必要なのだろう。

「あなたは、それを知ってどうしたいのですか？」

不意に問われたそれに、古鷹は周を真っ直ぐに見据える。

「葉月を助けてやりたい。少なくとも、あいつが自由に家から出入りできるようにしてやりたいと思っている」

「……ふ」

だが、答えに返ってきたのは、思わず零れたような笑い声だった。おかしげな、けれどどこか憐《あわ》れむようなそれに眉を顰める。

「何がおかしい」

「あれを、そう思ってくださることには感謝します。だが、よそ者の安い正義感でなんとかなる問題ではありません。自分の身に火の粉が降りかかる前に、ここから立ち去った方がいい」

どうせ、可哀想《かわいそう》な存在を見つけてどうにかしてやりたいと思ったのだろう。そう言われているのがわかり、かちんときた。確かに最初は同情だったかもしれない。だからといって、闇雲に面倒ごとに首を突っ込むほどお人好しでも正義漢でもない。

すっと周が動き、古鷹の前に立つ。左手を取られ、袖を軽く捲《まく》り上げられた。白く細い指先が、手首にできた痣《あざ》を軽くなぞる。

「ん……？」

痣など、いつできたのだろうか。周に指摘されて初めて気がついた。左手首辺りをぐるりと囲うようにできた赤黒い痣。意識して見ていなかったが、昨夜はなかった気がする。

「あれに、何かしましたか」

思いがけず握られた左手に力がこめられ、眉を顰める。だが、何かを堪えるようなその力に、無理矢理引き剥《は》がそうとする動きを止めた。周が言う中で思い当たることといえば、この間、葉月が熱を出した時、寝ぼけてのしかかってきた時だけだ。

「何かした、といえばしたが。寝ぼけて人の布団に潜り込んできたから、寝かしつけてやっただけだ。意識もはっきりしてない相手をどうこうする趣味はない」

正確には、多少手を出しはしたが。そもそもあれも、葉月をさっさと寝かせるための緊急措置だ。手を出したうちには入らないだろう——多分。

多少のやましさを隠しながら告げたそれに、周がそうですかと安堵の息を落とす。それがどういう意味を持ってのものかはわからないが、少なくとも周が葉月を完全に拒絶しているような雰囲気は感じなかった。多少なりとも、心配しているのだろうか。

(どうにもやりにくい……)

葉月を完全に切り捨てている雰囲気であればよかったが、話を聞いている限り、そうとも思えない。少なくともこの父親は、家と葉月の間の均衡をどうにか保とうとしているといった印象だ。

それでも、どうにもならない問題なのだろう。その『呪い』というものが。

「あなたは、早くこの村を出てあれから離れた方がいい。それも、もう遅いかもしれませんが……」

「どういうことだ？」

ふっと周の手が離れ、自由になった手を目の前まで持ってくると、手首の痣を目の前にかざす。意識していなかったから気づかなかったが、本当にいつの間にできたのか。

「それが私の知っているものであれば、あなたはいずれ命を落とすことになるでしょう。その痣が全身に広がり、やがて傷となって命を奪う」

「……っ」

全身が血に塗れて死ぬ。その事実に、さすがに狼狽える。だが、葉月を外に連れて出たわけでもないのになぜ。その疑問の答えは、周が続けた言葉で与えられた。

「狐憑きと、心と――身体を交わした者は、その身に呪いが分け与えられる。だからこそ、あれらは外界との接触を遮断しなければならない」

「なら、これは……」

「あなたが葉月に何もしていないというその言葉が本当であれば、そしてそれが呪いの兆候であれば、心の繋がりということになるでしょう。だがそれならば、村を出てあれのことを忘れてしまえば……恐らくは、解けるはず」

はっきりとしたところはわからない、ということか。だがそれを聞いても、古鷹に出ていこうという気持ちは起こらなかった。

このままであれば死ぬ、という忠告に対する実感がないというのもあるかもしれない。けれど同時に、当事者になったのであれば首を突っ込むことに遠慮はいらないだろうという開き直りもあった。

「悪いが、俺は諦める気はない。自分がそうなったのなら、なおさらだ」

はねつけるように言ったそれに、周がじっとこちらを見据える。そこにあったのは、憤りでも悲しみでもなく、ただ憐れむような色だけだった。

「……そうですか。あなたがどうしようが、私達に危害が及ばない限り止めはしません。手遅れにならないうちに、その傲った考えを捨てた方がいい、とだけは言っておきます」

ただし、と。突如その瞳に鋭さを宿して周がこちらを睨みつけてくる。

「あれを外に連れ出そうとした時は、呪いより先に命を落とすと覚悟しておいてください」

それは必ずです。そう念を押した顔は、宮藤家当主のものだろう。一片の温かみも感じられないその表情は、ある種の覚悟を決めているものだった。

「それをしても、あいつを今以上に不幸にするだけだ。そんなことは、絶対にしない」

自分の行動が人を犠牲にすることを、葉月は知っている。それを知った上で、外に出ることを選べるような性格ではない。たとえあそこを連れ出しても、葉月が幸せになれないのなら意味がなかった。

(どうすればいい。どうすれば……)

「今は、その言葉を信じましょう。……——元より、あの家に出入りできるのは、あれらが許した者のみ。あなたにも、なんらかの役目があるのでしょう」

小さく呟かれた言葉。後半は風に紛れて聞き取ることができなかったが、少なくともすぐに村を追い出されることはなさそうな雰囲気だった。

「一つだけ、言っておきます」

古鷹の横を通り抜け、周が社の近くにある大木の前に立つ。ゆっくりと一礼し、隣に立った加賀から酒瓶を受け取る。

「我々も、甘んじて呪いを受け続けていたわけではない。何代も、何代も……気の遠くなるような年数をかけて調べて、試して、それでもどうにもならなかった」

口調は、淡々としている。だがそこには、紛れもない怒りがこめられていた。探して、探して。探し尽くしても、解決する方法が見つからない。見つかるのは、自分達ではどうにもできないという絶望的な事実だけ。

「あなたがやりたいと思うことを、全《まっと》うするのは構わない。だが、あれに無駄な希望を抱かせることだけはやめていただきたい。喜んだ後の絶望は、深い。これは、あなたが思っているほど簡単な問題では、ないんです」

それだけを告げると、周は口を閉ざし、酒瓶の中身を大木の幹にかける。全てをかけ終えると、空になった酒瓶を加賀に渡し手を合わせた。

「……——？」

酒がかけられた時、大木の姿がわずかに揺れたように見えた。気のせいだろうか。そう思い目を凝らすが、木に変化はなかった。

「ここは、ずっとこうなのか？」

古鷹の問いに、周は答えない。もう話すことはないということか。そう思いつつ答えを待っていると、思わぬ方向から声が聞こえた。

『神の怒りに触れた場所……と、言われているな』

「スイ」

振り返り名を呼べば、周と加賀の視線がこちらに向けられたのが気配でわかった。すぐに足音が聞こえ、周が横を通り過ぎていく。古鷹が見ていた辺りに視線をやると、会釈するように頭を下げて再び山の方へと消えていった。いつもああやって、あの大木に手を合わせに来ているのだろうか。

『ここは昔、稲荷勧請を行い祀《まつ》られた。宮司《ぐうじ》もいて、毎年祭りも村をあげて行われていた。だがある日を境に、宮司の一家は村から姿を消した。宮藤家の呪いも、その頃に始まったと言われている』

呪いのことは、周囲に伝わっていない。だが、宮藤家で凶事が続いたこともあり、宮藤家の誰かが神社に何かをして神の怒りに触れたのだろうと噂《うわさ》されたそうだ。今ではその噂自体聞かれなくなっているが、年老いた者の中には子供の頃にそういった話を聞かされている者もいるそうだ。

「お前も知らないのか？」

『我の役目は、葉月達を護《まも》ること。それ以外のことは知らぬ』

「そうか……」

『それでも、当初は村人達が手入れをし、やがて他の宮司を迎え入れた。だが、新しく来た者達を拒むように次々と凶事が起こった』

やがて、その噂が広まるにつれて、来る者はいなくなったという。あの大木はこの神社のご神木であったが、お祓《はら》いのため来て貰った神職の者に神の気配は消えていると言われたそうだ。

少しでもこの場を清めるために、周はああしてここに参っているのだという。

『ここの存在は、村人にとって忌避すべきものになり、やがて村には新たな神社が建てられた。今は、敬われることのなくなった、ただの空き地だ』

だからこうして、荒れ果てるままに放置されている。山奥に置き去りにされたこの場所に急に寂しさ覚え、溜息をついた。こんなことなら、供《そな》えられるものを持ってくればよかった。

「実際問題、ここは呪いと関係があるのか？」

『さあな。だが、縁のある場所には違いない。葉月は、ここで生まれた』

「……っ⁉」

『あの子の母親は、先代の狐憑きだ。葉月が生まれて間もなく息を引き取ったが』

周から隠そうとして、ここで葉月を産み、けれどすぐに見つかったらしい。

（それならば……）

周は、自身が先代の者と心と身体を交わしていた。それでも今なお生きているというのなら……。

『周は、葉月が生まれる頃には、全身に痣が広がっていた』

古鷹の考えを見透かすようなスイの言葉に、胸がひやりとする。ならば、まさか。

『一族の中でも、もう駄目だろうと誰もが思っていた。だが、呪いは解けた。先代の狐憑きの死と引き替えにな』

「……――」

予想した答えに臍《ほぞ》を嚙む。それ以外に、方法はないのか。何か、何か……――。

『お前はそれでも、葉月を助けたいと言うのか？　手に負えぬ問題であることは、わかっただろう』

「……わかってる。そんなことは、最初から」

今はまだ考えつかない。それでも諦めたくはなかった。自分の非力さなど、何年も前に一度、嫌というほど味わっている。その時は、人のせいにして、拗《す》ねて投げ出して、逃げることしかしなかった。

『自分の才能のなさを人のせいにしているような人間に、いい写真など撮れるはずがなかろう。さっさとやめてしまえ。母親の性質を多少は買っていたが、子供は別物か。馬鹿な子供を育てたものだ。所詮、その程度の女だったということか』

軽蔑しきった声は、今でもはっきりと思い出せる。苦々しいそれに、けれど本来は立ち向かわなければならなかったのだ。怒りは、十分にその原動力になり得た。

拳を通して伝わってきた、鈍い感触。あの時、初めて本気で人を殴ったのだ。

シングルマザーとして古鷹をずっと育ててくれていた母親から、父親は生きていると聞いていた。その父親が、目標としていたカメラマンであることがわかった時、嬉しさを隠しきれなかった。

父親と初めて会ったのは、古鷹が初めて優秀賞を取った写真コンテストの授賞式。だが、多少なりとも持っていた期待と希望が、その日粉々に打ち砕かれた。

作品をけなされ、それだけならばまだよかったのに、母親までもけなされた。それが何よりも腹立たしかった。後で聞いた噂によれば、古鷹が母親の浮気で生まれた子供だろうと言われ離婚したらしい。原因は、古鷹の容姿だ。母親にも父親にも似ておらず、この通りの目の色だ。もう終わったことだからと、母親は後でさばさばと笑っていた。

それでもきちんと検査をして、別れた夫との血縁関係はほぼ間違いないという結果が数値で出ている。対外的にも証拠はあるのだから、胸を張っていなさいと言われたのだ。

授賞式の一件で父親との関係は最悪なものとなり、あまつさえ名の知れたカメラマンを殴ったことで依頼がきていた仕事も全てキャンセルされた。

やがて、その影響が恩師にまで波及し始め、古鷹は雇って貰っていたスタジオを辞め自らカメラマンである道を捨てたのだ。

あの時、諦めずに立ち向かっていれば、何かが変わっていただろうか。過去の栄光にしがみつくつもりはない。だが、やらずに後悔するよりは、やって後悔する方が何倍もいいのだと、最近になって思うようになってきた。

多分、それは、あの葉月の笑顔を見たからだ。

自分が撮った写真を好きだと言い、笑顔を見せてくれた。あの真っ直ぐな性格だからこそその笑顔はすんなりと心の奥に届いた。

(もっとちゃんと撮っておけばよかった、なんて初めて思った)

まだ自分は、葉月のために何もしていない。自分には何もできないことを知ったからといって、じゃあ諦めよう、とはどうしても思えなかった。

「俺が勝手にあがく分には構わないだろう。葉月には黙っていてくれ」

『好きにしろ』

諦めたようなスイの声に、古鷹は小さく苦笑した。

家に戻ると、突然出かけたためか、葉月が心配そうな顔で玄関の前に立っていた。スイに乗った古鷹を見て、安堵したように微笑んだ。

「古鷹さん、おかえりなさい」

「悪かったな、何も言わずに出かけて」

「そんな……あの、村で何か変わったことはなかった？」

家に入る途中にそう聞かれ、内心でぎくりとする。何を話したか言えない以上、周達と会ったことは黙っておいた方がいいだろう。そう判断し、いや、と返した。

「今日は村じゃなく、山の方に行ってたからな。散策してみたかったんだが、足がこれだからスイに頼んでちょっとな」

「あ、そうなんだ」

よかった、と顔に書いているそれに、何かがあったらしいことを悟る。

「どうした。村に行ったら、何かあるのか？」

「う、ううん！　なんでもない！　えっと、あの、あ、ご飯！　ご飯できてるよ！」

慌てて誤魔化した葉月の頭を、右手でぽんと押さえる。何かを隠しているのは一目でわかるが、それよりも慌てて台所に戻ったら怪我でもしかねない。

「わかったから、一旦落ち着け。ほら、深呼吸」

素直に大きく息を吸って吐いた葉月の様子がおかしくなり、思わず笑ってしまう。ひとまず落ち着いたらしく、はあ、と息を吐いた葉月の耳を撫でてやった。

「ん……っ」

ぴくりと反応するように耳を震わせ目を閉じた葉月に、欲情している自分に気づく。何かするのも時間の問題だな、と心の中で独りごち手を離した。

「あ、あの……——、っ！」

何かを見つけたのか葉月の言葉が不自然に止まり、視線が古鷹の手に固定される。その先にあるのは古鷹の左手首。どちらにせよ、早晩見つかるだろうとは思っていたが、予想以上に早かった。

無意識のうちに引きかけた左手を葉月が掴む。袖を捲り、そこにある痣を見つけて顔色をなくした。

「おい、葉月？」

劇的なその反応は、恐らく呪いのことを知っているせいだろう。どちらにせよ、こういう事態も予測して言い訳は考えていた。

「これ……」

「ああ、これか？　昨日、カメラ一式うっかり落としそうになってな。ストラップ引っかけてたから中身は無事だったんだが、今日になって痣になってきた」

「紐？」

「ああ、あれも意外と重いからな」

紐、ともう一度呟いた葉月の手から左手をそっと抜き、ほら、と背中を叩いて促す。誤魔化せてはいないかもしれないが、古鷹が呪いのことを知っているとわかれば、早々にここから離れるように言いかねない。

「飯、できてるんだろう？　腹減ったから食べさせてくれ」

うん、と頷いた葉月が、突然正面から抱きついてくる。子供のようにしがみついてくるそれに、どうしたと笑いながら背中をぽんぽんと軽く叩いてやった。

何も言わないまま、ただ背中に回された腕に力がこもる。不安と戦っているのかもしれない。そう思うけれど、今の自分が葉月に言ってやれることはない。

（絶対に、助けてやりたい）

幼い身で自身の生い立ちを全て受け入れているこの存在を。そう願いながら、葉月の身体を包み込むように抱き締めた。


焦る気持ちとは裏腹に、時間だけが淡々と過ぎ去っていく。落ち着かない気持ちのまま、

葉月は癖になったように唇を噛みしめた。

あれから三日が経ち、古鷹の手首にあった痣は肘《ひじ》の辺りまで広がり始めていた。虫に食われたんだろうと笑っていたが、あれは絶対に呪いによるものだ。

頬の痛みに、顔を歪める。

昨日の夜、再び占いのため実家に呼ばれた。こんなに短いスパンで呼ばれたのは初めてだったが、幾ら目を閉じても全く映像が見えなかったのだ。

『この役立たずが……!! お前なんぞ、その力がなくなったらすぐに殺してやる!』

昨日の客は叔父《おじ》にとって大事な客だったらしく、憤怒の形相で怒鳴りつけられた。怒声とともに思いきり頬を殴られ、部屋に駆け込んできた高遠が止めてくれなければもっとひどいことになっていただろう。

(どうしてだろう。あんなの初めてだ)

見えなくなったことなど一度もない。スイに聞くと、他のことに気を取られているせいだろうと淡々と言われた。

当主である父親から、当面の間は仕事をキャンセルすると高遠を通して連絡がありほっとした。

古鷹が昼前から外に出かけたため、葉月は、自分が使っている和室のさらに奥にある鍵のかかった部屋に向かった。ここ数日、古鷹がいない時や眠りについた真夜中の間に、ここで探し物をしているのだ。

雨戸を開くと、舞い上がる埃《ほこり》に差し込む光が反射する。きらきらとしたそれに幾度か咳《せ》き込みながら、部屋の中に無造作に積み上げられている本を一冊ずつ手に取っていった。

部屋の壁際に置かれた箪笥《たんす》には着物などが詰め込まれており、逆側の壁には一面書棚が置かれている。中に本がぎっしり入っていた。

代々の狐憑きが書いた日記や読んでいた本。そんなものがここには収納されている。宮藤に関わる文献はほとんどが本家に置かれているが、一部はこちらにも移されていた。そのほとんどが、あまり人目に——一族の人間の目にさらしたくないものなどだ。

箪笥の中身は、葉月の母親にあたる先代の着物だ。代が変わるごとに、この家のものはこの部屋の本を除いて全て処分される。けれど、捨てられそうになっていた母親のものの一部を高遠の母親が取っておいてくれたのだ。そうとは言わなかったが、少しだけでも思い出になるようなものを葉月に残してくれたのだろう。

「……これ、じゃない」

ぶつぶつと声に出しながら探しているのは、ずっと昔に見た一冊の日記だ。葉月は幼い頃よくここに入って代々の狐憑きの手によって遺《のこ》された本を読んでいた。多分、ほとんどの本には目を通している。

だが中には流麗な筆跡や逆に悪筆なものもあり、全てを理解して読んでいたわけではない。

それこそ幼い頃には、意味のわからなかったものも多かった。

料理や彫刻をするようになってからは、この部屋には入っていなかった。ずっと読んでいて、自分のこれからを示す内容に明るいことなどないのだと思い知らされるばかりで、辛くなってきたからというのもある。

(昔、怖くて途中で読むのをやめたんだ)

大量の本の中から見つけた一冊。それは、葉月の母親が書いたものだった。

積み重ねた本の中に、あえて紛れ込ませるように置かれていたそれを、葉月は高遠達の目から隠すようにさらに奥へと押し込んでいた。以前見つけた時に、そうしなければならないと、なんとなく思ったのだ。でなければ、この部屋ではなく自分が使っている部屋に置いておかねば、と。

葉月は、表向きには村の外の人間が産み、相手には死産だと伝えているということになっている。

当事者である父親以外に真実を知っているのは、父親の側近の加賀、そして既に鬼籍に入っている元側近の加賀の父親だけだ。実のところ、父親達も葉月が先代の狐憑きが母親だと知っているとは思っていないだろう。

葉月には母親の記憶はほとんどない。ごくわずかな赤ん坊の頃の記憶らしきものがあり、だがそこにある母親の姿は、朧気で耳や尻尾があるかもわからなかった。母親が先代の狐憑きだと知ったのは、この部屋で日記を見つけたからだ。

母親がいつ、どこで死んだのかは葉月も知らない。ある日の朝、母親が家から姿を消していて、山中で亡くなっているのが見つかったのだという。

「あった、これだ」

部屋の片隅に積まれた本の、下の方からようやく目的のものを見つけ出す。散らかした本をかき分けて、この部屋で唯一の小窓の下に座る。

ぱらぱらとページを捲っていく。母親が長年書きためていた日記は数冊存在する。それらは全てばらばらに置いてあり、一番最後に書かれたものを探していたのだ。昔読んだのは、これの最初の方だけだった。この頃、すでに母親は父親と心を交わしており、けれどそれによって精神的に追い詰められていた部分もあったようで字がよく乱れていた。読みにくかったのと、自分が生まれる前辺りで何があったのかを知るのが怖くなり、読むのをやめた。知らない方がいいと、本能的に思ったのだ。

「……――」

ゆっくりと読み進めていき、あるページで手が止まる。

「痣……やっぱり」

父親に小さな痣ができ、それが日に日に広がっていった。父親と身体を重ねたのは一度だけ。その一度で葉月を授《さず》かり、けれど同時に父親は全身に痣が広った。呪いを受けてしまったのだ。

狐憑きとは通じてはならない。そういう掟《おきて》が一族の中にあるのは知っていた。けれど、それが呪いを受けるためだとは知らなかった。

「でも、古鷹さんとは何も……なのに、どうして」

もしかして、自分が古鷹のことを想っているのが悪いのだろうか。それだけで、呪いは古鷹にまで降りかかってしまうのだろうか。

そうであれば、古鷹にここにいて欲しいばかりに引き留めてしまった自分の責任だ。

「どうしよう……」

だが、父親は今生きている。多分、呪いが解けた何かがあったはずだ。葉月を産む辺りになると、文字も乱れ紙にも皺が寄っており見にくくなっている。何かで濡れたように、字が滲んでしまっている場所もあった。

「それが……きる……唯一の……」

それでもどうにか解読し、やがて葉月は溜息とともに日記を閉じた。ふと見上げれば明るく降り注いでいた太陽の光はすっかりなりを潜めていた。もう夕方になったのだろう。部屋の中がオレンジ色に染まっている。

「そっか。でも、それなら俺にも助けられる」

なら、いいか。そう思いながら、日記を適当な本の間に挟む。散らかした本を片付ける気力もなく、そのまま部屋を後にした。そろそろ、村に行った古鷹が戻ってくる。今日はスイに様子を見ていて貰うように頼んだから、不穏なことを言っていた叔父が何かしても、多分大丈夫だろう。

そうして、ふらふらとした足取りで台所に向かう葉月の尻尾は、力なく垂れたままぴくりともしなかった。

夜中に起き出して向かったのは、古鷹が寝る部屋だった。

そろりと襖《ふすま》を開けば、部屋の中央に布団を敷き、静かに眠っている古鷹の姿があった。古鷹がここに来て、二週間以上が過ぎた。もう足はほとんどよくなっており、杖がなくても歩けるくらいになっている。まだわずかに痛みが残るのか引き摺《ず》ってはいたが、その姿に、別れの時が近づいているのを強く感じた。

「……──」

布団の横に正座し、そっと目を閉じる。集中し、やがて瞼の裏に広がる白い光をじっと見つめた。古鷹の、これから。ほんの少し先の未来。改めて見ようと思ったのは、自分の決断がどういう結果になるかを知っておきたかったからだ。やるだけやって、古鷹のためにならないのでは意味がない。

「……——あ」

微かに声を上げる。見えたのは、血の海に横たわった古鷹の姿——では、なくなっていた。耳と尻尾を持った、あれは、葉月だ。その横で、泣いている古鷹が見える。

（よかった、見えた。それにちゃんと変わってる）

ほっと息をつき、目を開く。そうして、その場にころんと横たわった。古鷹の方を向き、寝顔をじっと見つめる。

母親の日記にあったのは、自らの命と引き替えに相手の呪いを解く方法だった。狐憑きが誰かと心を通わせ相手に呪いが降りかかった時、その狐憑きが自らの命を絶てばいいとあった。また新たな狐憑きが生まれ、先代の呪いは無効化する。

本当に、それをなし得るのかはわからない。母親の日記にはそう書かれていた。だが父親が今も生きているという事実が、成功したことを裏付けていた。

（お母さんは、お父さんと……俺を助けるために死んだんだ）

後悔はしていない。母親は、そう書いていた。

狐憑きが子供を産むと、その子は必ず狐憑きになる。だが、一度に存在できる狐憑きは一人だけ。先代が生きている限り、その子供は衰弱しやがて死に至る。

葉月は、母親が生きている限り生まれて間もなく死ぬ運命にあった。たとえ生き延びることができても、重い運命を背負ったままこの家に縛られ続けるだけの一生を送ることしかできない。ならばここで、苦しみを知らないまま命を落とした方が幸せなのではないか。また、自分のせいで呪いを受けた周とも、今生では無理でも、ともにあの世に行けば結ばれることができるかもしれない。そう考えたとも書いてあった。

それでも、と。

ほんの一時のことでも、幸せだったのだと。好きな人と結ばれ、その人の子供を授かることができた。三人で、一緒にここから逃げようと言ってくれた。実際に逃げきることは敵わなかったけれど、檻の中で生き続けるしかなかった自分にとっては、それだけでここから解放されたような気持ちになれたのだと。

周も、葉月も。生きてさえいれば、幸せを見つけることができるかもしれない。そう思ったら、自分の思い込みで二人を道連れにすることが、とても愚かなことだと気がついた。

だからこそ、二人を生かすためこの道を選ぶことに後悔はない。ただ、遺していく我が子に何もしてやれないことが、そして真実を知った周が自分を責めてしまうだろうことが、申し訳ない、と。

今なら、その気持ちは痛いほどよくわかった。母親と同じように、自分は目の前にいる人を助けたい。初めて、狐憑きとしてではなく『葉月』という一人の存在として、同じ目線に立ってくれた人。大切な家族を見てくれて、そして葉月がずっと大好きだった写真を撮った人。

あの写真集は、外に行けない葉月にとって特別なものだった。もちろん、他の写真を見たことがないわけではない。雑誌などを読んでいても、写真は山のように載っている。

それでも、どこか架空の世界のような風景ではなく、実際に人がいて風があって、雨も降る。何より、写真に切り取った一番綺麗《きれい》な姿が常にそこにあるわけではない。常に、動いている。そんな『空気』のようなものを感じたのは、初めてだったのだ。

何よりも好きなのが、夜の海と満点の星空の中に浮かぶ寂しげな三日月《みかづき》を写したもの。凍《い》てつくような寒さと、昼間のきらきらとした水面とは正反対の闇のように暗い海。恐ろしさを感じさせるのに、それを見つめる三日月の光が優しくて、実際の風景を見てみたいと強く思った。

どんな人が撮ったんだろう。いつも、想像しながら見ていた。優しい人だといいな。勝手に抱いていた印象だったが、それでも古鷹がそうだと知った時、その希望が外れていなかったことが嬉しかった。古鷹は優しい。困っている人を見たら、きっと放っておけないのだろう。だからここに閉じこめられた葉月に、同情してくれているのだ。

それなのに、そんな優しい人に自分がしたのは、命を危険にさらすようなことだけだ。

「明日には、ちゃんとお別れを言って……帰ったら……」

後になって古鷹が知れば、きっと自分を責めてしまう。罪悪感など背負って欲しくないから笑って別れよう。自分がいなくなれば、多分古鷹はここのことは見えなくなる。そうしたら、ちゃんと元気でいると高遠に伝えて貰えばいい。

『何を考えている』

「古鷹さん、かっこいいなあって」

小さな声で、古鷹を見つめたままくすくすと笑う。

『母親と同じことをするつもりか』

「……――」

咎《とが》めるように言われ、そういえばスイは母親の最期《さいご》を知っているのかと、今更ながらに気づく。

「よかった」

今のスイの一言で、あの日記が間違っていないことが証明された。未来も変わっていた。なら、躊躇うことはない。

安堵した途端、眠気に襲われる。そういえば、ここ何日か夜中にもあの部屋に籠もっていたため、あまり寝ていなかった。今は、あまり古鷹から離れたくない。このままここで寝てしまおう。そう決めて目を閉じた。

「……ん、葉月?」

うとうととしてきた頃に、ぼんやりと声を聞いた気がした。目を開きたいのに開かない。身体が眠ろうとしているのか、頭で動こうと思っても、金縛りにあったように身体の自由がきかなかった。

身体が浮き上がり、柔らかな場所に下ろされる。急に身体全体が優しく包まれ、心地よさから強張っていた力が抜けた。目の前にある温かさにすり寄り、安心感を覚えた瞬間、葉月の意識はすとんと暗闇の中へと沈んでいった。


微かに、うなされるような声が聞こえた気がした。

苦しみを堪えたそれに目を開くと、目の前に誰かの身体がある。驚いて顔を上げると、こちらを向いて横たわっている古鷹の顔があった。一緒の布団の中に並んで寝ている状態に、一瞬何が起こったのかわからなかった。だが、そこにあった苦しげな表情に、慌てて古鷹の身体に手を添えて揺らす。

「古鷹さん？　古鷹さん！」

夢でうなされているのだろうか。起き上がり、必死に古鷹を呼ぶ。嫌な予感に手が震えそうになりながら、そっと袖を捲った。

「……――っ」

葉月に見せないようにだろう。左腕の二の腕辺りまで包帯が巻かれている。だがそこからすでに痣が覗《のぞ》いていた。思った以上に早い。どうしよう。そう思った瞬間、古鷹が身動《みじろ》いだ。

「……葉月？」

ぼんやりとした声にはっとして、捲っていた袖を戻す。顔を向ければ、古鷹が悪いなと苦笑していた。

「折角よく寝てたのに、起こしたか」

「うなされてた……」

「ああ、嫌な夢を見てな。ほら、おいで。まだ夜中だ」

優しい声でぽんぽんと隣に寝るよう布団を叩かれ、無性に泣きたくなった。どうして何も言わないのか。絶対に、おかしいと思っているはずだ。この家にいて異変が起きたのなら、まず間違いなく葉月のせいだと思うはずなのに。

（なんで、こんなに優しいんだろう）

堪えきれなくなって、思わず寝ている古鷹の首元にしがみついた。

「おい、どうした？」

笑いながら葉月の身体を抱え、隣に横たえてくれる。それでも離れたくなくて首に腕を回して縋り付く。

「ごめんなさい……」

「何だ、いきなり。お前が謝るようなことは何もないだろう」

背中に腕が回り、落ち着かせるように軽く叩いてくれる。触れ合った体温とその優しい手つきが心地よく、震えていた手が少しだけ落ち着いた。

そういえば、前に、こんなふうに抱き締めて貰ったことがなかっただろうか。そう思い至り、引き摺られるようにあることを思い出して硬直した。ついこの間、占いから帰った後に熱を出した、あの日の夜に見た夢。

古鷹に抱き締められたまま人には見せない場所を露《あらわ》にし、擦《こす》られ……その気持ちよさに何度も達した。

「うわ、わわわ」

妙に鮮明に蘇ってきた光景と感覚に、慌てて古鷹から身体を離そうとする。半ばパニックになりかけ、もだもだと古鷹の腕の中から抜け出そうとしていると、どうしたと不思議そうな声が頭上から落ちてきた。

「なん、でも……ない。えと、あの……ひゃん‼」

するりと解けた古鷹の手が、尻尾の根元に当たる。途端、びりっとした感覚が全身に走った。ぶわりと尻尾が膨らみ、布団の中で身体を丸める。

(うう、どうしよう……)

意識したら、急に身体の芯《しん》が熱くなってきた。自分でも戸惑うほど、どきどきと鼓動が速くなり息苦しい。

「あの、俺、部屋に戻る」

「ん？　今から行っても寒いだろ。いいから、このまま寝てしまえ。俺もお前がいた方が温かくていい」

布団をかけられ再び寝る体勢になる。このままだと身体が変なふうに反応してしまいそうで嫌だったが、同じくらい古鷹の傍から離れたくなくて布団の中で悶《もだ》える。

（どうしよう）

泣きそうになりながら、どうにか寝返りを打ち古鷹に背中を向ける。とりあえず、顔を見なければ落ち着くだろうか。脚をもぞもぞと擦り合わせ、眠ったふりをするように目を閉じた。どうやっても眠れそうになかったが、目を閉じていればそのうち眠れるかもしれない。

「お前、そんな端っこにいたら布団からはみ出るぞ」

だが、古鷹からできるだけ離れ身を固くしていたのに、腹の辺りに腕が回され引き寄せられる。

「ひゃ……っ」

背中から抱き込まれるような恰好になり、ぎゅっと強く目を閉じる。古鷹はその体勢で落ち着いてしまったらしく、背後から規則正しい寝息が聞こえてきた。

（ううう、古鷹さんの馬鹿）

こっちはこんなに切羽詰まっているのに、意に介さず寝てしまった古鷹に心の中で文句を並べる。完全な八つ当たりだ。背中に当たる体温がある限りどうにも身体の熱は治まりそうになく、そっと身体を離そうとする。

「眠れないのか？」

「……――っ！」

耳元で囁かれ、びくりと身体が竦む。吹き込まれた息に、完全に反応してしまい、顔を歪めながら一層身体を丸めた。古鷹相手にこんなふうになっていることを知られたくない。こんなふうになるのは、好きな異性ができた時だと高遠から教えられた。なら、同じ性別の古鷹に対して感じていいものではない。知られたら、軽蔑されてしまうかもしれない。

変に思われてもいいから、この場から逃げ出そう。そう決めて動こうとした瞬間、腹に回っていた古鷹の手がするりと下へ動いた。

「……あ！」

浴衣の上から中心に触れられ、形を確かめるように撫でられる。

「葉月……」

驚いたような声に、かっと頬が熱くなる。ばれてしまった。嫌われてしまう。顔を歪めて、布団から抜け出そうと必死でもがいた。

「……――っ、うー……っ」

「っと、こら、暴れるな。葉月、大丈夫だから……葉月！」

強めの声で呼ばれ、ぴたりと動きが止まる。どんな顔をすればいいのかわからずに、混乱したまま唇を歪めた。

「古鷹さんのばかー……」

先ほどから心の中で繰り返していた文句が、つい口をついて出てしまう。しまったとは思ったが、もうどうでもよくなり、羞恥と情けなさからこみ上げてきそうになる涙にぎゅっと目を閉じ身体を必死で丸めて縮こまった。

「馬鹿って、お前」

後ろで楽しげに笑う古鷹に呆《あき》れられているのだと感じ、それはそれで悲しくなる。軽蔑されるよりはいいが、全く気に留められていないのも嬉しくなかった。

(どうして欲しいんだろう。でも、なんか……)

先ほどから、腹に回った腕の力が強くなっている気がする。古鷹にどうして欲しいのか。具体的なことは何一つわからないけれど、最後なのだからもっと触れていたい――触れていて欲しい、という気持ちだけが強くあった。

最後、という言葉に先ほど見た痣を思い出す。今自分を抱き締めている腕は、痣のできた方の腕だ。腹に回った古鷹の手を取り、顔の方へ引き寄せた。

「葉月?」

戸惑い混じりの古鷹の声を聞きながら、包帯の巻かれた手を見つめる。掌から腕にかけては完全に隠されており、見ることができない。少し躊躇った後、手探りで古鷹の腕にある包帯止めを探し当てて外した。

「あ、こら！」

するすると包帯を解いていくと、慌てたように古鷹がそれを止めようとする。だが嫌だと首を横に振って、構わず解いていった。包帯を返さずにいると、仕方がないと言いたげな溜息が聞こえてくる。さらに呆れられてしまったのだろうか。胸の痛みを感じながら、するすると腕から手首、そして掌まで完全に包帯を取ってしまう。隠すために広範囲に巻いていたのだろう、その下の治療した跡には何も貼っておらず、赤黒い痣が何かの模様のように広がっていた。

「……痛い？」

「痛くない。高遠にも診て貰ってるから大丈夫だ。ほら、包帯……」

返せ、と言いかけたのだろう言葉は、だが聞こえることはなかった。代わりに息を吞むような音が耳に届く。

（ごめんなさい）

後、もう少しだけ。古鷹がここから去って日常の中に戻ったら、ちゃんと治るはずだから。そう心の中で思いながら、古鷹の手に口づける。痣を消すように、ぺろりと舌で舐《な》める。

「は、づき？」

「……ん」

掌、そして手首へと舌を這《は》わせる。母親の日記には、父親は、時折痣による痛みに苛《さいな》まれていたと書いていた。寝ている時にうなされていたのは、痣が広がる時に痛みを生じているからではないだろうか。だから、痛くならないようにと願いをこめた。

「は、……ふ」

「こら、やめろ。これ以上やったら、冗談じゃすまなくなるぞ」

これまでにない、低い——そしてどこか尖《とが》った声に、びくりと手が止まる。どうしよう、怒らせてしまった。ずっと感じていた熱が急速に冷め、恐怖から身体が震えた。耳も伏せ、知らず尻尾を脚の間に挟んでいた。嫌われてしまう。古鷹の手から手を離し、咄嗟《とっさ》に布団から出ていこうとした。

「あ、え……?」

だが自由になった古鷹の腕が、再び腹部にかかる。引き寄せられ、混乱するまま、腰の辺りに当たった熱に目を見張った。なんだろうと思いつつ、そこにあるだろうものを想像してさらに困惑する。

(あれ、でもなんで古鷹さんが?)

自分がさっき、どうして同じ状態になったのか。それがすこんと抜けたまま、あれ、と思考が迷走する。と、身体から腕が外され、ほらな、という溜息混じりの声が落ちてきた。

「お前がわかってるかは知らないが、俺は、お前相手にこうなるんだ。ほら、怖かったら自分の部屋に戻れ」

ぽんぽんと、頭を軽く叩かれる。古鷹が起き上がったところで、はっとして身体を起こした。立ち上がろうとした古鷹の袖を咄嗟に握る。

「古鷹さん！」

「ん？　悪いが、ちょっと……」

「あの、あの……っ」

恐怖など微塵《みじん》も感じていない。もしあれが、古鷹の言う意味が、葉月と同じもっと触れたいという気持ちからくるものであれば、怖いよりもむしろ嬉しかった。古鷹にとっての葉月がどういった存在であるかはわからないが、少なくとも、全く興味がない相手として扱われるよりはよかった。

「身体、変で……古鷹さんのこと考えたら、同じようになって……だから、怖くないし、もっと……」

触れていて欲しい。俯いて告げたそれに、上半身を起こしこちらを向いた古鷹が微かに動いた気配がした。あ、と思った時には布団の上に仰向《あおむ》けに横たえられ、上から古鷹が覗き込んできていた。

「お前、何をされるか、わかって言ってるのか？」

上から睨みつけるように見つめられ、葉月の下肢《かし》に触れてくる。

「ここだけじゃない……」

そうして前に触れた手が少し下がり、浴衣をかき分け脚の間に入ってきた。

「ふぇ⁉」

指先が辿ったのは、後ろの排泄器官《はいせつ》だった。下着をつけていなかったため、直接触れたざらりとした感触に耳がぴんと立ち上がる。

「ここに、俺のものを入れるんだ。そんなの嫌だろう」

「え、何を？」

ぽかんとした葉月に、古鷹が苦笑する。手を取られ「これだよ」と導かれた。

「あ！」

掌から伝わってくるのは、葉月のものと同じ熱だった。だがそこにあるのは、自分のものより随分大きい気がする。

「おっきい……これ入るの？　本当に？」

「……っ、お前な！」

純粋に疑問に思い首を傾げれば、古鷹がちっと舌打ちする。顔の真横で音がし、気がつけば古鷹が葉月の肩口、枕に顔を埋めるように顔を伏せていた。くぐもった声が耳に届く。

「あー、ったく。お前、本当にやっちまうぞ」

「……俺、変じゃない？　こんなふうになるのは、女の人が相手の時だって和ちゃん言ってた。古鷹さん同じ男の人なのに、もっと触りたいって思ってもいいのかな」

「高遠？　お前、あいつにこうなったの見せたのか？」

がばっと顔を上げ、間近に古鷹の顔が迫る。額を合わせるようにされ、こちらを睨む視線に何か悪いことを言っただろうかと小さく頷いた。

「昔、初めてこうなった時に。これからは、好き合った女の人にしか教えちゃ駄目だって。俺は古鷹さん好きだけど、男の人だから、俺が変なのかと思って」

「別に変じゃない。相手が男でも女でも、好きだと思ったら……もっと触りたいと思ったらこうなるんだ」

「じゃあ、古鷹さんも？」

ちらりと下の方を向けば、そうだな、と笑われる。

「なあ、キスしていいか？」

ほんの少し顔を離し、真っ直ぐに覗き込まれる。吸い込まれそうな灰青色に、こくりと喉を鳴らした。無意識のうちに小さく頷くと、音もなく顔が近づいてくる。

「ん……っ」

唇に温かなものが触れる。優しく触れ合わせたそれは、幾度か離れては触れ、押しつけられ擦り合わせるようにされる。強く目を閉じてその感覚を追っていると、やがて唇が濡《ぬ》れたものでなぞられた。

「んっ」

思わず声を上げると、その隙を狙うかのように唇が深く重なった。わずかに開いた歯列を通り、舌が口腔《こうこう》に差し込まれる。温かなものに舌を搦《から》め捕られ、古鷹の浴衣の袖を握った。

「ん……ふっ」

ぴちゃりという音が耳に届く。上顎《うわあご》の裏を舌先でくすぐられ、ぞくりと身体に悪寒に似た……けれどそれよりも甘いものが走った。全神経が口腔に集中し、息苦しさを覚えつつも与えられるものの気持ちよさに酔いしれる。

「あ、……っふは」

舌の裏筋を舐められ浴衣を摑む手に一層力をこめた時、ゆっくりと唇が外された。微かな水音とともに離れていくものを追いかけるように、反射的に舌を差し出す。すると、くすりという笑い声とともに舌をぺろりと舐められた。

胸を上下させて息を整えていると、古鷹がじっと葉月の顔を見つめてくる。なんとなくその輪郭が滲んでいるのは、涙が浮かんでいるからだ。赤らんだ頰と、潤んだ瞳。誘うように開いた唇が古鷹の欲情を煽《あお》っているという意識はなく、気持ちよかったことを伝えるように微笑んだ。

「古鷹さん……好き」

胸の中にある感情をそのまま言葉にする。古鷹を見ていると、胸が引き絞られるように痛む。悲しいのか、苦しいのか。自分でもよくわからないけれど、この人が好きだという想いが全身を満たした。

「……――」

古鷹の答えはない。だが、それでもよかった。この想いは葉月のものだ。古鷹に同じように想われていなくても構わない。こうして優しく触れてくれる。心地よさを与えてくれる。それ以上、望むものは何もなかった。

(大丈夫。一回だけでも、古鷹さんの一番近くに行けたらそれでいい)

その思い出があれば十分だ。古鷹を犠牲にしたまま生き続けるよりも、一番最後に幸せな記憶を貰って眠りにつく方が何倍もいい。

「もっと……古鷹さんの近くに行きたい。一回だけでいいから。お願い」

「葉月」

躊躇いの残る声に、お願い、ともう一度重ねる。袖を握っていた手を外し古鷹の首に腕を回してしがみついた。断られても仕方がない。そう思いつつ駄目元で縋った腕は、何かを吐き出すような大きな溜息とともに外された。

(やっぱり、駄目なのかな)

落胆とともに、されるままに腕を下ろす。古鷹の顔を見られず目を閉じると、額に優しい口づけが落ちてきた。

「え？」

ゆっくりと目を開く。そこにあった、これまでに見たことのない瞳に、全身が震えた。獰猛《どうもう》な、こちらを食い尽くさんとする野生動物のような鋭さ。襲われる。そう感じて身を竦めた葉月の前髪が、気配とは違う優しい手つきで避《よ》けられた。

「これから先、やめろって言ってもやめられないからな。嫌なら、噛みつくなりなんなりして本気で逃げろ」

いいか、と念を押すような声は、低く掠れている。逃げられない。そう感じた葉月は、捕らえられる直前の獲物のように、身動ぎすらできないままこくりと頷いた。


「ふぁ、や……ああっ！」

布団の上で四つん這いになった状態のまま、葉月は堪えられずに声を上げた。既に腕の力では身体を支えられなくなり、枕を抱き込んだままシーツに顔を埋めている。着ていた浴衣は気がつかない間に脱がされ、畳の上に放られていた。

葉月の後ろでは、古鷹が胡座《あぐら》をかいている。布団の横にはオリーブオイルを入れている瓶が蓋をした状態で転がっていた。

あれから再び口づけてきた古鷹は、そのまま身体のあちこちに唇を這わせてきた。一応風《ふ》呂《ろ》に入っているとはいえ汚いと逃げようとしたけれど、今からもっと汚れるから気にするなと熱に浮かされるような声で引き戻された。

首筋から鎖骨、胸元。そのまま腹部へと下りていった舌は、下腹部だけを避けて脚のつけ根や太股《ふともも》、足首、そして指先までもを舐めていった。特に指先は一本ずつ咥《くわ》えられたまま入念に舐められ、あまりの衝撃と恥ずかしさにひたすら泣いて悶えるしかなかった。

結局は直接触れられないまま、いつの間にか葉月の中心は痛みを覚えるほどに硬く張り詰め、先走りが溢《あふ》れ出していた。最初は仰向けだった身体がひっくり返され、腰だけを持ち上げられて四つん這いにされた時、溢れ出したもので後ろまでびしょ濡れだと嬉しそうに言われてしまったほどだ。

だが、そんなのはまだ序の口だったのだと、次の瞬間思い知らされた。

「あ、やだ……そこ、や……っ」

もうずっと部屋に響いている、ぴちゃぴちゃという音。耳から犯されているような気分になるそれは、古鷹が葉月の後ろを舐めている証《あかし》だ。始める前に一度台所に向かいオリーブオイルの瓶を持ってきた古鷹は、準備しているものが何もないからと、それを掌に取り葉月の後ろに塗った。ぬめりがないから痛いかもしれないと前置きされ、ゆっくりと指で揉《も》まれた後、指先が中へと入ってきた。

身体の中に指が入ってきた瞬間、異物感に身体が竦んだ。力を抜けと言われてもどうしていいかわからず、なかなか受け入れられなかった。こんなことでは古鷹がやめてしまうかもしれない。そう思い、つい「やめないで」と言うと、後ろにぬめったものが触れたのだ。指よりも柔らかく、自在に動く濡れた感触。最初は何が当てられているのかと思い悲鳴を上げかけたが、振り返った瞬間、衝撃の光景がそこにあった。

『やだ、舐めちゃ……汚い、よ……！』

古鷹が葉月の尻を両手で広げ、そこに顔を埋めていたのだ。ぬめったものの正体が古鷹の舌であると理解した瞬間、葉月は慌てて逃げようとした。

けれど舌先を中に入れられ内襞を舐められた時、気持ち悪さと紙一重の快感に堪えていたものが外れてしまった。気がつけば達しており、布団の上を汚してしまっていたのだ。

泣きそうになった葉月に、だが古鷹は構うことなく後ろへの愛撫《あいぶ》を続けた。一度達して力が抜けたのを利用して、さらに奥深くまで舌を進めてきたのだ。

「あ、あ……や、中が……」

いつの間にか後ろの蕾《つぼみ》には、指が二本差し込まれていた。指でゆっくりと硬い場所をやわらげ広《ひろ》げるようにされ、その隙間から舌が入り中を舐められる。身体の内部を舐められるというのは一種異様で、一度萎《な》えたものはすぐに力を取り戻していた。

「これ以上は、いくと逆に辛くなる。少し我慢できるか……？」

掠れた声で問われ、こくこくと頷く。だが自分で堪えるにも限界があり、枕を抱えていた手を片方外して自分のものを強く握った。

「がん、ばる……っ」

頑張るって。くすくすと楽しげな声がし、後ろの指が増やされた。かなりの時間をかけて古鷹が解してくれていたせいか、最初の頃よりも痛みを感じずに指を受け入れられるようになっていた。

「あ、中、変……なんか……」

ばらばらに動く指が内壁を擦る度、徐々に痛みよりもむず痒《がゆ》いような感覚の方が強くなる。もっと強い感覚が欲しい。そう思い、知らず古鷹の指を締め付けていた。

「……そろそろ、いいか」

ゆっくりと指が引き抜かれていく。後ろが空洞になったような心許《こころもと》なさを感じながら、背後に座っていた古鷹が動く気配を追った。そろりとシーツに頬を押しつけたまま、かろうじて後ろを見ると、先ほどまで座っていた古鷹が膝立ちになっている。

「あ、あ……っ」

「く……っ」

尻が広げられ、何か硬いものが後ろに当てられた。そう思った瞬間、指とは比較にならないほどの大きさのものが、そこに押しつけられた。

「や、あ……」

さっき浴衣の上から触れたものの大きさが、まざまざと脳裏に蘇る。あれが本当に入るのだろうか。自然と身体が強張り、圧迫感と痛みがひどくなる。

「い、あ……ふ……っ」

痛いと言ったら、古鷹がやめてしまうかもしれない。咄嗟にそう思い、唇を噛んで声を堪えた。だが同時に後ろの痛みも強くなり、どうしていいかわからなくなる。

「葉月、声を堪えるな……口、開け」

自分のものを握っていた手の上から古鷹の手が添えられ、そっと外される。痛みで少し萎えてしまっていたそこを、ゆるゆると擦られ、葉月は自由になった手でシーツを握ってゆっくりと唇を開いた。

「ふ、は……やめ、やめない……っふぁ！」

「やめられる、か……よ。大丈夫だから、できるだけ口開いて、こっちに集中しながら声上げてろ」

言われるまま、前を弄《いじ》る古鷹の手の感覚を追う。竿の部分を握って扱《しご》き、先端の部分を親指の腹で弄る。やがてぬめりを帯びた手に袋の部分を揉まれ、微かに痛みを感じるくらいの強さのそれに、いつしか後ろから意識を逸らされていた。

「は、ふ……は……っ」

「ここさえ入れば……っと」

ぐっと腰を進められ、一番太い部分が中へと入ってくる。圧迫感は変わらないが、痛みは最初よりも少し薄れ、徐々に身体の力を抜く要領もわかってきた。古鷹の言いつけ通り唇を開いていたことで、身体に籠もる力が逃げていたらしい。

それからもゆっくりと奥へと進んできたものが、ぴたりと止まる。後ろに何かが当たる感触がして、もしかして、と息を吐いた。

「入った……？」

「ああ、全部な。痛いか？」

優しい声に、ふるふると首を横に振る。実のところ痛みはあったが、それ以上に古鷹と一つになれたことが嬉しかったため口には出さなかった。だが、葉月の我慢などばれているのだろう。無理するな、と古鷹が腰を優しく撫でてくれる。

「しばらく動かないから、慣れたら言え」

「う、ん……」

そう言った古鷹は、指先で感触を楽しむように葉月の肌に掌を滑らせてきた。脚から腰と背中、そして腹部。古鷹が入っている辺りの場所を軽く押さえられると、中にあるものの存在をより一層感じた。

どのくらい時間が経っただろうか。多分、数分も経っていない。息が整ってきた頃に、葉月は小さく呟いた。

「もう、平気。大丈夫」

「ん。痛かったら、ちゃんと言え」

「うん」

言われたそれに、にこりと微笑む。腰の辺りに古鷹の汗が落ちてきて、随分我慢させてしまったのだと申し訳なくなる。だが同時に、優しくしてくれるのが嬉しくて、古鷹に気持ちよくなって欲しいと心から思った。

「ん、ん……っ」

ゆっくりと古鷹のものが引き抜かれていき、抜けきる前に再び奥へ戻されていく。幾度か慣らすように繰り返された後、はあ、と古鷹の堪えるような吐息が耳に届いた。艶めいたそれに頬が熱くなり、もぞりと腰を動かす。

「ふぁ！」

ちょうど押し込まれたものの先端が、内部の今までとは違う場所を掠めた。びり、と全身に電流が走ったような衝撃に目を見開くと、古鷹が小さく笑った気がした。

「ここ……か？」

腰を摑んでいた両手に少し力が籠もり、固定される。わずかに引き抜かれ、再び同じ場所を擦られると強い快感が頭からつま先まで駆け抜けた。

「あ、あ、や！　そこ、や、怖い……っ」

痛みと圧迫感の方が強かった先ほどまでとは一変し、よくわからない感覚が這い上がってくる。気持ちが悪いのか、気持ちがいいのかも自分では判断できない。ただ、葉月の中心は萎えることなく、刺激されていた時よりさらに張り詰め先走りでシーツを濡らしていた。

「怖く、ない。大丈夫、だ……っ」

「あ、あ、変、身体……」

与えられる快感をそうと認識できないまま、シーツに爪《つめ》を立てる。一方の古鷹は、抑えていたものが限界を迎えたかのように、一番奥まで押し込んだまま内壁をかき混ぜるように腰を回した。

「ふ、や、ああ……」

ふと葉月の腰を摑んでいた右手が外される。体内でうごめく硬く熱いものに気を取られていた葉月は、次の瞬間、再び全身を突き抜けた感覚に声を上げた。

「ああ……っ！」

気がつけば、つけ根から立ち上がっていた尻尾を摑まれ、甘嚙みするように口に含まれていた。葉月にとって尻尾や耳は急所ともいえる部分で感覚が他の場所より鋭い。音を立てながら毛を舐められ、あまりの快感に顔を上げて背を反らす。

「あ、ああ……あ……っ」

口を開いたまま、喘《あえ》ぎ声が零れ落ちていく。口端から零れる唾液を拭うことすらできず、

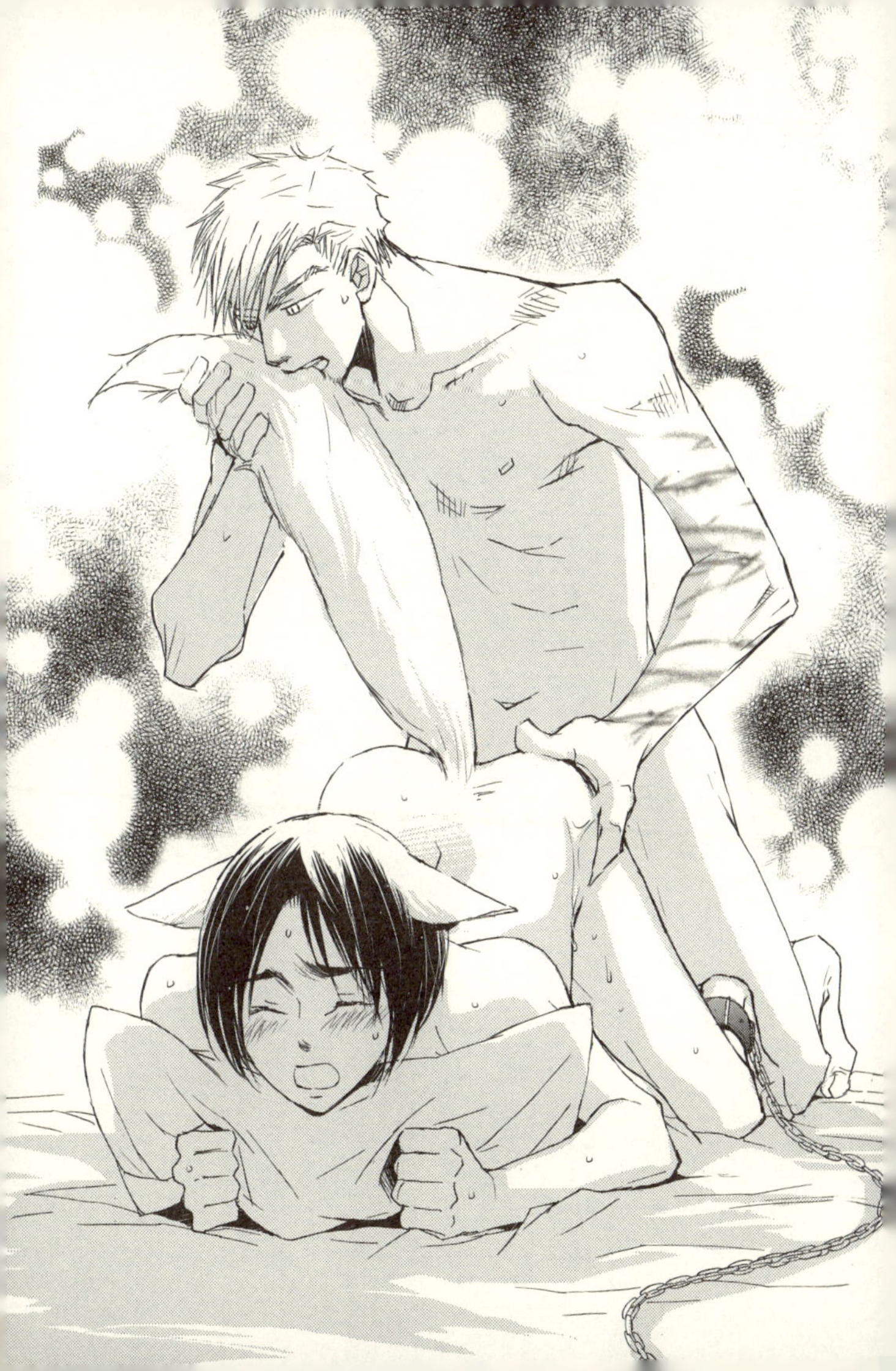

身体の中にある古鷹のものを強く締め付けた。

「は……っ、凄いな。耳やら尻尾が敏感そうだと思ったが、ここまで……っ」

「あ、もう、駄目……もう……っ」

我慢も限界だ。尻尾を弄られながら腰を何度も突き入れられ、古鷹に与えられる感覚に脳が犯されていく。もっと、もっと欲しい。それしか考えられず、自分が快感を追うように腰を揺らしていることにも気がつかなかった。

「……っ、悪い。始末は、後でしてやるから」

古鷹が掠れた声で言った言葉も耳には入っておらず、なんでもいいと葉月は反射的に頷いた。その直後、音がするほど腰が打ち付けられ、さらに奥まで古鷹のものが進んできた。同時に、尻尾のつけ根に指がかかり、ぐっと握られ扱き上げられる。

「あ、あああああっ……――!!」

最後の衝撃に、堪えていたものが一気に解放されて放埒《ほうらつ》を迎える。一度達していたにも関わらず長く続く絶頂に、何度も腰が震えた。

「……、くっ！」

噛みしめるような声とともに、身体の中にある古鷹のものが震えた。奥の方に熱いものがかけられ、濡れた感触に古鷹が達したことを知った。古鷹のものが奥にかかる度に、つられて軽く達してしまったような感覚があり、終わった時には息も絶え絶えになっていた。

じわりと体内に温かなものが広がっていくようなそれが嬉しく、肩で息をしながらも、唇は笑みの形を刻んでいた。

「……ん」

ゆっくりと古鷹のものが引き抜かれていく。そっと身体を横たえられ、葉月は視線で古鷹の姿を探した。葉月の両脇に腕をつき覆い被《かぶ》さるように顔を覗き込んできた古鷹に、えへへと微笑んだ。

「古鷹さん、気持ちよかった？」

「……ああ。お前は、痛くなかったか？」

わずかに目を見張った古鷹が、仕方がなさそうな笑みを浮かべ、汗に濡れて頬に張り付いた髪を避けてくれる。全然痛くなかったよ。そう言うと、嘘つけと軽く掌で頭を叩かれた。だがすぐにわしわしと頭を撫でてくれ、心地よさに目を閉じた。

「あのね、古鷹さん」

「ん？」

甘い吐息を零しながら目を開くと、それ以上に甘い微笑みと声が返ってくる。それが嬉しくて、頭に置かれていた古鷹の手を取り、頬に当てる。

「朝までずっとしてくれる？　駄目なら、抱き締めててくれるだけでもいいから」

この幸せをしっかりと抱えていられるように。ぎゅっとしがみついた葉月に、ぴたりと動きを止めた古鷹がふっと肩から力を抜く。ぽんぽんとあやすように背中を叩いてくれ「わかった」と嬉しげな声が聞こえてきた。

「言ったことの責任は、ちゃんと自分で取れるよな。葉月」

「うん」

よし、いい子だ。吹き込まれる囁きとともに、ゆっくりと耳に舌を這わされる。一旦落ち着きかけていたかに思えた身体に再び熱が点るのを感じながら、葉月はこみ上げてくる感情を必死に飲み下した。まだ、泣いてはいけない。

「古鷹さん、好き……」

ごめんなさい。その言葉の代わりに告げた囁きへの答えは、これまで以上の快感と、忘れられないほどに身体に刻み込まれた熱だった。


胸の辺りが、熱かった。

痛みはない。ただ、ひたすら熱いという感覚だけがある。

うっすらと目を開くと、そこは暗闇だった。黒いペンキで塗りつぶされたような、一片の光もない場所。目を閉じているのか、開いているのかすらわからないそこは見覚えがあった。

（また、あの夢……）

以前、自分のせいで古鷹が呪われたのだという言葉を告げられた。折角幸せな記憶で満たして貰ったのに、こんな夢など見たくなかった。

『早く、覚めないかな』

眉を顰めて呟く。もう一度、目を閉じてしまえばいいだろうか。早く目を覚まして古鷹の顔を見たい。別れる前まで、ちゃんと見て覚えておきたい。

『ふふ、ははは……』

不気味な笑い声がどこからともなく聞こえ、肌が粟立《あわだ》つ。

『狐の子よ。いいことを教えてやろう。お前の命を賭《と》しても、大切な者は助けられん』

『……──え』

唐突に話しかけられ、だがそれよりもその内容に愕然とする。母親のように葉月が死んでしまえば、古鷹にかけられた呪いは解けるのではないのか。

『ど、うして……』

『あの男にかけた呪いは、お前のものとは違う。だから、お前が死んでもなんの効果もない。ただこれまで通り、次の狐の子が生まれるだけのこと。そしてあの男は、命を落とす』

『そんな……、なんで！』

そんなはずはない。絶望的な気分で叫べば、不気味な声は気をよくしたように楽しげに笑い始めた。いや、こんな夢の中での言葉など信じても仕方がない。もしかしたら、葉月の死にたくないと思う気持ちが見せているだけかもしれない。

（きっとそうだ……）

そう言い聞かせ、早く目が覚めるようにと強く目を閉じる。そしてもう一度ゆっくり開くが、やはりそこには闇が広がっていた。

『信じたくなくばそれでもいい。お前が無駄死にするだけだ。それよりも、もっといい方法がある。教えてやろうか』

『え……』

声が何者なのか。そんな疑問はあった。だが、前回もこの声は結果的に間違っていなかった。古鷹が呪いを受けたのは確かなのだ。

『どうすれば、いいの』

ごくりと唾を飲み込む。ふっと声が途切れ、辺りが静寂に包まれた。

『ねえ！　どうすれば古鷹さんを助けられる⁉』

不安が胸を満たす。じりじりと焦燥感が増し、耳を澄まして声を待った。

『天狐を、あの男に返せばいい。あの狐は、元々はあの男の僕《しもべ》。本来あるべき姿に戻れば、その身に受けた呪いなどすぐに浄化される』

『天狐……スイ？』

そういえば、以前も、スイは自分が奪ったと言っていた。だが、返すと言ってもどうやって。葉月の疑問を見透かしたように、声が続ける。

『その身に隠されている神珠《しんじゅ》。それを男に戻せば、全てが元の通りだ』

その瞬間、ぐっと何かに背中を強く押される。だが前に倒れることもなく、足はその場から一歩も動かない。ただ背中を押される圧迫感だけがどんどん強くなっていった。

『う、ああ……』

痛い、熱い。身体の中を何かが移動している。先ほどから熱いと思っていた胸の辺りが一層熱を帯び、焼けるような痛みを生み出していた。

やがて胸の中心から、ぐぐっと何かが押し出されてくる。見ればそこには、強い光を放つ小さな宝石のようなものがあった。掌で受け取るようにすると、宙に浮いていたそれは重力に引き摺られるようにぽとりと落ちてきた。

『本当？　これを渡せば、あの人は助かる？』

『信じるも信じないも、お前次第。どちらにせよ、楽しみだ……』

徐々に小さくなっていく声。待って、と声を出したような気がした。だが急速に意識が遠のき、葉月は再び闇の中に飲み込まれていった。

『葉月……！』

強い声に引き戻されるように目を開くと、目の前にスイの顔があった。すぐ近くに寄せられた鼻先を、腕を上げて撫でる。もう朝だっけ。そう思いながら「おはよう」と声を出すと、妙に掠れた声が聞こえてきた。

（あれ……）

そういえば、スイから視線を逸らしてみれば自分の部屋とは少し違う。不思議に思い身体を起こすと、掌に何かを握っている感触があった。

「あ……れ？」

覚えのあるそれに握っていた右手を開くと、中から光が溢れ出てくる。ついさっきまで見ていた夢が脳裏に蘇り、ぞくりと背筋に悪寒が走った。

（夢、じゃない？）

まさか、そんな。がくがくと手が震える。ならば本当に、自分の命では古鷹は助けられないのだろうか。はっとして隣を見れば、横たわった古鷹が苦しげな表情でうなされていた。いつの間に広がったのか、痣が腕から一気に身体の半身まで覆っている。

「……っだか、さ！」

見れば、痣は今もなおじわじわと広がり始めていた。葉月を抱いたせいだろうか。すでに呪いを受けているなら、変わらないと思っていたのに。

（どうしよう、俺のせいだ）

泣きそうになりながら、掌の神珠を握りしめる。掌に感じる熱。あの夢の声はなんと言っていた。

「これが神珠っていうのは、本当？」

ごくりと喉を鳴らし、スイを見上げる。じっと葉月を見つめていたスイは、やがて古鷹の方に視線を移す。

『ああ、そうだ。寝ているお前の身体から、何者かが抜き出した。姿は見えなかったが、お前の傍に気配だけはあった』

「そう。じゃあ、やっぱり本当なんだ」

『それを、どうするつもりだ』

「古鷹さんに、戻す。そうしたら助かるって言ってた」

『それはお前を護るために与えられたもの。それを失えば、同時に、お前自身を護る力を失う』

「なくなったら、どうなるの？」

『……――呪いを受ける。恐らく、誰よりもその影響は強いはずだ』

「俺が受けるなら、大丈夫。それにこれを渡しても駄目だったら、最初の通りにすればいいし。うん、やれることが増えただけ」

自分を鼓舞するように呟き、掌の神珠を見下ろす。見覚えはないはずなのに、神珠の放つ優しい光はとても懐かしかった。

『大切にしてくれ。俺の大事な……――』

耳元で、誰かの優しい声が聞こえた気がした。

「ねえ、スイ」

傍に座った大きな狐を見上げる。優しい、優しい、たった一人の家族。生まれた時からずっと一緒で、誰よりも傍にいてくれた。あの夢の通りなら、これを手放したら、古鷹だけじゃなくスイとも別れなければならない。

(でも、それでも)

誰と別れても、大切な人の命を護りたかった。

「ありがとう」

微笑んで、神珠を古鷹の方に差し出す。どうやって戻せばいいのか。方法は知らなかったが、なんとなくこうすればいいのではないかと思った。

胸の前に神珠をかざすと、ふっと掌から神珠が浮き上がる。同時に一際強い光を放ち、部屋の中を白い光で満たした。

まぶしさに思わず目を閉じ、とても大切なものが身体の中から抜けていく感覚を覚える。

胸の辺りにぽっかりと空いた空洞。

ああ、離れちゃった。

そう思いながらも、自分がしたことに後悔は微塵もない。そうして、収まり始めた光の中で見た光景に、葉月は満面の笑みを浮かべた。


「さて、と。じゃあちょっと東京に戻ってくる。何日かで帰ってくるから、いい子にしてろよ」

玄関で靴を履いた古鷹が、上《あ》がり框《かまち》に膝をついた葉月の頭を軽く撫でてくれる。

「はい、気をつけてください。あ、後、これお弁当。古鷹さんの好きなおかずいっぱい詰めたから」

二段重ねの重箱に入れた弁当を差し出せば、幾らなんでも作りすぎだと苦笑とともに受け取られた。

「ありがとう、車の中で食べるよ。それから葉月……」

ちょいちょいと指先で呼ばれ、顔を寄せる。と、自然に古鷹の顔が近づき唇を塞がれた。

「ん……」

深く重なった唇のあわいから、舌が差し入れられる。ひとしきり味わうように舌を絡められた後、ゆっくりと口づけが解かれる。そのまま耳を舐められ、ぴくりと反応してしまう。

「帰ってきたら、またゆっくりな。それから、今度戻ってきた時には、これからどうするかの話をしよう。お前をここから連れ出しても、俺がここに来てもいい。納得のいく形でこれからのことを考えるんだ」

いいな、と念を押されじわりと眦《まなじり》に涙が浮かぶ。これからのこと。それをちゃんと考えてくれる古鷹が嬉しくて、横から抱きついて小さく頷いた。ぎゅっと力をこめた腕を、優しい手が宥《なだ》めるように撫でてくれる。

古鷹と身体を繋げた後、葉月の中から現れた神珠を古鷹の前にかざすと神珠は強い光を放ち跡形もなく消えていた。だが古鷹の中に取り込まれたことは、すぐにわかった。そしてあの夢の中の声が言ったことが、真実だったことも。

寝ている間に身体の半身に及んでいた痣は、綺麗になくなっていた。その後すぐに古鷹が目を覚まし、自分にできていた痣が消えていたことを知った。その後、しばらくの間、葉月に一体何をしたのかという質問を繰り返してきたが、それは全て知らないで通した。

『スイに呼ばれて目を覚ましたら、消えてたの。よかった』

そして一部始終を見ていたはずのスイは、その時すでに姿を消していた。後で古鷹に何があったかを話してしまうかと思っていたが、古鷹の態度を見ても話した様子はなかった。

葉月から切り出すまでもなく、古鷹が一旦東京に戻ってくると告げたのは、その日の夕方だった。足も治ったし、少し調べてきたいことやすませておきたい用事があるから、と。

ほっとしたような、寂しいような。どのみち、後数日も一緒にいれば葉月の様子がおかしいことに気づかれてしまう。そうならないうちにここを離れてくれてよかったと思いつつ、顔には出さずに頷いた。

「いってらっしゃい、古鷹さん」

「ああ、いってきます」

からりと玄関を開いた古鷹が、こちらを振り返り笑顔で出ていく。扉が閉まるまで笑顔を崩さなかった葉月は、扉が閉まった後、しばらくの間そこに立ち尽くした。もう少し。もう少し我慢しなきゃ。そう思いながら古鷹の気配がなくなるまで玄関の扉を見つめ、笑顔をゆっくりと収めていく。

さて、と明るい声を出し、部屋の中を振り返る。ずっと暮らしてきた家。ここにも別れを告げなければならない。

「掃除して洗濯して……残った材料は、全部料理して冷凍庫かな。和ちゃんにメモ残しとこう。気づいてくれるかな」

鼻歌交じりに掃除から始め、自分が使っていたものを全て片付けていく。これから狐憑きがどうなるかわからない。自分の我《わ》が儘《まま》で勝手に護る力を手放してしまったが、逆に言えば自分で終わらせられるかもしれない。そんな期待もあった。けれど、もしかしたらまた誰かがここを使うことがあるかもしれない。どちらにせよ、これまで自分を隠してくれた家に感謝し綺麗にしておこうと磨き上げていく。

「あ、そうだ。スイ」

いつもの癖で話しかけ、しんと静まり返った部屋の中で足を止める。そうだ、スイはもう手放してしまった。古鷹の中に神珠を戻してから姿が見えないが、恐らくは古鷹と一緒に行ったのだろう。思った以上の寂寥感《せきりょうかん》に、駄目だとかぶりを振った。決めたのは自分だ。後悔しても仕方がない。スイが消えたのならともかく、大切な家族が大切な人と一緒にいるのだからそれでよかった。

家の中を全て片付けてしまった頃には、高かった日が完全に落ち、日付も変わってしまった後だった。高遠が様子を見に来なかったのが不思議だったが、恐らく古鷹が帰ったことで毎日顔を出す必要もないと判断したのだろう。元々、急患が多い時などはここに来ないこともあったのだ。

「……だいぶ広がっちゃった」

居間の卓袱台《ちゃぶだい》の前に座り着物の袖を捲り上げると、右腕全体に痣が広がっていた。神珠を身体から抜き出した後、二の腕辺りに痣ができており、そこからじわじわと少しずつ広がり始めた。古鷹の時と一緒だ。痣の部分は、ぴりぴりとした痛みが常時走っている。我慢できないほどではなく、ただこれが全身に広がればかなりのものになるだろうと簡単に想像がついた。

だが、見えない部分でまだよかった。古鷹が帰る前にこれが見つかっていたら、間違いなく葉月がしたことを白状させられていただろう。そうしたら多分、いや、絶対に怒られたはずだ。

「優しいしなあ、古鷹さん」

ふふ、と笑い、先ほど自分の部屋から持ってきて卓袱台の上に置いておいたものに視線を移す。掌に乗せられるほどの平板の上には、鳥と花が彫られている。以前、古鷹から出来上がったら欲しいと言われていたものだ。あれからこっそり古鷹がいない時に彫り進め、つい先日出来上がったのだ。着色も何もしていないが、満足のいく出来映えに指先でそっと鳥の頭を撫でた。

「俺の代わりに、大事にして貰ってね」

そして、ふと思いつくと、縁側から下りて庭に咲いている冬桜の枝を折った。ごめんなさい、と木に一礼すると、部屋に戻る。

「これも、一緒に」

彫刻の隣に並べ、小さな白い花が残っていてくれますようにと祈った。

そして正座していた足を崩し、足首に嵌まった足枷を見つめる。

古鷹に神珠を戻してから、少しずつ思い出しかけていることがある。多分、神珠が体内にあることで封じられていた、最初の『狐憑き』の記憶。

足枷を摑み、指先に力を溜めるようにイメージする。そして指先に熱が籠もった瞬間、一気にそれを解放するような場面を頭の中に描いた。

ばきっと鈍い音がし、足首に嵌められていた足枷が壊れる。これも、葉月の中にあった能力。神珠により天狐がこの身を護っている間は、使えなくなっていた。

そう。天狐は——スイはずっと、葉月のような者が本来持つ能力の大半を封じることで、葉月達の身を護っていた。いや、正確にはそれらの能力となる源のエネルギーを、その身に受けた呪いを封じるために使っていたのだ。天狐の本当の役目は、葉月達の中で呪いを封じるための術をかけ続けることにあった。

「半妖《はんよう》、か」

葉月の祖先は、狐に憑かれてこのような恰好になったのではない。そもそも半妖だったのだ。狐のあやかしと人間の間に生まれた子供。その母親となった女性が、宮藤の一族だった。

まだ記憶がかなり曖昧で自分の能力の部分辺りしか思い出していないが、どうやら宮藤家の呪いは、葉月の祖先が誰かから受けたことで始まったらしい。そしてその場にいた古鷹の祖先が、神珠を——スイを与えることで助けてくれたのだ。

経緯はわからないが、少なくともこの身に呪いがある間は、村の敷地内から出なければ一族に被害は出ないだろう。その先は、自分が全て引き受けることで、この忌《い》まわしい連鎖が止まることを祈るしかなかった。

（勝手をして、ごめんなさい……）

父親達に心の中で謝り、腰を上げる。せめて、彼らが生きている間は生きながらえよう。その後自分がどうなるかもわからないが、できるだけ長く。

そうして壊れた足枷を残したまま、葉月は静かに、長年過ごした家を後にした。


再び古鷹が雪沢村《ゆきさわむら》に戻ってきたのは、一週間後だった。本当は五日ほどで戻る予定だったのだが、自分の家に置いていると思っていたものが見つからず、母親が住む家にも顔を出して探し物をしていたのだ。

東京に戻ったのは二つの目的があったからだ。一つは、仕事。雪沢村に行った仕事とは別件で、先日メールで広告会社に勤める知人から打診された仕事があり、そちらの話を聞くためだった。

そしてもう一つは、探し物。こちらは役に立つかはわからないが、なぜか取りに戻らなければならない気がしたのだ。あの、葉月を抱いて目覚めた朝に。

後は、宮藤家のことや、稲荷神社のことなどをかなり遡って調べて回っていた。図書館などで記事を漁《あさ》り、またこの村から車で一時間ほど離れた隣町などに行って、村から移り住んだという人達に話を聞いたりしていたのだ。以前、村の老人達からそういった人物の話を聞いて回っていたのが役に立った。

受けていた政治家のスキャンダル記事の方は、一旦保留としており、今回戻って葉月との関係をはっきりさせたら決めようと思っていた。

「さて、と」

見えてきた高遠医院の裏手に車を停める。東京に戻る時に二度と来るなと言われたが、また来たら停めさせて貰うと言っておいたのだ。先に顔を出して挨拶の一つもするのが礼儀だろうが、時間的に、行っても迷惑がられるだけだろうと後回しにする。

車から荷物を取り出し、葉月の家の方へと向かう。足はすっかり痛みも引き、山道を歩くのにも不自由しなくなった。自然と早足になり、笑顔で迎えてくれる葉月の顔を想像してふっと頬を緩ませる。

あの日の夜、古鷹は自身が呪いを受けることを覚悟した。周の話で、葉月に手を出せば古鷹も命を落とすことは想像に難《かた》くなかった。だが、それでも。縋り付くような葉月の身体を押し返すことはできなかった。

万が一、葉月を助けてやれなければ、あの家を出ればいい。恐らく、葉月は身体を繋げた者が呪いを受けることなど知らなかっただろう。だからこそ、ああ言えたのだ。

ならば、知らないまま別れてやればいいだけだった。

それでもなぜか、翌日の朝、痣は消えていた。何か嫌な予感もしたが、ほっとしたのも事実だった。自分の身が助かったことよりも、葉月を悲しませずにすんだことに対して。

そして同時に、何かの糸口が見つかったような気もしたのだ。それが、実家に置いていた探し物だった。

「……——あれ」

見慣れた家が視界に入り、近づいていく。だが、結界が張られているであろう敷地に踏み込んでもなんの感触もなかった。以前は確かに、膜のようなものを通り抜ける感覚があったが。嫌な予感に、まさか、と家を見上げた。

「見えてる、のか？」

古鷹自身は、前から見えているため違いがわからない。妙な胸騒ぎとともに、駆け込むように玄関を開いた。

「葉月！」

だが、声を上げても返事は帰ってこない。しんと静まり返った部屋に、虚しく声が吸い込まれていく。

（まさか……いや、でも）

葉月が、自分からここを出ていくことはないはず。ならば、本家に行っているのかもしれない。いや、もしかするとどこか奥の部屋に入り込んで聞こえていないだけかもしれない。

できるだけ楽観的に考えながら、玄関で靴を脱ぎ捨てて上がる。とにかく、葉月の顔を見なければ。そう思いながら、廊下を歩き居間へと続く襖を開いた。

「葉月？」

だがそこには、やはり誰もいなかった。ふと、卓袱台の上に何かが置かれているのに気づき近づく。

「これ……」

それは、以前葉月が彫っていた彫刻だった。鳥と花が描かれたもの。いつの間にか仕上がっていたらしい。そして隣には、庭にあった冬桜の枝。花は枯れてしまい、枝を持ち上げればはらりと乾いた花びらが落ちた。

まるで、別れのように置かれたそれら。嫌な予感にじっとりと掌に汗が浮かぶ。そして卓袱台の向こう側に落ちているものを見つけ、目を見開いた。

「壊れてる？」

葉月の足につけられていた足枷。金属でできた枷の部分が、何かの力で割られたように真っ二つになっている。工具や刃物を使っても、こうも綺麗には割れないだろう。一刀で断ったかのように、他に跡のない綺麗な割れ目だった。

「誰がこんなことを……」

これがこの状態であるということは、葉月が攫《さら》われてしまったということだろうか。ぐっと足枷を握り、焦燥と苛立ちを堪えるように力をこめた。

「ともかく葉月を探さないと」

話はそれからだ。自分がここを発《た》った後に何があったか、高遠を問い質《ただ》す。そう決めて立ち上がると、視線を落として彫刻と冬桜の枝を手に取った。

森を走り抜け、高遠医院へと急ぐ。時計を見れば運良く休憩時間に入るところで、着く前にスマートフォンを取り出し高遠の連絡先を呼び出した。以前、何かあった時のためにと番号を聞き出していたのだ。建物が見えてきたところで足を緩めて電話する。

『もしもし』

不機嫌そうな声に、挨拶もなく用件だけ告げる。

「古鷹だ。葉月はどうした。家にいなかったが」

『……——今、どこにいる』

「診療所の裏だ」

ちょっと待っていろ、と言う声が終わるやいなやぶつりと通話が切れる。車まで辿り着き車体に身体を預け、焦る気持ちを抑えるようにつま先で道路を叩く。

(葉月に何があった)

東京へ戻る前日の朝、起きたら呪いによって広がっていた痣が綺麗に消えていた。やはりあれに、何か原因があるのだろうか。葉月自身は知らないと言っていたが、黙っていた可能性はある。

実のところ、再び戻ってきたらその辺りも問い詰めようと思っていたのだ。急ぎの予定と探し物があったためそちらを優先させたが、その間に葉月に危険が及ぶのは想定外だった。

葉月を抱いたことで、痣が消えた。可能性としてはそれだけしかないが、理由がわからない。逆にあの時古鷹は、呪いの進行を早める覚悟を持って葉月を抱き締めたのだ。宮藤家の当主に聞いていた話では、そうなるとしか思えなかった。

葉月が何かしたにしても、帰る前まで普通だった。解決策を知っていたなら、もっと早く誰かが使っていただろう。

考えを巡らせてどのくらい経ったか、建物の方から足音がし、顔を上げた。高遠が白衣を脱いでこちらに向かってきている。葉月のことでだろう、疲れ果てた表情をしており、目の下にもクマが浮いていた。

「患者は？」

声をかけると、古鷹に対する態度は変わらず無愛想な声が返ってきた。

「大丈夫だ。さっき帰った」

「葉月に何があった」

「……行方《ゆくえ》不明だ。五日前の夜、家に行ったらいなかった。お前がいなくなった後だ」

「攫われたのか？」

「わからん。だが部屋が荒れた形跡はない。それどころか全て綺麗に片付けられていた。食材までな。葉月が自分の判断で出ていったんだろうというのが、今のところの見解だ。それに、スイの結界も消えている」

やはりそうか。先ほど葉月の家に入る時に感じた違和感は、気のせいではなかった。

「宮藤家の人間は無事なのか？」

「ああ」

「ということは、まだこの村のどこかにはいるということか」

「今も家の者達で山を探しているが、見つけられていない。俺も昨日まで探していたが、心当たりの場所にはいなかった」

村から出ずに行ける場所など、限られているのに。悔しげな高遠の声に、地面に落としていた視線を上げる。一瞬、何か嫌な気配を感じた気がしたのだ。高遠を中心に周囲をぐるりと見回し、けれど変わった様子もなく肩から力を抜いた。

高遠も、もっと探したいという顔をしているが、患者がいるためそう何日も病院を閉めるわけにはいかないのだろう。

「俺が連れていったとは思わなかったのか」

その可能性が一番高いはずなのに。暗にそう告げれば、高遠がぎっとこちらを睨みつけてきた。胸ぐらを掴まれ、車体に押しつけられる。

「やはりお前が……っ！」

「落ち着け、馬鹿。それなら、のんきにここに戻ってくるかよ。可能性の話だ。探しているというが、俺のところには連絡がなかっただろう」

言い聞かせるように溜息をつけば、胸ぐらを掴んでいた手を離す。高遠もわかってはいたのだろう、肩を落として呟いた。

「……当主が、お前ではないだろうとおっしゃったんだ。葉月を無理に連れては行かないだろう、と。お前が戻ってくると言っていたことも話したから、ならば葉月があえてお前を追う必要もないだろうとな。数日様子を見て、一族内で異変があればお前を探す手筈《てはず》だった」

「そうか」

ならば、葉月の父親が庇ってくれたということか。一度会いはしたが、あれで信じられているとは思わなかった。

「とにかく、事情はわかった。俺も探しに行ってくる」

「……──頼む。お前なら見つけられる気がする。見つけてやってくれ」

頭を下げた高遠に、驚き目を見張る。まさか高遠にそんなことをされるとは思っておらず咄嗟に声が出なかった。

だがその真摯《しんし》な態度に、相応の態度で応えなければと背筋を伸ばす。わかってると頷き、高遠の肩に手を置いて頭を上げさせた。

「絶対に見つける」

言い残し、足早に山の方へととって返した。といっても、古鷹が思い当たる場所は葉月の家か、以前スイに連れていかれた稲荷神社だけだ。さすがにあそこは探しに行っているだろう。

(どこに行った、葉月……)

焦る気持ちを抑えながら、古鷹は拳を握りしめ山道をひたすら進んでいった。


数時間山の中をさ迷い、愕然とした気分で足を止めた。

「神社が……ない?」

鬱蒼とした木々の中に、古鷹の声が吸い込まれていく。どういうことだ。混乱する頭に手を当て、落ち着け、と自分に言い聞かせた。

もしかすると、もう少し奥だっただろうか。いや、それとも行きすぎたのかもしれない。似たような景色ばかりだから、きっとどこかで見落としたのだ。そう思う端から、確かにこの辺りだったという確信めいた気持ちがあった。

以前、スイに連れていかれた稲荷神社。心当たりを探すにも、思いつく場所はそこしかなく、まずそこに行ってみようと思った。根拠はないが、葉月もそこにいるような気がしたのだ。けれど以前来た場所まで来てみると、そこには同じような山道が広がるだけで神社への道がなくなっていた。そんなものは最初からなかったと、そう言われているような気分だった。

「どうして……」

あの神社は確かにあった。幾ら手入れされていない廃墟《はいきょ》のような場所だったとはいえ、あれだけの建物やご神木が跡形もなく消えるはずがない。可能性としては自分が場所を間違って覚えているというものだったが、それについても、道と特徴のある風景を覚えていたので自信があったのだ。

周囲を見れば、すでに日が落ち始め随分暗くなっていた。このまま探し続けるにも、準備をほとんどしない状態で山に入ったため、下手《へた》をすれば自分が遭難しかねない。一旦戻るか。首筋に流れた汗を拭い、逡巡《しゅんじゅん》する。

早く見つけてやりたい。その気持ちが、古鷹に引き返すことを躊躇わせていた。

後少し、この辺りを探してから戻ろう。そう決めた時、背後から土を踏む音が耳に届き振り返った。遠かった音が徐々に近づき、やがて木々の間から二人の男が姿を見せた。

「宮藤さん?」

見れば、相手は宮藤家当主の周と加賀だった。二人も足を止め、驚いたように古鷹を見ている。山道を歩き回っていたのだろう、履いたスニーカーは泥まみれだった。

「葉月のことを聞きました。まだ、見つかってないですか？」

挨拶もそこそこに問えば、周が沈痛な面持《おもも》ちで頷く。

「恐らく、村からは出ていないと思いますが……」

そう言った周の後ろで、加賀が古鷹に向かって口を開いた。

「貴方は、ここで何を？」

「葉月を探しているに決まっています。ですが……神社があったのは、この辺じゃなかったですか？」

自分よりも詳しいだろう相手に聞くと、周は「はい」と眉を顰めた。

「私達も探しているのですが……見つかりません」

やはり、気のせいではなかった。ごくりと息を呑《の》み、葉月がそこにいるだろう可能性が高くなったことに拳を握りしめた。だがなぜ。スイの結界が張られていても自分には見えた。もしかすると、葉月自身が隠れるために見えないようにしているのだろうか。

そうなれば、下手をすると見つけられなくなってしまう。

嫌な予感に背筋に悪寒が走る。それを無理矢理振り払い「探します」と声を出した。

「場所が間違っていないのであれば、何か手がかりになるものが見つかるかもしれない。あったはずのものがなくなっているのなら、そこに葉月がいるかもしれない」

「ええ。私達もそう思って、他の場所は他の者達に任せてここを探していました」

互いに頷き、再び草木をかき分け探し始める。幸い加賀がきちんと装備を整えており、懐中電灯も借りることができた。

だが、幾ら探しても手がかりになりそうなもの一つ見つからない。少し遠い場所で同じように周達が草木をかき分けている音を聞きながら、古鷹は、先ほど葉月の家から持ってきた彫刻と冬桜の枝を背負っていたボディバックから取り出した。

「葉月……」

一体、どこに行った。問いかけるように彫刻を指でなぞる。鳥はメジロだろうか。花に止まったそれは可愛らしく、以前はよく、葉月の頭にも止まっていたなと苦笑した。

『葉月。お前よくよく鳥に気に入られてるな。しょっちゅう頭に乗せてるし……食うなよ』

『食べないよ！　ひどいなあ、ユキ』

ふと、脳裏に蘇った会話。どこか覚えのある、だが、言った覚えのない言葉。記憶が交錯する。葉月の頭に鳥が止まっていた。それは、いつの話だ？

（なんだ、これ）

掌の上の彫刻を握りしめ、少しずつ蘇ってくる会話に集中する。

『それか、油断してると——に食われるかもな。あいつも狐だ。食うだろ。気をつけろよ』

『——も、食べないよ！　ね？』

『さあ、どうだろうな』

三人分の声。懐かしい名前。平和な、そして永遠に続くと思っていた日々。

(名前、は……)

周囲の景色はすでに視界に入っておらず、記憶の中に潜っていく。名前。大切な人々。葉月と、そしてもう一人いた、自分の……――。

「翡翠《ひすい》」

りん、と何かが鳴った。山中に響いたのではないかと思えるほど、大きな鈴の音。鈴。だが鳴るはずのないそれに目を見開いた途端、古鷹は襲ってきた頭痛に膝をついた。

「う、ぐ……ぁ……っ!」

りん、りん、と規則正しいリズムで鈴の音が鳴り続ける。その度に激しくなる頭痛に頭を抱え、そして胸の辺りがひどく熱くなりシャツを摑んだ。

「ぐ……あ……あ……っ」

熱い。痛い。ぐらりと視界が歪み、徐々に鈴の音が遠くなっていく。身体に衝撃が走り、痛みの中で自分が倒れたことを知る。

そうして誰かの声を遠くに聞きながら、古鷹は意識を手放した。

全身が、焼けるようだった。

熱さと痛さが交互にやってくる。じりじりとした痛みが延々と続き、一瞬も安らげる時がない。葉月は、早くこんな時間が終わってしまえばいいのにと祈り続けた。

「……ぁ……」

声を出す力すらなくなり始めている。寝返りも打てず、ただ、身体を預けた柔らかなものの感触だけが葉月に優しさを与えていた。

（痛い、痛い、痛い、いたい……）

もう何日、そればかり考えているだろう。痛みから気を逸らすように何かを考え続けてはいるが、痛みを忘れられるものでもない。

稲荷神社の本堂の中。葉月が家を出て向かったのはそこだった。家以外で、唯一覚えている。恐らく、母親が自分を産んだ場所。

ここへ来てしばらくすると痣が全身に広がり、やがて徐々に痣から血が滲んできた。皮膚《ひふ》が切れ一部は爛《ただ》れ、じわじわと血の滲む場所が広がり始めたのだ。激痛ではないものの、寝転がった床の感触にすら痛みを覚え、ひたすら身体を丸めて堪えるしかなかった。

どのくらい経った頃か、痛みに震えているところに来てくれたのはスイだった。

『遅くなったな』

そう言って、スイは何を問うこともなく葉月の身体を護るように付き添ってくれた。スイの身体に寄りかかるように横たわった葉月は、その時初めて少しだけ泣いた。

『いいの？　スイ。ここに来て。古鷹さんは？』

『あちらはまだ不完全だからな。放っておけ。お前は、自分のことだけ考えていろ』

そっけない物言いも、これまでと変わらない。うん、と柔らかな毛皮の中で身体を丸め、それだけでほんの少し痛みが和らいだ気がした。いつまでいてくれるのか。そう聞こうと思ったが、答えが怖くて結局は聞けなかった。だから代わりに、自分の願いだけ伝えた。

『古鷹さんに何かあったら、ちゃんと行ってね』

誰よりも、一番護って欲しい人だから。そう言った葉月に、スイは鼻を鳴らすだけで答えてはくれなかった。

ここに来て、色んなことを思い出した。思い出したというのが正確なのかもわからない。数百年昔、この土地に住み着いていた狐の半妖。今の名と同じ『葉月』と呼ばれていた青年が今の葉月の祖先だ。そしてこの稲荷神社の宮司の一族。『葉月』が『ユキ』と呼んでいた男性、それが古鷹の祖先だった。

葉月は、ユキのことが大好きだった。神社に通う半妖の葉月にも優しくしてくれた。普通の人間と同じように扱ってくれ、手伝いも言いつけられたし、その後はご褒美に菓子も貰った。悪いことをすれば叱《しか》り、いいことをすれば褒めてくれる。そんな当たり前の関係が、一人で山奥に住んでいた葉月には、新鮮だったし嬉しかった。

神社に来る村人は少なかった。山奥にあり、日々参拝するには場所が悪かったせいもあるだろう。だが信仰は厚く、ご神木も青々と葉が茂っており、ユキの手によって神社も綺麗に整えられていた。

ユキの傍には、いつも一匹の狐がいた。翡翠と呼ばれていた狐は、天狐と呼ばれる狐のあやかしだった。半妖の自分とは違う存在。最初に神社を訪れた時、翡翠に見つかったのだ。翡翠は、葉月に害がないのがわかると、ユキの傍にいることを許してくれた。

『村の人達があんまり来ないのは、俺の責任でもあるんだ』

ユキは、そう笑っていた。昔から、一族の中で天狐に選ばれた人間が宮司の神主になっていたという。特別に力があるから天狐が選ぶのか、天狐に選ばれたから力が身についたのか。それは定かでないが、神社を継ぐ人間には特殊な力が備わっていたのだ。

あやかしを祓う力。その力を使い、人間に害を及ぼしているあやかしを祓っていたのは確かだった。そのため、噂に尾ひれがついて村へ伝わり、敬遠されているのだという。

また、ユキは天弧との結びつきが強く、その力も代々の宮司達より一層強かった。そのせいか髪や瞳の色が、天狐の影響を受け少し変わっていたのだ。金色に近い薄茶色の髪と青い瞳。その容姿が一番恐れられているらしかった。

『そんなの変だよ。だってユキも翡翠も、村の人達を護ってるのに。この間だって、村の人に憑いてたあやかし、祓ってあげたんでしょう?』

『でも、自分に見えないもの、理解できないものは怖いものなんだ。人間は弱いからな』

けど、怒ってくれてありがとう。微笑みながら頭を撫でられ、いつしかその感覚に羞恥が混じるようになったと気づいたのはいつの頃だっただろうか。

ユキの、自分とは違う髪や瞳の色が好きだった。太陽の光を浴びるときらきらと透けるように光り、飽きることなく見つめていた。時折訪れる村人達の中で、少ないながらもユキと親しげに話す人達はおり、その姿を遠目に見ながらそこは自分の居場所だという言葉を飲み込んだこともしばしばあった。

誰よりもユキの近くにいたい。必要とされたい。そう願いながら、葉月は毎日神社へと通っていた。

葉月は狐のあやかしと人間の間に生まれた半妖のため、姿は人間であったが耳と尻尾を隠すことができなかった。能力をきちんと使えるようになればできるようになると翡翠に教えて貰っていたが、なかなか上手《うま》くできなかったのだ。

人間にも、あやかしにも受け入れて貰えない存在。人間に見つかれば恐れられ、あやかしに見つかれば蔑まれる。それで何度も痛めつけられたことも死にそうになったこともあり、葉月は、人里はもちろんあやかしにも絶対に自分から近づかなかった。

だからこそ、普通に扱って貰えるユキの傍は、葉月にとってひたすら優しいだけの場所だったのだ。

だが、悲劇と別れはある日突然訪れた。

その日、葉月は神社に向かう途中で嫌な気配を感じた。木々の間から、こちらの方を見ているような。そんな強い気配に、足が竦んだ。

『……見つけた』

しわがれた声。地の底から響いてくるようなそれは、ぞっとするものだった。

『半妖か。力もそれなりにある。これはいい。半妖の肉は、我らの妖力を増幅させる。いい餌《えさ》を見つけた』

そう聞こえてきた瞬間、咄嗟に駆け出していた。見つかったら間違いなく殺される。咄嗟の判断だったが、そう思った。

夢中になって走った。後ろから追ってくる気配を振り切らなければ、神社にも行けない。連れていってしまっては、ユキに迷惑をかける。だがあそこしか逃げ込む場所を知らない。必死であちこちを駆け回り、後ろから来る気配がなくなった頃、葉月は急いで神社へと向かった。

だがそこで見たのは、大怪我を負ったユキの姿だった。背中が真っ赤に染まっている。大きな爪で引き裂かれたかのように、着物が破れていた。本堂の前で膝をつき、地面には血の跡がある。

『どうしたの！』

『ああ、葉月。今日は帰った方がいい。質《たち》の悪いあやかしが山に入り込んできた。どうにか深手を負わせて追い払ったが、倒せなかったんだ。……ああ、いや。今から森に戻るよりはここにいた方がいいかもしれないな』

そう言われ、もしかしたら先ほど山の中で遭遇したあやかしかもしれないと思う。今まであれほど邪気に満ちたあやかしに出くわしたことはなかった。

だがそれを話そうとした時、森の中から黒い影が飛び出してきた。真っ直ぐに葉月を目指してくるそれに、避けきれないと思い目を閉じた。だが、その時。

『ぎゃあああああ……っ！』

耳障《みみざわ》りな声が辺りに響くと同時に、葉月の身体が引き寄せられる。ユキに抱き締められている。そう思った時、何かの獣を象ったような黒い影が視界に飛び込んできた。ユキが何かしたのか、悲鳴のような声を上げながらのたうち回っている。

『早くここから逃げろ！　葉月』

『嫌だ！　ユキも一緒に……』

あやかしのいる方とは反対の方向に押しやられ、ユキにしがみつく。今ここでこの場を去ると、二度とユキに会えなくなる気がする。そんな嫌な予感とともに、ユキの着物の袖を引いた。

『逃げよう！　逃げて、傷の手当てしないと』

『俺がいたら、逃げ切れない。いいから早く行け！』

初めて怒鳴られ、身体が竦んだ。だがそれよりも、ユキを見捨てて行くことなどできなかった。どうすればいい。何かできることはないのか。ひどい焦燥感とともに、自身の無力さを痛感させられ、じわりと涙が浮かんだ。

半妖である葉月は、妖力を操ることが苦手だった。全くないわけではない。翡翠から、かなりの力を持っていると言われているが、実際にそれを使えないのだ。だから、姿も変えられない。

（こんな力、あっても使えないいんじゃ意味がない）

せめて、ユキの役に立てるくらい使えたらよかったのに。そう思いながら、もう一度ユキに逃げようと言おうとした、その瞬間。

『ユキ！』

何かが来る。そう思ったのは、すでに本能の域だった。獣の形をした影は、横たわり力尽きかけていた。ユキも油断はしておらず、今のうちにと封じの呪《まじな》いを唱え始めていた。

間に合わない、危ない。そう思った時には、ユキとあやかしの間に割って入っていた。ユキに背を向け、あやかしに立ち向かうように。

『葉月‼』

しゅるりと、黒い影が身体のあちこちに巻き付いた。首や腕、腹、脚。それらは音もなく葉月の中に取り込まれていく。そして、次の瞬間、全身の皮膚が焼けるような痛みに襲われた。

『うああ……っ、あ、ぐ……っ』

声を噛み殺し、それでも痛みに耐えられず地面の上でのたうち回る。

『貴様、何をした！』

息も絶え絶えに、涙の滲む瞳をどうにか開くと、ユキの背中があった。葉月を庇うようなそれに、いいから逃げて、と声にならない声を上げた。

『呪いをかけた。なに、死にはしない。寿命が尽きるまで、永遠に続く痛みを味わうことになるだけだ』

『……――っ！』

悪意に満ちた、楽しそうな声。痛みが徐々に強くなり、何が起こっているのかも把握できなくなってくる。ただ、ユキの叫ぶような声と、あやかしの悲鳴のような声が立て続けに響き――そして、しんとした静寂が訪れた。

『……ふ、はは。はははは。お前達、これで逃れられると思うな。何年経とうと、いつか力を取り戻しこの恨みを晴らしてやる。それまでの間、その呪いを受け続けるがいい……』

静かな空間に、不気味な声が響く。だがそれは先ほどまでの力を持ったものではない。途切れがちになり、やがて消えていったそれに、あやかしが姿を消したことを知った。

よかった。これで、ユキは助かる。痛みの中でそう思い、身体を丸めて必死に痛みを耐え続けた。これからずっと、この状態が続くのか。絶望的な気持ちでそう思った時、優しい感触が頬に当たった。ユキの手だ。そう思った時、自然と頬に笑みが浮かんだ。

『……手当て……しなきゃ、駄目、だよ』

『馬鹿、お前……っ！　お前が、どうして……っ！』

俺は大丈夫。半妖だから、痛みもひどくないんだよ。怪我の治りが早いの、知ってるでしょう。朦朧とした意識の中でそう呟けば、嘘をつくなと怒鳴られた。

怪我の治りは早い。だが、痛みは人間と同じように感じる。逆に、その治癒力《ちゆりょく》の高さが災いし命が尽きるまでの時間が長くなり、痛みも長く続くという結果になっていた。

『俺を……殺し、て？　そしたら、痛みもなくなる。呪いも……きっと、消える』

だから、お願い。だが返ってきたのは、決定的な痛みではなく、全身を包む温かな感触だった。抱き締められている。痛いはずなのにほっとして、腕の中に身体を預けた。

『呪いは、絶対に消してやる。だから、諦めるな』

耳元で囁かれた声。強いそれは、誰の声だろうか。ユキ……――いや。

『……か、さん……』

『葉月、葉月……っ！』

会いたいと思う気持ちが、聞かせてくれたのだろうか。もう一度会いたい。会って、抱き締めて欲しい。そう願い続けた葉月の願いを、神様が叶えてくれたのだろうか。

会えたら、もう一度伝えたい言葉がある。

『古鷹さん、大好き……』

伝えられたらいいいな。そう思いながら、葉月は再び痛みと夢の境目を漂い続けた。


「古鷹さん！」

強い口調で名を呼ばれ、ふっと意識が浮上する。見れば、目の前には焦った表情の周と、仰向けに倒れた古鷹の横に膝をついた加賀の姿があった。

「大丈夫ですか。我々が気づいた時には倒れていましたが、どこか具合でも」

淡々と加賀に問われ、いや、とぼんやりしながら答えた。身体を起こし、まだ微かに残る頭痛に眉を顰めた。

今、夢の最後に葉月が出てきたような気がする。そう思いながら、加賀の方を向いた。

「時間は、どのくらい経ちましたか」

「さほどは。我々が見つけて数分といったところです。今日は、一旦引き上げますか」

どうやら、加賀が古鷹を背負って一旦戻ろうと話していたらしい。大丈夫です、と返して立ち上がった。

気を失っている間に、全て思い出した。たった今夢で見たのは、この一連の騒動の元凶とも言える出来事。葉月と古鷹の祖先が、あるあやかしに受けた呪い。

古鷹の祖先は、自分を庇って呪いを受けた半妖を助けるために、代々受け継いできた神珠を身体から取り出した。それは天狐との契約の証であり、一族を護るための宝珠だった。だがそれを、古鷹の祖先は葉月に与えた。天狐の力で、葉月の中の半妖の力をコントロールし、呪いを体内に封じ込めたのだ。だが、全てを封じきることは難しく、外部に及ぶ呪いに関しては手を出すことができなかった。

スイ——翡翠は、元は古鷹の祖先とともにあった天狐だった。自身から離れ葉月を護ってくれるよう頼んだ時、同時に翡翠の記憶も封じた。自分の血を持つ者が再び力を取り戻しその名を思い出すまでは、忘れているようにと。葉月は真実を知ればきっと自分を責める。だから、翡翠から真実が伝わるのを防ぎたかった。

それに翡翠自身、真実を忘れてしまっていた方が葉月に寄り添える。そう思ったからだ。

だが今、葉月に渡したはずの神珠が自分の中にあるのがわかる。翡翠の名を思い出した瞬間に、神珠の力が自分の中で巡り始めたのがわかった。名を呼ぶのは、契約の証。再び戻ってきた翡翠との間に、繋がりができたのだ。

いつ葉月は神珠の存在に気づき、あまつさえそれを自身から取り出し古鷹の中へと返したのか。それをやったのは、恐らく葉月を抱いた夜だろう。神珠が返ったからこそ、古鷹の痣が消えた。けれど同時に、それは本来呪いを受けた葉月自身が護る力を失ったということでもある。

「翡翠！」

呼べば、ふわりと近くで風が起こった。そちらを見ると、白銀の狐が立っている。同時に背後から息を呑む音が聞こえ、振り返った。周が、驚きも露に翡翠の方を凝視していた。

「……白銀の、狐」

どういう仕組みかはわからないが、周には見えるようになったらしい。加賀を見れば訝《いぶか》しげな顔をしているだけで、こちらには見えていないようだと判断する。

「スイ、葉月はどこだ」

一秒でも時間が惜しい。周達のことは放ったまま、スイに向き直る。と、目を眇めたスイが『遅い』と開口一番に告げた。

『記憶を取り戻すのに、何日かかっている。封じが解かれなかったら、殺してやろうかと思ったぞ』

「文句は後で聞く。それより葉月は……」

『もうわかるだろう。よく見ろ』

そう言って一歩下がったスイの後ろには、消えていたはずの神社へ続く道があった。周達と目配せし、そちらへと足早に向かう。

『お前が力を取り戻した時に見えるようにしておいた。でないと、あのあやかしに見つけられたら厄介だったからな』

「……あれは、まだいるのか」

数百年前、葉月に呪いをかけたあやかし。するとスイは『いるな』と端的に答えた。

『ずっと、近くにはいた。だが、気配を探れるほどこちらにも力が残っていなかった。けれどつかず、離れず、どこかから監視しておったよ。ずっとな』

宮藤家の呪い——狐憑きが村を出た時に起こる災いは、そのあやかしが起こしていたのだろう。狐憑きと呼ばれた、葉月の力を受け継いだ者を村から逃がさないように。

「今どこにいるかは、見当がつく。だがそれより先に葉月だ」

壊れかけた鳥居を抜け、神社の敷地内に入る。ご神木の横を通り過ぎ、真っ直ぐに三人で本堂へと向かう。スイは、一足先に向かい本堂の中に消えていった。

「葉月！」

本堂の中央で横たわった人影。その痛々しい姿に愕然とし、駆け寄る。

隣にはスイが座り、労《いたわ》るように葉月の身体に鼻を寄せていた。

「葉月、しっかりしろ。葉月！」

身体を抱き上げ、何度も呼びかける。ぐったりとした身体は燃えるように熱く、そして着物は血で染まっていた。全身に痣が広がり、首や腕、そして脚などから血が滲んできている。じわじわとしたそれは、まるでいたぶるように葉月の身体を苛《さいな》んでいた。

「葉月……っ！」

頼むから、目を開けてくれ。そう祈りながら、涙混じりの声で名を呼ぶ。額を合わせて何度も何度も呼んでいると、ふと、腕の中の身体が身動いだ。

「……だ、か……さ……？」

掠れた、風の音にかき消えてしまいそうな声が耳に届く。思わず顔を上げれば、うっすらと開いた瞳が小さく笑んだ。

「嬉……しい、また……会え、た……夢……で、も……」

夢を見ていると思っているのだろう。額に唇を落とし、夢じゃない、と呟く。だが意識を保ちきれないのか、再び瞼を閉じた葉月をそっと床に横たえた。着ていたジャケットを脱ぎ葉月の身体にかけると、本堂の入口で立ち尽くしていた周達が近づいてきた。

「葉月……」

葉月の横に膝をつき、周の唇から零れたのは安堵と悲しみの入り交じった声だった。本当に心配していたのだろう。葉月に対する当主としての対応はともかく、周の葉月に対する愛情は確かに感じられた。

「今すぐに連れて帰りたいのは山々ですが、ここの方が安全だ。すみませんが、これからやることに協力してください」

「それは構いませんが……一体、何を」

怪訝《けげん》な声で問い返してきた周に、古鷹はスイに視線で合図した。立ち上がった天狐が、ゆったりとした動作で古鷹の傍にやってくる。

「あやかし退治。元凶を、叩きます」


辺りは、完全に夜の闇に包まれていた。本堂の前に置かれた賽銭箱。その近くに腰を下ろし、古鷹はじっと鳥居の方を見つめていた。本堂の扉は開け放している。中には、横たわった葉月と、その傍に座った周達の姿。

手の中には、刀の柄がある。バックの中に入れて持ってきていたそれを、実家で探し当てられていてよかったと心の底から思った。これがなければ、昔のことは思い出せなかったかもしれない。探し当てた当初はどうやって使うかもわからなかったが、今ならわかる。

「なあ、スイ。あいつ倒せると思うか」

『知らんな。やると言ったのはお前だろう。言ったことはやり遂げてみせろ』

そっけない天狐の言葉に、思わず笑いが零れる。昔はもう少し愛想もよかった気がするがその名残《なごり》もない。古鷹の元に戻っても変わらず葉月を助けていたのはスイ自身の判断だ。大昔に頼まれたからではなく、それはスイ自身が選んだことなのだろう。それが嬉しかった。

じゃれるような口げんかを続けていると、鳥居の方から人の気配がした。駆けるように草木を踏み分けてくる音は、次第に近づき、その姿を古鷹達の前に現した。

「葉月が見つかったのか！」

古鷹の姿を見つけ、鳥居を抜けてきた人物――高遠が駆け寄ってくる。本堂の奥にいる葉月と周達の姿を見つけ、高遠が目を見張って足を止めた。

「当主も？」

「葉月を探している途中で、偶然会ってな。それより高遠。聞きたいことがある」

「それよりも、葉月を連れて帰る方が先だろう！　診療所に運べ。治療……」

いや、と古鷹がその言葉を遮った。右手に持っていたそれを振って構え、高遠の方へと向ける。

「刀……？　お前、何を」

たじろいだように、高遠が一歩下がる。思った通りだ。心の中で呟きながら立ち上がった。
二、三段の階段を下りて、高遠の方へと近づいていく。持っている刀の刃先は、その間もずっと高遠の方を向いていた。
「診療所の前にお前を殺しておかないと、今度こそ葉月の命に関わるからな」

「な、にを……」

高遠がこちらを睨み、さらに一歩下がる。その姿を、古鷹は目を眇めて見つめた。

以前、高遠の傍で黒い影を見た気がした。その時は気のせいかと思っていたが、今ははっきりとわかる。気のせいでもなんでもない。

高遠の身体には、全身に黒い影がまとわりついているのだ。

「この刀な。刃の部分は、あやかしにしか見えないんだ。あそこにいる二人には、俺が柄しか持っていないように見えている」

「……っ、まさか、それは」

「その通り。昔、お前を一度滅ぼしかけた刀だ」

実際、今古鷹が持っているのは、刀の柄の部分だけだった。持ち手に飾り紐と鈴がくくりつけられたそれは、古鷹が東京に戻っている間に実家で探してきたものだ。鈴の部分は壊れており、すでに音が鳴らなくなっている。だが確かに、先ほど翡翠の名を思い出した瞬間、この鈴が音を発したのだ。

以前、母方の祖母から譲られたこれは、霊刀だから大切にしなさいと言い聞かせられていた。家に代々伝わるものだから、絶対になくしては駄目だと。ずっと信じておらず実家の押し入れの奥に放置していたが、今はこれが本物だったことがわかる。

ずっと昔、古鷹達の祖先が持っていたものだ。

葉月を抱いた朝、夢の中で祖母に探すように言われたような気がしたのだが、気のせいにしても今は祖母に感謝したい気分だった。

「お前と再びこうやって向かい合うのに、随分と時間がかかったな。だが、お前の遊びも今日で終わりだ」

そう言い切った途端、高遠の目つきが変わる。よく見れば瞳の色が赤くなり、爛々《らんらん》とした光を放っている。禍々しいその色に、古鷹も警戒して身構えた。

『たいした力もない人間が、大きな口を叩く。やれるものなら、やってみるがいい。お前からは、昔ほどの力は感じられない。返り討ちにして、身の内の神珠も食らいつくしてやる』

しわがれた声は、高遠のものと明らかに異なる。だがそれよりも、あやかしが放った言葉に眉を顰めた。

「まさか、葉月の中から神珠を取り出したのはお前か」

途端、あはははは、と楽しげな笑い声が響く。

『そうだ。あれがずっと邪魔をして、あいつを食えなかったからな。半妖のあいつさえ食えば、俺は昔の力を取り戻せる。そこに神珠が加われば、怖いものなどない。お前がここに戻ってきてくれて、本当によかった。お前とあいつが通じ合ったことで、神珠を戻す道もできたしな』

そもそもお前がこの村に近づいた気配を感じたから、あいつに引き合わせてやったんだ。

むしろ感謝して欲しいくらいだ。笑いながら言ったそれに、まさか、と顔をしかめる。

「あの日、あの山道から俺を突き落としたのはお前か」

『その通り。そのまま、あの半妖の家の前に転がしてやったのよ。昔のあいつの気配を真似《まね》てやったら、お前もまんまと引っかかってくれたしな』

どうやら、この村に来る直前に見たあの影はこのあやかしだったらしい。ちっと舌打ちをすると、あやかしは一層愉快げに笑った。

ああ、おかしい。そう言い出しそうな声に、古鷹は目を細める。

「あいつを食いたい？　できるものならやってみろ」

『いいだろう、では望み通りに殺してやる』

そう言った高遠が、予想以上のスピードで古鷹の方へ走ってくる。摑まれかけるのをすんでのところで躱《かわ》し、距離を取った。

勝負は一度きり。それを外せば命を落とすだろう。そう思いながら、柄を握る手に力をこめた。震えを抑え込み、体勢を低くして高遠の方へと走り出す。

『そう、そうやって突っ込んでこい』

にやりと笑った高遠が、こちらに掌を向けて手を伸ばしてくる。その先から飛び出してきた黒い影に足を止めて、どうにか避けた。

次々と襲いかかってくる影に触れないように、必死で避ける。普段からあちこち動き回っているとはいえ、これほど激しい動きはしない。次第に上がってくる息の中で、もつれそうになる足を叱咤《しった》した。もう少し。集中力を保ちながら、目の前に立つ高遠の姿を睨む。じりじりと位置を移動しながら避け、高遠もそれにつられるように足を踏み出す。少しずつ二人の位置がずれていき、やがて古鷹がご神木の前に立った辺りで足を止めた。

『お前の負けだ』

勝ち誇った笑みを浮かべた高遠が、こちらに向かってくる。影を避けながらその機会を窺《うかが》っていた古鷹は、心の中でよしと呟いた。

「どうかな……気がつかないか？」

小さく呟いた古鷹に、高遠が怪訝な顔をしてみせる。同時に、こちらに向かってきていた高遠の動きがぴたりと不自然に止まった。睨みつけるような形相で高遠が足下を見ると、見る間にその顔が蒼白になった。

足下にある札《ふだ》。深々と地面にボールペンを突き刺し押さえられたそれもまた、刀の柄と一緒にあったものだ。近くにあった神社で話を聞けば、悪いものを封じるためのもので、弱いながらも確かに効果があるらしい。そして、それはたった今実証された。

『な！　これは、封じの……っ』

「駄目元だったが、足止めくらいにはなってよかった」

言いながら、動けない高遠との距離を詰め、刃先を高遠に向けて刀を構えた。驚愕の瞳でこちらを見る高遠を真っ直ぐと見据え、呟く。

「これで、終わりだ」

一番黒い影が凝《こご》っていた部分――心臓近くに一息に刺す。何かを貫いた感触とともに、柄の部分まで体重を込めて刺しきると、高遠の身体から黒い影が剝がれた。

『ぐ、あああああああ……っ‼』

耳障りな声とともに、黒い影が霧散していく。確かな手応えとともに、あやかしを滅ぼしたと確信し、ほっと息をついた。

ふと、ざっと音がし、頭上でご神木の葉が風に揺れて音を立てた。

高遠の身体を支えたまま横を見ると、今まで古鷹の目にはどこかぶれたように見えていたご神木の輪郭が、くっきりと見えていた。たった今滅ぼしたあやかしが、ご神木の力を封じるために穢《けが》していたのかもしれない。さっきまで風に揺れることなく陰鬱な印象で生えていた大木が、突如命を吹き返したかのような清々《すがすが》しい様相に変わっていた。

一緒にいた周達も、はっきりとはわからないまでもそれを感じたのだろう。ご神木を見上げる表情が、驚きつつも安堵したようなものになっていた。

本来の姿を取り戻したご神木が、少しずつ、この地に溜まった淀《よど》んだ空気を清浄なものに変え始めているのを肌で感じる。

「スイ」

声をかけると、高遠に刺さった刃の部分が淡く光る。やがて刀身が消え去り、古鷹の手元には高遠の身体に押しつけている柄の部分だけが残った。

光は収束し、スイが姿を現す。本来刀身の部分は古鷹自身の能力で作り上げるものだったが、いかんせん力と時間が足りず、今回はスイが刀身部分となったのだ。

だがそのため、高遠の身体には傷はついていない。あやかしのみを傷つけるようスイが上手く力を使ってくれたため、高遠自身にできているのは、せいぜい柄を思いきり押し当てた時の痣くらいだろう。

「……っと」

どさりと古鷹の方に倒れてきた高遠は、意識を失っていた。その身体を抱えながら、古鷹はことが無事に運んだ安堵に、深々と息を吐いた。


「……き……づき。葉月?」

うっすらと目を開くと、瞳を明るい光が焼いた。あまりの痛みに思わず瞼を強く閉じると、暗闇の向こうからくすりという笑い声が聞こえてきた。聞き覚えのある声は、懐かしく、ずっと聞きたいと思っていたもので、葉月は、恐る恐る再びゆっくりと目を開いた。

「起きたか、葉月」

かけられた声の方へと視線を向ければ、そこには思った通りの人――古鷹の顔があった。優しい笑みでこちらを見ている古鷹の顔をまじまじと見つめる。

「古鷹、さん？」

「ああ。ただいま」

「おかえりなさい……？」

当たり前のような挨拶が返され、ぼんやりとしたまま答える。そういえば、古鷹は一度東京に戻ると言っていた。だから、今ここにいるということは帰ってきてくれたのだろう。嬉しいと思う一方で、だが、何かがおかしいと感じた。

（俺、今どこに……）

背中に当たるのは柔らかな布団の感触。身体の上にも毛布と羽毛布団がかけられている。優しい温《ぬく》もりに包まれた自分の身体。

身体……に、痛みがない。そう思った瞬間、葉月は飛び起きていた。だがぐらりと視界が回り身体を起こしきれず再び枕に頭をつけた。

「いきなり動くな。お前、ずっと飲まず食わずだったんだ。それでなくても体力も使ってる上に、傷を治すのにほとんど力を使ってたからな。しばらくゆっくり寝て、しっかり食べて体力回復させろ」

「なんで、俺……神社に……」

そう、葉月は確かに古鷹が去った後、一人で神社に向かったはずだ。スイと一緒に本堂に隠れているつもりだった。今考えれば、神社に人が近寄らなくなって久しいとはいえ、全く来ないわけでもないだろう。姿を消してしまうのに適した場所ではなかったが、あの時はあそこしかないと思ったのだ。

「そう。お前が、勝手に姿を消したから、探して連れ戻した」

反論しようとして、だが葉月はそれを飲み込んだ。怒っている。明らかに、怒っている。にこやかな表情と声なのに、古鷹の目は全く笑っていなかった。

「……ごめんなさい」

言い訳したいことはあるが、心配をかけたことは本当だ。布団を引き上げながら謝ると、古鷹がすっと笑みを消した。葉月を探す間の感情を思い出したかのように堪えるような息を吐くと、葉月の両頬が掌でぱちんと叩かれた。強い痛みではなかったが、それに溢れるほどの愛情と古鷹の許しを感じてぐっと胸が詰まった。ともすれば溢れそうになる涙を押し込んで、どうして、と言葉を継いだ。

「俺、ここに……家に、いるの？　それに、痣も、傷も消えかけてる……」

布団から腕を出してみれば、痣に覆われ傷ができ血が滲んでいた腕は、綺麗に治っていた。ところどころ名残のような傷跡はあるが、そのうち消えてしまいそうなものだ。

すると古鷹は、ふっと表情を緩め葉月の頭を優しく撫でてくれた。

「終わったんだよ、全て。お前の身体からは呪いは消えた。半妖の血は消えていないから、姿はそのままだが、力の使い方さえ覚えれば、耳も尻尾も隠して普通の人間として生活できるようになる」

「え……」

突然の事実に、茫然とする。終わった。全てが。それらの言葉がぐるぐると頭の中を回り始める。古鷹が葉月を半妖だと言ったことも、呪いのことを知っていたのも聞き落としたまま、ただ一点の事実を確かめるように呟いた。

「終わった、の？　全部？　あいつは？」

「あのあやかしは、消滅させた。お前の呪いが消えたからな。今度は心配ない」

「……っ！」

その言葉に、胸に詰まっていた熱が一気に溢れ出す。頬が熱くなり、潤んだ視界が戻らなくなってしまった。

「ひぃ……っく」

しゃくりあげ、布団の上掛けを引き上げて顔を隠す。頬が熱い。涙が止まらない。眦を伝って枕を濡らしていく涙を拭えないまま、葉月は声を上げて泣き始めた。

痛かった。怖かった。一人で痛みに耐え続けられるか、本当は自信がなかったのだ。スイが傍にいてくれたけれど、だからこそ誰かを恨んでしまいそうになる自分が一番怖かった。もう大丈夫。そう思った瞬間、肩にのしかかっていた重圧が全てなくなった気がした。心許ないほどの軽さに不安になりながら、それでも圧倒的な安堵が全身を包んだ。

「泣くならこっちにこい。ほら」

布団を剝ぎ取られ、そっと背中に腕を回して身体を起こされる。膝の上に横抱きに座るようにして抱えられ、葉月は古鷹の首に腕を回して縋り付いた。温かい。またこの腕に抱き締めて貰える日がくるとは思わなかった。そう思いながら、後から後から溢れ出てくる涙をそのままに、ひたすら声を上げ続けた。

「ふえ、っく、怖かった……こわ、か……っ」

「ああ、頑張った……偉かったな。お前のおかげで、俺も助かった」

ありがとう、と。耳元で優しく囁かれた瞬間、再び涙腺《るいせん》が決壊した。ふええええと、もう喋《しゃべ》ることもできずに、古鷹の肩に顔を埋めて幼い子供のように泣き続ける。

これまで感じてきた孤独感。絶望的な不安。自分自身への恐怖。それらが全て取り払われたと、心が感じ取っていた。

よかった。本当によかった。他には何も考えることができず、ただそれだけが心の中を占めていた。

「……大丈夫か？　息、できるか」

苦笑とともに耳元で囁かれ、こくりと頷く。どのくらい泣いていただろうか。古鷹の胸に縋り付いたまま延々と泣き続け、落ち着いてきた頃に古鷹が指で頬を拭ってくれた。だが濡れそぼったそれは指だけではどうにもならず、ひどい顔だと言いながら手近にあった頭を冷やしてくれていたのだろう濡れた手拭いで拭いてくれた。

「でも、どうやって……どこに、あいつはいたの？」

泣いたことで幾分すっきりし、熱を持った瞼に冷たい手拭いを当てられほっと息をつく。すると、少しの間迷うように口を閉ざした古鷹が溜息をついた。隠してもいずれわかることだからな。そう続けた言葉に、ひやりと胸の奥に冷たいものが落ちた。

「高遠のところに。多分、あいつは代々高遠の人間の誰かに憑いていたんだ。そこでずっとお前達を見張ってた。スイの結界が見えたのも、あいつが憑いてたからだろう」

「嘘……え、じゃあ、和ちゃんは⁉」

さっき、あやかしは倒したと言った。ならば、憑かれていた高遠はどうなったのか。だがその葉月の疑問に、古鷹は大丈夫だと優しく笑ってくれた。背中に回された手が、宥めるように撫でてくれる。

「高遠は無事だ。命に別状はない。あやかしを無理矢理引き剝がしたから、いずれどこかに後遺症が出る可能性はあるが、今のところ過労と栄養失調で入院しているだけだ」

体力と気力を、根こそぎあやかしに持っていかれたようなものだから、ひとまず体力が回復したら元の生活に戻れるだろう。そう続けられ、ならよかったと安堵した。

どうやらそれらは、スイが言っていたらしい。俺が言うより信憑性があるだろうと笑う古鷹に、くすくすとつられて笑った。

「それとな、葉月。一つ話がある」

少しだけ改まった口調の古鷹に、首を傾げる。なんだろうか。そう思い言葉を待てば、古鷹が「これからのことだ」と続けた。

「お前は、もう選ぶことができるだろう？　今すぐじゃなくてもいい。いつか、俺のところに来てくれないか？　もしお前がここを離れたくないなら、俺がここに来てもいい」

今だけじゃなく、ずっと一緒にいるために。間近で、真っ直ぐに見つめられたままそう告げられ、顔が一気に熱くなる。先ほどから感情が昂りすぎて、心臓が口から出てきそうな気がする。どきどきと高鳴る胸を押さえながら、何度か口を開いては閉じた。肝心な時に声が出ない。そう思いながら、落ち着くように一度深く息を吐いた。

「あの、古鷹さんは迷惑じゃない？　俺、まだちゃんと耳とか隠せるかわからないし……」

「別にそれを隠すくらいなら、俺でもなんとかなる。いざとなればスイにさせればいい。俺は、お前に一緒に来て欲しいから言ってるんだ。迷惑なはずないだろう」

その言葉に、じわじわと嬉しさが這い上がってくる。これからもずっと古鷹と一緒にいられる。そう思うと、跳ね上がりたいほど心が躍った。

「行きたい！　行く！」

ぶんぶんと尻尾を振り、古鷹に抱きつく。

「っと、こら！　そんなにしたら倒れ……っ！」

あまりの勢いに古鷹が後ろに倒れそうになり、かろうじて手をついて堪える。ごめんなさい、と笑いながら言い、ふと古鷹の肩越しに見えた庭を指差した。

「あ、古鷹さん。ほら、天気雨」

「ああ、本当だ。上がったら虹が見えるかな」

晴れ渡った空から、しとしとと雨が落ちている。光に反射し光るそれらに目を細め、じっと見つめた。数百年前のあの日、ユキと別れた時も、こんなふうに雨が降っていた。自分ではない、自分の記憶。それを思い出しながら見ていると、古鷹が思い出したように告げた。

「そういえば、こんな天気を狐の嫁入りって言うんだ。ちょうどよかったな」

何を指して言っているのか。先ほどの約束が、そう言った意味を含んでいるのだと教えられ、葉月は熱い頬をそのままに、幸せな気持ちで微笑んだ。

その表情に、一瞬、古鷹が目を見張る。だがすぐに同じように微笑むと、どちらからともなく顔を寄せた。

後で、虹が出たら見に行こう。

そう約束しながら重ねた口づけは、甘く、そしてどこまでも優しいものだった。

お伽噺のエピローグ

高鳴る鼓動に息苦しさを感じながら、葉月《はづき》は車の窓から外を見回した。

人や車。絶えず何かが視界を横切っていく光景に、焦点をどこに定めていいのかわからず目が回りそうになる。これまで時間が止まったような世界にいた葉月にとっては、目まぐるしく変わる光景を視認するだけでひと苦労だった。

葉月のいた村から遠く離れた土地。車で数時間かけて訪れたのは、古鷹《こだか》が住む東京だった。都心からは少し離れていると言われたそこは、東京駅から電車で三十分くらいの場所らしい。それがどのくらいの距離なのかはわからないが、古鷹のように都会に住んでいる人達にとっては遠いのだろう。

家に行く前に少しだけ寄り道をすると言った後、古鷹は何台も種類の違う車が停まっている場所に車を停めた。外はまだ辛《つら》いだろうからここで待っていろ。そう言われて頷《うなず》いたのを見届けると、古鷹は外へと出ていった。

(どこ行ったのかな)

助手席の窓に顔を近づけ、古鷹が向かった方向を見てみる。大きな建物と、ひっきりなしに出入りする人々。出てくる人達はみな買い物袋らしきものを持っているから、恐らくあそこは何かの店なのだろう。

(何が売ってるのかな。行ってみたいな)

わくわくしながら行き交う人々の買い物袋をじっと見ていると、ふと、視界に大きな車が入ってきた。古鷹の車と並ぶように停められたそれに、思わず窓から離れて前を向く。パーカーのフードを頭にかけ、顔を隠すように深くかぶる。そのまま身を縮め椅子《いす》に沈み込むようにしていると、窓越しに車のドアが開く音が聞こえた。笑い声とともに人の気配が通り過ぎていき、やがて再び静寂が戻る。そろそろと視線を上げ、周囲に人気がないことを確認すると、振り返って運転席と助手席の間から後ろを覗《のぞ》き見る。

両親と、間に挟まれた小さな少女。あはは、という笑い声が車の中にも届いてくる。両手を父母それぞれと繋《つな》いで楽しげに歩く少女の姿は、微笑《ほほえ》ましく、だがほんの少し寂しさを覚えた。

住み慣れた場所への郷愁。これからのことへの期待……そして不安。

どれが多くて、どれが少ないのか。多分、どれも同じくらいにある。

初めて足を踏み入れた見知らぬ土地。それがどんなものなのかがわからず足が竦《すく》んでしまう。見る物全てが珍しく、早回ししているような世界。この中に自分が入っていけるのか。不安と緊張が期待を上回るのを感じた時、突如どこからか耳をつんざくような音が響いた。

「……っ!!」

びくりと全身が震え、頭と尾てい骨から耳と尻尾《しっぽ》が飛び出す感触がした。パーカーのフードが盛り上がり、ズボンが窮屈になる。

（しまった！）

咄嗟《とっさ》にフードの上から頭を両手で押さえる。ズボンは、万が一のことを考えて前をボタンで留めるタイプではなくウエストがゴムになっているものを穿《は》いている。背中側はパーカーが隠してくれているし、外から覗かれてもすぐに尻尾は見えないだろう。

それでも、できるだけ外から見えないようにと上半身を屈《かが》めていると、右隣からガチャリと車のドアが開く音がした。聞き慣れた小さな笑い声が耳に届き、ほっと肩の力を抜く。

「なんだ、葉月。さっきのクラクションに驚いたのか？」

「うう」

頭の上にある耳を両手で押さえたまま、葉月は情けなく眉《まゆ》を下げた。

横目で見ると、面白そうに瞳を細めた古鷹行成《ゆきなり》がこちらを見ていた。運転席に乗り込みドアを閉めると、持っていた買い物袋を後部座席に置く。

「……ごめんなさい」

気をつけるようにと言われていたのに、いきなりやってしまった。落ち込みながら呟《つぶや》けば、肩を抱くように温かな腕が背に回され「こっちに来い」と優しく促された。引かれるままに運転席の古鷹の方へと身体《からだ》を寄せれば、こちらを向いた古鷹が抱き締めてくれる。

「目を閉じて。とりあえず落ち着け。ほら」

大きな掌がぽんぽんと優しく背中を叩《たた》いてくれる。規則正しいその感触に、昂《たかぶ》っていた神経がゆるゆると解《ほど》けていく。しばらくそうしていると、やがて掌の下にあった感触がふっと消えた。ズボンの下にあった尻尾も消え、ほっと息をつく。だが温かな身体から離れがたく、甘えるように古鷹の背に腕を回すと、応えるように背中に回された腕が抱き締めてくれた。

「よし、こっちも引っ込んだな」

「ひゃ！」

するりと背中にあった手が腰へと下りていき、尾てい骨辺りを撫《な》でてくる。さらに下の方まで撫で回され、背筋を反らせた葉月は慌てて古鷹から離れた。

「相変わらずその辺は弱いんだな」

「古鷹さんの馬鹿……」

楽しそうに笑う古鷹に、赤くなった頬《ほお》を掌で冷やしながら唇《くちびる》を尖《とが》らせる。

耳や尻尾がある辺りは人一倍感覚が鋭敏で、特に尻尾の辺りは他人には触られたくない場所だ。古鷹に触られるのは平気なのだが、別の意味で感覚が強すぎてのっぴきならない状態になってしまう。それをわかっていてやるのだから、これは完全に悪戯《いたずら》だ。

恥ずかしいから人がいる場所で触らないでと言っているのに、可愛《かわい》いからつい、と言いながら親戚《しんせき》である高遠《たかとお》がいるところなどで触ってくるのだ。

「さて、じゃあそろそろ行くか。葉月、シートベルト」

先ほど外を見るのに邪魔で外していたのを思い出し、慌ててシートベルトを引く。これも最初に乗った時は上手《うま》くできず、古鷹に手伝って貰《もら》った。

「できました」

「よし、じゃあ出発」

よくできました、とばかりに頭を撫でてくる古鷹の大きな掌に、葉月は幸せを噛《か》みしめながら笑みを浮かべて首を竦めた。


葉月をはじめ宮藤家《みやふじけ》の人間が、古鷹の手によって連綿と続いてきた呪《のろ》いから解放されたのは、三ヶ月前のことだ。

一度は死ぬまで続く苦しみを覚悟した葉月は、目が覚めた時、それらが一切なくなっていることに驚いた。自身の家で布団《ふとん》に横たわり、安堵《あんど》に満ちた古鷹の顔を見た瞬間、これまでのことが全て悪い夢だったのではないかと思ったほどだ。

その後、古鷹が自分を見つけてくれたこと、呪いの元凶であるあやかしが滅ぼされたことを聞き、葉月は解放感に目眩《めまい》を覚えた。生まれた時から知らずのしかかっていた重圧が、全て消えたのだ。もう、自分のせいで誰かが命を落とす心配はない。

命を栖に取られた悪夢の終わり。

その事実に、葉月は、古鷹にしがみついて幼子のように声を上げて泣いた。心の奥底に凝《こご》っていた澱《おり》を全て洗い流すかのように涙を流し、そして泣きやんだ頃、古鷹が葉月にもう一つプレゼントをくれた。

これからのこと。未来の約束。一緒に来て欲しいという言葉。

それが、どれだけ素晴らしく嬉《うれ》しいものか。葉月は、迷いなく古鷹の手を取った。

やがて体力を使い果たした葉月は、古鷹の手でもう一度布団に押し込まれた。古鷹が誰かに電話している声を夢うつつに聞きながら眠りに落ち、だがその後、再び驚かされることになったのだ。

「お、父さん……?」

もう一度目を覚ました時、傍《そば》にいたのは古鷹ではなく父親の宮藤周《あまね》だった。数年ぶりに見るその姿に、一瞬、誰がいるのかと思ってしまった。

心配そうにこちらを覗き込んでいた周は、驚きのあまり飛び起きた葉月の顔を見て、ほんの少しだけ安堵したように目元を緩めた。初めて見る父親の優しい表情。記憶の中にある周は、いつもこちらを拒絶するような、どこか冷たい眼差《まなざ》しをしていた。

「身体は?　辛くないか?」

思わぬ出来事に声を出せず、気遣わしげなそれにこくりと頷く。視線を外せずじっと父親を見ていると、やがて周が、悲しげに眉を寄せて葉月の頬を指先で撫でた。優しい感触。それだけで、周が葉月を案じてくれていたことがわかった。

葉月の枕元に座っていた周が、ふと葉月を挟んで反対側に視線をやる。つられるようにそちらを見ると、そこには古鷹が座っていた。よかったな、というような表情で葉月を見ており、応えるように小さく微笑んでみせた。

頬から指が離れていくと同時に、周が膝行《いざ》って一歩分ほど下がる。ふと気がつけば、部屋の入口では周の側近である加賀《かが》が気配を消すように静かに控えていた。

「あの、お父さん……？」

「すまなかった、葉月。そして古鷹さん、本当にありがとうございます」

「……――っ」

畳に手をついた周は、葉月と古鷹に向けて深々と頭を下げた。あまりのことに硬直してしまった葉月に代わり、古鷹が慌てた様子で声をかける。

「宮藤さん、葉月が驚いてますから……それに、あなたがやるべきことは、頭を下げることじゃなくこの子と話すことでしょう」

言いながらぽんと頭に掌を乗せられる。振り返り古鷹と視線を合わせると、促されるように頷かれた。その視線に後押しされるように、再び周に向き直った葉月はそっと手を伸ばした。畳についた周の手に、自分の手を重ねる。

「お父さんのせいじゃないよ」

「……葉月」

顔を上げた周に、にこりと笑う。

「よかったね。これで、誰も苦しまなくてよくなるよ」

その言葉に、感極まったように声を詰まらせた周が、葉月に向かって手を伸ばしてくる。あ、と思った時にはスーツを着た胸に抱き込まれていた。頼りなげな細い軀《からだ》。葉月が生まれてくるずっと前から、宮藤家の呪いに苦しめられてきた人。きっと誰よりも——当事者である葉月自身よりも、安堵は深いだろう。

抱き締められているのに、まるでしがみつかれているようで、葉月もまた周の背に腕を回した。葉月は父親のことが嫌いではなかったけれど、父親には嫌われているかもしれない。そう思っていただけに、抱き締められた腕の強さに愛情を感じほっと息をついた。

「お前を閉じこめることしかできなくて、すまなかった……」

苦渋に満ちた声に、かぶりを振る。甘えるように周の胸に顔を擦《こす》りつけ、抱きついた腕に力をこめた。

「全部呪いのせいだったんだから、お父さんは悪くないよ。それに、俺がここで不自由しないようにいつも気を使ってくれてたって、和《かず》ちゃんが言ってた。調理器具とかも、俺が欲しがったって聞いて、全部お父さんが揃《そろ》えてくれたんでしょう?」

宮藤家の当主として、葉月を外に出して一族全ての命を危険にさらすわけにはいかない。そしてまた『狐憑《きつねつ》き』への疎ましさを隠さない周の弟——葉月の叔父《おじ》がこの家に入れる以上、葉月を慣例通りに扱わなければ、葉月に対してより危機感を募らせてしまう。

下手《へた》をすると葉月の身に危険が及びかねず、息子《むすこ》への罪悪感と一族に対する責任との間で板挟みになりながら、結局はこの家に繋いで閉じこめる方法しかとることができなかったのだろう。

「だが、もっと別の方法をとることができなかったのは、私の力不足だ」

「えと……あの」

そうじゃない。葉月は、周に謝って欲しいわけじゃないのだ。どうすれば伝わるのかがわからず、もどかしさを感じながら言葉を探していると、背後から小さな咳払《せきばら》いが聞こえてきた。ふっと葉月を抱く腕の力が緩み、どちらからともなく身体を離す。振り返れば、古鷹が目を細めてこちらを見ていた。

「宮藤さん。俺が言うことじゃありませんが、もう終わったことです。葉月も、あなたに謝って貰うより、普通に父親として接して貰った方が嬉しいいんじゃないんですか?」

葉月が言えなかったことをそのまま伝えてくれる古鷹の言葉に、同調するようにこくこくと何度も頷く。葉月をじっと見ていた周は、それを見て嬉しげにふっと微笑んだ。

綺麗《きれい》な笑みに嬉しくなり、自然と尻尾が揺れる。周の視線が微妙にずれ葉月の後ろに移ったことに気づき振り返ると、いつの間にかゆらゆらと大きく揺れていた尻尾を慌てて自分の手で押さえた。

くすくすと小さな笑い声が聞こえ、目を見張る。見れば周が笑っており、葉月は胸が温かくなるのを感じながら、えへへと一緒に笑った。

そしてひとしきり二人で笑い合った後、ふと、周が姿勢を正した。葉月と古鷹を順に見遣《みや》り、お願いがあります、と古鷹に向けて告げた。

「一体何があったのか、教えていただけますか」

古鷹が葉月を助け出し、あやかしを滅ぼした場所に周達もいた。だが、一体何がどうなっていたのか、古鷹は葉月が目を覚ましてから話すと言っていたらしい。ただ、呪いの原因はあのあやかしであり、それを滅ぼしたため宮藤家を苦しめてきた呪縛はなくなったと教えられただけだという。

周から横になった方がいいと言われ、再び布団に横たわる。その状態で、葉月はぽつぽつと、自分が苦しみの狭間《はざま》で見た祖先の記憶とこの家を出てからやったことを話し始めた。

古鷹が、昔、あの山奥にある稲荷《いなり》神社の宮司《ぐうじ》の一族であったこと。そして、葉月のような姿で生まれる『狐憑き』の原因が、宮藤家に連なる家に生まれた半妖《はんよう》『葉月』の魂であること。

異形《いぎょう》の者として幼い頃に山奥に捨てられた『葉月』は、だが半妖の持つ生命力で生きながらえ、やがて稲荷神社で古鷹の祖先――『ユキ』と呼んでいた青年と出会った。

たった一人で生きていた『葉月』は、半妖だと知っても驚かず受け入れてくれた青年に懐き、やがてどこか寂しさを秘めたようなその瞳に惹《ひ》かれていった。

古鷹の一族は、天狐を使役し、宮司だけでなく祓《はら》い屋のようなことを生業《なりわい》としていた。中でもユキは天狐との結びつきが強かったらしく、その影響を受け瞳の色が今の古鷹のものに近かった。そのせいで村の人々から恐れられ、神社に人が近づかなくなってしまっていたのだ。

そしてその日、ユキは厄介な祓い屋の仕事を終え、戻ってきたばかりだった。力の消耗が激しく、怪我《けが》もしており、そんな最悪のタイミングであやかしが神社を訪れた葉月を見つけてしまった。

「あやかしの目的は、半妖の血肉を喰《く》らい、その力を自分のものにすることだった。それで襲われそうになったところを、ユキ——古鷹さんの祖先が助けてくれたの」

そこまで話したところで、古鷹が苦笑しながら首を軽く横に振る。

「正確には、助けようとした、だな。だが消滅させるには力が足りず、致命傷を与えることしかできなかった。そこであやかしが、最後に残った力で、一族に続く呪いを俺の祖先にかけようとした。だが、実際にかけられたのは、それを庇《かば》ってくれた『葉月』だったんだ」

「けど、俺が庇ったことで、あやかしは発動させる寸前に呪いを少し変質させた」

その言葉に、周が眉を寄せる。

「変質?」

「半妖の魂を宮藤の血に縛りつけることで、自分が力を取り戻した時に再び半妖の力を狙えるように。だから、宮藤には代々、半妖の力を受け継いだ者が生まれることになったの」

本来なら『葉月』が子でも成さない限り、半妖の血が受け継がれることはなかったのだ。だが、あやかしの呪いによって、半妖であった『葉月』の魂が宮藤の血と土地に縛られてしまった。生きながら苦しみ続け、かつ半妖の魂が土地から逃れれば、外部の者に呪いを拡散させる。そのため、呪いが解けるまで一族から狐憑きが生まれ縛られ続けることになったのだ。

「だから、呪いが解けた今は、多分俺が最後の『葉月』になると思う」

あやかしが消滅した今、恐らく、葉月が子孫を残さない限り『狐憑き』は生まれてこなくなるだろう。ずっと眠ることが許されなかった半妖『葉月』の魂は、同じ名を持つ今の葉月とともに生きた後、ようやく眠りにつくことができるのだ。

そう告げた葉月に、周が痛ましげな表情を向ける。けれど、葉月はそれが嬉しいのだと知らせるように微笑んだ。もう、誰も自分達のような思いをしなくてすむ。いや、むしろ葉月は、こうして古鷹と出会えて助けて貰った分、誰よりも幸せなのだ。

「だが、あやかしにも誤算があった。それが、俺の祖先がかけた術だった」

続けた古鷹に、葉月と周、二人の視線が向けられる。

古鷹の祖先が葉月とそして古鷹の祖先自身にかけた術。それは『葉月』にかけられた呪いを、自らと契約していた天狐によって抑制させるものだった。

天狐との契約の証《あかし》である神珠《しんじゅ》を自らの中から取り出し、『葉月』の魂に埋め込んだ。最後の命として、自らのことも主である『ユキ』のことも忘れさせ『葉月』の魂とともにあることを命じたのだ。そして、半妖の力を天狐がコントロールすることで、『葉月』の身体を蝕《むしば》む呪いを抑えた。だから代々の『狐憑き』は、自身の力で耳や尻尾すら隠すことができなかったのだ。

そして古鷹の祖先は、再びこの地に戻り天狐——翡翠《ひすい》の名を思い出すことで、過去のことを思い出すように自らの記憶を封じた。神珠との結びつきの強い自身が近くにいれば、その分翡翠がこちらの影響を受けやすくなる。再びあやかしに対抗できる時がくるまで、この土地を離れなければならない。けれど記憶があれば、再びこの地を訪れずにはいられなくなってしまう。

それらを防ぐため、翡翠と自身の記憶を封じ『葉月』を助けたのだ。

「スイのおかげで、狐憑きは呪いの影響を受けずにすんだの。それに、スイがいてくれたから、ずっと傍に潜んでいたあやかしも手が出せなかったって」

そう言って、葉月は古鷹の背後に伏せている天狐——スイに視線をやる。ちらりとこちらを見たスイに微笑むと、古鷹が後を続けた。

「神珠の力は、それだけであやかしからの守護になる。だから、あやかしは力を取り戻すまでの長い年月の間、狐憑きの傍で神珠を取り出す機会を窺《うかが》ってたんだ」

そんな時、古鷹がこの地を訪れた。あやかしにとって、これは待ちかねた、そして最後かもしれぬ好機だったというわけだ。

「そうですか……。では、我々はずっと、あなたの力で護《まも》られていたということですね」

周の言葉に、古鷹は小さく首を横に振った。

「いいえ。もしかしたら、呪いではなく神珠を渡すことが逆に『葉月』の魂を宮藤の血に縛りつけてしまったのかもしれない。そうだったとしたら、ことの元凶は俺の祖先ということになります」

「古鷹さん……違っ……」

慌てて起き上がろうとした葉月の肩を、古鷹が押しとどめる。そして苦笑を浮かべてかぶりを振った。

「わからないのは、本当のことだ。祖先が、半妖である『葉月』を助けたい一心でやったこととはいえ、本来なら神珠を誰かに渡すことなどやってはならないことだった。神珠を与えられるということは、その業《ごう》も渡されるということ。ならば、道理がねじ曲がり、魂に影響を与えたとしても不思議じゃない」

「でも……」

古鷹の言ったことは、可能性の問題だ。『葉月』の記憶を取り戻した、今の葉月にもわからない。だが、もしそうだったとしても『葉月』が『ユキ』を恨むことはなかっただろう。

けれどもし、周達が古鷹を責めてしまったら。それが怖くて、葉月は周へと視線を向けた。

「可能性を疑えばきりがありません。それに、経緯がどうあれ元凶があのあやかしであることは変わらない。そうであれば、みなが幸せになれる事実が真実ということでいいんじゃないでしょうか」

ふっと微笑んだ周に目を見張る。見れば、古鷹もまた驚いたような表情をしており、やがてそれはほんの少し嬉しそうな笑みに変わった。

そしてその後、葉月が神珠を古鷹に返し、呪いを受けたこと。一人であの神社の本堂に行き隠れていたら、スイがやってきてあやかしから隠すために結界を張ってくれたことを説明した。

「スイは、神珠が古鷹さんに戻った時の影響で少しの間力が使えなかったんだって。でも、本当は古鷹さんの傍を離れていたら力が弱まっちゃうのに、一緒にいてくれたの」

ね、スイ。そう言って古鷹の後ろを見ると、話題に上った天狐は相変わらず素知らぬ顔で眠っていた。

「俺の祖母は、わりと見えないものが見えるような、そういった力があったんです。俺は、そのばあさまに一番似てたらしくて。ガキの頃から、あえて見ないようにする方法ってのを叩き込まれました」

年齢を重ねるにつれ、見えるものも減っていき、ここ最近では忘れていたほどらしい。だがその力は、昔から古鷹の血に受け継がれていたものだったのだろう。

「元々繋がりがあったから、俺にはスイの姿が見えたんでしょう。今は、あなた達にも見えるでしょう?」

スイは、葉月の中にあった『神珠』を古鷹に返したことで、再び古鷹に使役されることになった。『神珠』は本来、古鷹の祖先が天狐と交わした契約の証。それを葉月が借り受けていただけで、長い時を経て、ようやく本来の主のところへ戻ったのだ。それゆえ、古鷹が許した者には姿を見せることもできる。

古鷹の言葉に、周とそして部屋の入口で控えていた加賀が頷く。

「こいつは、葉月の家族でもあります。これからも一緒にいさせてやってください」

「もちろんです。翡翠様、これまで葉月を護ってくださってありがとうございました。これからも、どうぞよろしくお願いいたします」

周が頭を下げると、スイがじろりと薄目を開けて古鷹を睨《にら》む。

『……お前なんぞに、頼まれる筋合いはない』

「あー、はいはい。いいから、お前の好きにしろ」

苦笑とともに言う古鷹とスイの二人に、葉月は微笑む。なんだかんだと言い合いながらも二人の間には確かな信頼が見える。それは、葉月とスイとの間にあるものとは違った、けれど似ているものでもあった。

「それから、宮藤さん」

改まった古鷹の声に、一瞬で部屋に緊張が戻る。古鷹に視線を移した周を、古鷹が真っ直《ま す》ぐに見据える。

「俺は、これからも葉月と一緒にいます。葉月が外に慣れたら、ここから連れて出るかもしれない。それだけは、知っておいてください」

その言葉に驚いた様子も見せず、周が小さく微笑む。わかっています、と呟き、そして葉月へと視線を移した。

「お前の好きにしたらいい。私は、ただお前が幸せになってくれればそれでいいから」

「お父さん……」

慈しむような視線に、じわりと視界が滲《にじ》む。ふえ、と声が漏れ、そのまま堪《こら》えきれなくなった涙が頬を伝った。布団を引き上げて顔を隠すと、周の細い指が葉月の頭を撫でてくれた。

「ただ、その前にもう少しだけ、私との時間も作って欲しい」

「う、うん……っ」

こくりと頷くと、優しい指が耳を撫でる。

「もちろん、今すぐとは言いません。どちらにせよ、環境に慣れる時間も必要でしょうし、そちらもそう簡単に納得はしないでしょう」

「……そうですね。それでも、親族の者は私の方でなんとかします。呪いが解けたことが事実だとわかれば、家の者も葉月に口を出すことはなくなるでしょう」

宮藤の中でも呪いのことを知っている親戚は、未《いま》だに呪いが解けたことを信じていない者が多い。

古鷹が呪いの元凶であるあやかしを消滅させた場に居合わせた父親や加賀ですら、古鷹がそう伝えただけでは信じられなかったそうだ。それでも、呪いによる傷に蝕まれていた葉月の身体からそれらが全て消え始めたことで、本当のことだったのだと実感したらしい。父親は以前、葉月が生まれた頃に呪いを受けているため、余計に納得できたのだろう。

「葉月」

声をかけられ、布団から顔を覗かせる。見れば、周がこちらを見下ろし目を細めた。

「今度、ここに泊まりに来てもいいだろうか。いつか、元気になったら、お前の料理を食べさせて欲しい」

その言葉に、葉月は涙を拭い笑った。

「もちろん。いっぱい、美味《おい》しいもの作るから」

大切な人達に囲まれて、みんなが笑っていられる。そんな日が来るとは思わなかった。再び浮かんできた涙をそのままに、葉月は布団から手を伸ばし、古鷹と、そして周の手をそっと握った。

「葉月？　着いたぞ」

肩を揺らされ我に返れば、古鷹がこちらを覗き込んでいた。気がつけば、車は駐車場らしき場所に停められている。以前、葉月が古鷹に助けられた後、父親達にことの次第を説明していた時のことを思い出していたら、いつの間にか目的地に到着していたらしい。

「あ、ごめんなさい。俺、ぼーっとしてた」

「朝早かったし、疲れたんだろう。家に行ったら少し昼寝でもしろ」

シートベルトを外しながら古鷹が笑う。カチリと葉月のシートベルトも外した後、脱いでいたフードをかぶされた。

「大丈夫だろうが、慣れるまでは念のためな」

「うん」

頷き、車を降りた古鷹に合わせて葉月も外に出ようとする。教えられた通りにドアロックを外して開くと、ガチャリと音がした。そのまま押すと、ドアが開く。

「よいしょ、っと」

「よし、出られたな。ほら、これ持っていけるか？」

車から出ると、古鷹からボストンバックを渡される。ずしりとした重みのあるそれを持ち直し、大丈夫と頷いた。年季の入った、けれど皮でできた頑丈な造りのそれは、父親が昔使っていたものだ。葉月用の新しいものを買ってくれると言っていたのだが、勿体《もったい》ないからこれでいいよと、今は使っていないものを譲って貰ったのだ。

「他に持つものある？」

「いや、後は大丈夫だ。それより転ばないように気をつけろよ」

「うん」

後部座席から買い物袋や他の荷物を取り出した古鷹が、車をロックする。チカチカとランプが点灯し沈黙するのを見届けていると、行くぞ、と頭に掌が乗せられた。ペールブルーのやや四角いシルエットの車は、ミニバンというらしい。さほど大きくはなく、四人程度が乗れるくらいの広さだが、後ろが広く荷物が載せやすくなっている。

古鷹の後に続いて歩いていくと、車が何台も並んだ駐車場を通り抜け建物の中に入っていった。今まで住んでいた家とは全く違う、コンクリートに囲まれた建物にどきどきしながら物珍しく周囲を見回した。

一つの建物に、幾つもの部屋がある。こういうのを、マンションというのだろう。知識としてはあるそれの、実物を見るのは初めてだった。きょろきょろしながら歩いていると、古鷹が閉じた扉の前に立った。

「古鷹さん、そこが家の玄関？」

なにやら、右側にはボタンがついている。どうやって開くのだろうと首を傾《かし》げると、違うと頭上から笑い含みの声が落ちてきた。

「これは、エレベーターだ。うちは、ここの五階。そのうち引っ越す予定だが、まあ今はここで我慢してくれ」

「え、そうなの？」

「ああ。お前の家に比べたら随分狭いから、驚くぞ」

そう言うと同時に、チン、と音がし自動的に扉が開いた。おお、と目を見開いていると、中はがらんとした箱状の空間だった。

「ほら、おいで」

手を差し出され、古鷹の手を握ったまま恐る恐るエレベーターに足を踏み入れる。ボタンを押していた古鷹が『5』と数字が書かれたボタンを押すと、押したボタンが点灯した。

再び自動的に扉が閉じ、興奮が高まった葉月はぎゅっと古鷹の手を握りしめた。

「……あ、れ？」

一瞬、ふわりとしたような感覚を覚え、だがその後は何が起こることもなく、ただ点灯したボタンの上にある数値が『1』から順番に『5』まで表示された。自分が上階まで辿《たど》り着いたのだと認識したのは、再び扉が開いた時、目の前にあった光景が変わっていたからだ。

「もう着いたの？　あれ？」

「着いたよ。なんだ、もう少し何かあるのかと思ったのか？」

「うん。なんかこう、ぐわーって衝撃があるのかと思ってた。それとか、ふわって身体が浮き上がるとか」

「……なんだそれ。毎日使うのに、そんな衝撃がいちいちあったら身が持たんだろう」

ぶふっと吹き出し、古鷹がボタンを押す。早く出ないと挟まれるぞ、と促され、慌てて外へと出た。

「古鷹さん、早く！　早く出て！」

今度は古鷹が挟まれてしまう。慌ててそう告げれば、古鷹が笑いを堪えながらエレベーターから出てきて、葉月の頭をぽんと叩いた。

「エレベーターの使い方は、今度教えてやる。ちゃんと覚えるまでは、一人で乗るのは禁止だ。ちゃんと乗らないと、怪我をするからな」

そんな危険な乗り物なのか。真剣な表情で頷くと、古鷹が口元を歪《ゆが》ませたまま「こっちだ」と先に立って歩き始めた。きょろりと見ると、同じような扉が三つ、窓も三つある。多分、家が三つ入っているのだろう。そう思いながらついていくと、古鷹は一番右端の扉の前で足を止めた。

ズボンの後ろポケットから鍵を取り出し、家の鍵を開ける。葉月の家と違って、鍵が一カ所ですむのは便利でいいなと、ぼんやり考えた。今日ここに来る前、家の戸締まりをするように言われ、二人で手分けしてあちこちの扉を閉めて回ったが、それだけでくたくたになってしまったからだ。

玄関のドアを開くと、古鷹が葉月に先に入るよう促す。慌てて玄関を通り抜けると、ほんの少し自分の家とは違う匂いがした。決して嫌なものではなく、むしろどこか安心するような——懐かしいような、それ。

「うわあ……」

靴を脱いで部屋に上がれば、目の前に廊下、横の壁に幾つかの扉があった。数歩で辿り着く距離にある正面の扉まで行くと、ドアノブに手をかけてカチャリと開く。開きかけた扉をそのままに後ろを振り返れば、古鷹が靴を脱ぎながら了承するように頷いた。

「遠慮はいらないから、どこでも好きなところに入っていい」

「うん！」

その言葉に嬉しくなり、わくわくしながら扉を開く。と、目の前に広がった光景に目を輝かせた。

「うわああ！」

カーテンが開かれたままの窓からは、午後の明るい太陽の光が降り注いでいる。その向こうには、高い建物はなく山や青空が見えた。思わず駆け足で近づけば、どうやら建物の裏手は大きな公園になっているらしく、眼下には緑が溢《あふ》れていた。道路や車もあるが、懐かしい色合いに自然と頬が緩む。

「街中よりは多少ましだろう？　本当は、一軒家だったらよかったんだけどな」

「ここも綺麗だよ！　それに、お部屋広いね！」

興奮気味に言えば、お前の家の方がもっと広いだろうと笑われる。

古鷹の部屋は、台所と居間と隣の部屋が一つになっているような空間だった。もう一部屋あるらしく、そっちは寝室として使っていると教えられた。

居間には二人がけくらいのソファと小さなテーブル、そして向かい合わせの壁際には、作り付けらしい棚とその上に置かれた液晶テレビがある。

隣の部屋には、書棚と仕事用らしい机、そしてパソコンが置かれていた。書棚の中には様々な本が入れてあり、思わず前に座ってまじまじと眺めてしまった。

「すごいね、スイ！　あ……」

思わずいつもの癖で話しかけ、その姿がないことに気づく。そういえば、家に着くまでは姿を消しているのだった。思い出して古鷹を見ると、古鷹が『スイ』と呼びかけた。

『相変わらず狭い部屋だ』

「放っておけ。ああ、大きくなるなよ」

『わかっている。全く、不便なことよ』

やれやれと言いたげな声とともに姿を現したスイは、だが、いつものような大きさではなかった。葉月が抱きかかえられる小型犬程度の大きさで姿を見せると、葉月の足下へとやってきた。

「小さい……」

『こやつの部屋が、狭すぎるのだ』

「邪魔だからな。それに、こっちはそれなりに人が多い。万が一見られてもいいような大きさでいて貰わないと、こっちが困る」

抱き上げたスイを膝《ひざ》に乗せ、背中を撫でる。いつもは葉月が寄りかかってばかりだったから、こうするのは初めてだ。柔らかな毛を撫でながら、たまにはこういうのもいいかもしれないと小さく笑った。

「スイ、気持ちいい？」

『……――』

問いかけたそれに答えはなく、スイは諦めたように葉月の膝の上で丸くなった。その姿に頬を緩ませていると、古鷹が買い物袋を持って台所に向かいながら葉月に声をかけた。

「家の中なら、耳と尻尾、出しててもいいぞ。念のため、外からは見えないようにしてあるし、スイと一緒にいれば、まあ大丈夫だろう」

「うん」

古鷹のそれに、ぴょこんと耳と尻尾を出す。やはりずっと消しているのも窮屈で、はあ、とくつろいだ気分で息をついた。

「悪いな、窮屈な思いさせて」

「ううん、全然。それに、早く慣れないと外に行けないし」

折角、自由に外に行けるようになったのだ。葉月自身、全てが楽しかったし、早く古鷹達に心配をかけずにすむようになりたかった。

「まだ突発的なのには弱いが、だいぶ上手くなったな」

「本当？」

「ああ。こっちの環境にも慣れれば、そうそう間違って出ることもないだろう」

呪いが解けて以降、葉月はスイの指導のもと、ずっと耳と尻尾を隠す練習をしていた。

万が一のことを考え、葉月の家にはこれまで通り結界が張られている。だが、唯一、そして最も違うことは葉月の足から足枷《あしかせ》が消えたことだ。今は、外でもどこでも、行きたい時に自由に行くことができる。

スイに教えられ、力の制御ができるようになってからは、比較的スムーズに耳や尻尾を隠せるようになった。ただ、それでも先ほどのように急に驚いたりすると、気が緩んで力が解けてしまうのだ。それを無意識のうちにできるようになれば完璧だと、優しくも厳しい膝の上の教師は簡単に言ってのけた。

「ふん、ふん、ふーん」

ぱたぱたと尻尾を振りながら、書棚の本の背表紙を順番に見ていく。がさがさとビニール袋の音と冷蔵庫を開く音がして、耳がぴくりと揺れた。

「あ、手伝わなきゃ！」

スイを膝から床に下ろし、慌てて台所に向かう。冷蔵庫に買ってきた物を詰めていた古鷹が振り返って苦笑した。

「ああ。お茶でも入れるから、ゆっくりしてろ」

「お茶、入れる！」

はいはいはい！　と、右手を挙げると、わかったよと食器棚を指差される。

「そこに湯呑《ゆの》みと……コーヒーならそっちにコーヒーメーカーがある。紅茶は、買い置きがないな」

「じゃあ、コーヒー入れるね」

いそいそと古鷹の傍に行き、ぐるりと見回す。ふと目についた、腰より少し高いくらいの平らな棚のようなそこをまじまじと見つめた。

「古鷹さん、これ何？」

「ん？　ああ、それはＩＨ……電磁調理器だ。お前の家に、ガス台があるだろう？　あれと一緒だ」

「あいえいち……。え、でも、どうやって火が出るの？」

もしや、熱いのだろうか。恐る恐る台の上を触ってみるが、ひんやりしたそこは、やはり普通の台だった。黒い面に白い丸が書いてあるが、それだけで、火が出る部分が見当たらない。見れば、手元の辺りにボタンがあるが、これを押せば火が点《つ》くのだろうか。

「電磁、って言っただろう？　火は出ないよ。スイッチを入れたら、そこが温まって調理できるんだ。気になるなら、後で使ってみるといい」

興味津々で覗き込んでいる葉月に、古鷹が苦笑する。ほら、とコーヒーの粉を渡され、はっとして準備を始めた。外の世界には、見たことがないものが沢山ある。わくわくしながら、葉月は揺れる尻尾をそのままに、鼻歌交じりにコーヒーの準備を始めた。


ごめんね……ごめん、ね。

女の人の泣き声に、葉月は暗闇の中にゆっくりと手を伸ばした。周囲は何も見えない。どこかで見たことがあるようなその空間に、ぞっと鳥肌《とりはだ》が立つ。震えそうになるのを堪え、声が聞こえてくる方に、手を伸ばしていく。

（大丈夫だから、泣かないで……摑《つか》まって）

そう、心の中で声をかけるが、泣き声は止まらない。辛そうで、悲しそうで。どうしていいのかわからなくなるほど、聞いていて落ち着かなくなる声。

そこから出てきて欲しい。

暗闇の中に留《とど》まっていても、いいことは何もない。外の世界には、もっと沢山楽しいことがきっとあるから。

そう心の中で繰り返しながら、手を伸ばし続ける。

ぼんやりと、その先に見える人影が暗闇から浮かび上がってくる。長い髪の、着物を着た女の人。見覚えのある、白銀の——耳と、尻尾。

艶《つや》やかな銀髪の女性。柔らかな優しい顔立ちのその人は、葉月の記憶の中に薄ぼんやりとあるだけの人だった。

『お母、さん……？』

『ごめん、ごめんね……葉月、周さん』

両手で顔を覆い泣き続ける母親は、葉月の姿が見えていないようだった。幾ら声をかけても泣き続けているだけで、顔を上げてすらくれない。

『お母さん、泣かないで』

母親が泣くことなど、何もないのに。むしろ、辛いままでその生涯を閉じてしまった母親にこそ、葉月は謝りたかったのだ。

自分が生まれてしまったことで、みんなを不幸にしてしまった。

『そう……だから、お前は、この中から逃れることはできない』

だが突如、響いた声とともに伸ばした手が何かに摑まれた。ぐい、と強い力で引き寄せられ、暗闇のもっと深いところに引き摺《ず》り込まれそうになってしまう。

『いや……っ！』

覚えのある感覚。全身に悪寒が走る。嫌だ、いやだいやだいやだ……。

あやかしの冷酷な笑い声が脳裏に蘇る。葉月達が苦しむのを楽しげに見ていた、あの気配。そうだ、あれに似ている。いや、暗闇は、あれそのものだった。

違う。あいつは、古鷹が滅ぼしてくれた。もういないのだ。だから、絶対に違う。

『やだ、嫌だ……もう、嫌だ……っ！』

それなのに、全身を包む暗闇はどうしてもあの時の夢を思い出させた。この暗闇に沈んだら、もう二度と戻ってこられない。そんな予感が全身を包む。

『そう簡単に、逃れられると思ったか。よく見るがいい』

楽しげな声とともに、ずるりと腕を何かが這《は》う。思わず見れば、暗闇の中で自分の身体だけがぼんやりと見えた。

『ひ……っ！』

腕に描かれた模様のような傷に息を吞む。じくじくと痛みを発するそれは、血が滲み、やがて徐々に全身へと広がっていく。

違う、違う……こんなの、こんなこと……。

腕の傷を消すように手で擦るが、それはどんどん広がっていくばかりだった。よく見れば擦っている手にもいつの間にか傷が広がっている。

『嫌、やだ……——か、さ……古鷹さ……っ！』

「葉月！」

突如割り込んできた声に、びくりと身体が震える。限界まで見開いた目から涙が零《こぼ》れ落ちた。目の前にある古鷹の顔を見た瞬間、ふ、と全身から力が抜ける。

ぱくぱくと口を動かし、けれど声の出ない葉月に眉を寄せながら古鷹が顔を近づけてくる。そっと唇を塞《ふさ》がれ、宥《なだ》めるようなキスが繰り返し与えられた。ふと、息をすることを思い出し、は、と唇が離れたと同時に呼気が零れる。

「大丈夫か？」

「……っは、へ……き」

言いながら、腕を上げて視界に入れる。そこにあったのは、クリーム色のパーカーに包まれた腕で、やはりあれは夢だったのだとほっと息をついた。

起き上がってみると、ソファに座った古鷹の膝を枕にして横になっていることに気づく。古鷹と二人でコーヒーを飲んだ後、いつの間にかうたた寝してしまったらしい。窓の外を見れば、着いた時には明るかった空がオレンジ色に染まっていた。

「いつの間に寝てた……？」

「疲れてたんだろう。夕飯まで、もう少し寝てるか？」

さらりと指先で乱れた髪を梳《す》かれ、ううん、と首を横に振った。

「今寝たら、夜眠れなくなっちゃうから大丈夫。それより古鷹さん、ご飯作るね」

「いや、今日は俺が作るからゆっくりしてろ。家を出てからずっと気を張ってたんだ。自分が思ったよりも疲れてるはずだからな」

頰を掌で包まれ、髪に口づけが落とされる。その温かな感触に緊張が解けていくのを感じながら、でも、と続けた。

「じゃあ、お手伝いする。何かしてた方がいいし。あのＩＨも使ってみたい！」

ふと思い出し声を上げれば、苦笑した古鷹が座っていたソファから腰を上げる。そういえばそうだったなと言いながら、ほら、と葉月に手を差し出してきた。

ふと、その手に先ほど夢に見た手が重なる。

闇に引き摺り込もうとした手。一瞬その手を取るのを躊躇《ためら》い、だがすぐに、これは古鷹の手だったということを思い出す。

古鷹のものなら、大丈夫。絶対に。

気を取り直して古鷹の手を握ると、強い力で引き起こされた。ソファから立ち上がり、そのまま引き寄せられ腕の中に収まる。背中を優しくさすられ、えへへ、と笑いながら古鷹に抱きついた。

「ありがとう、古鷹さん。大好き」

そう告げると、古鷹は「お前はいつも直球だな」と、小さく笑って葉月の身体を離した。

「さて、今日は鍋でいいか？」

「鍋！　なんのお鍋？」

「この間、仕事でこっちに戻った時に友達が土産《みやげ》を送ってきてな……ほら」

「蟹《かに》！」

解凍のため冷蔵庫に移されていたらしいそれは、松葉蟹《まつばがに》だった。蟹を実際に調理する機会などほとんどなかった。以前一度だけ、高遠がお土産に買ってきてくれて以来だ。目を輝かせた葉月は、料理したいという欲求に勝てず、尻尾をぶんぶんと振っていた。

「古鷹さん、お味噌、お味噌ある？」

「味噌？　ああ、それはあるが……」

「味噌仕立て、美味しいよ」

下から見上げると、驚いたように古鷹が目を見開いていた。だがすぐに表情を崩すと、ほら、と葉月に蟹を渡してきた。

「やっぱり、料理はお前に任すか。手伝うから、美味《うま》いのを頼むな」

「……はい！」

先ほどの暗い夢を吹き飛ばすような笑みを浮かべ、葉月は足取りも軽く台所の中へと入っていった。


「はー、蟹美味しかったね。古鷹さんありがとう」

風呂《ふろ》から上がり、頬を上気させたまま葉月はソファの上で微笑んだ。着ているのは、いつも家で着ている浴衣《ゆかた》だ。洋服は動きやすいが、やはり着慣れていないのと、尻尾が出しにくいのが難点だった。

「ありがとうって、作ったのはお前だろう。ほら、じっとしてろ。髪乾かしてやるから」

ドライヤーを手にした古鷹が、ソファの後ろに回り温かな風を髪にかけてくれる。頭を預けた葉月は、優しい指の動きに小さく息をつきながら、そういえばと顔を上げた。

「さっき、お父さんに電話したよ。蟹鍋食べたって言ったら、羨ましいって」

「そうか。他には何を話したんだ？」

「エレベーターと、ＩＨコンロの話！　家にもつけようか、って言うからそれは大丈夫って言っといた」

父親である周とは、呪いが解けて以降、少しずつ距離を縮めている。さすがに最初はお互いぎこちなかったものの、今では普通の親子らしい会話もできているのではないかと思う。

周は、自分のことはあまり話さないが、いつも葉月の話を楽しそうに聞いてくれる。父親のこともっと聞きたいのだが、私にはあまり面白い話題がないからと、苦笑とともにはぐらかされてしまうのだ。

今日から一週間、葉月は古鷹の家に滞在する予定になっている。出かける前に父親と、着いた日と帰りの日は必ず連絡すると約束した。風呂に入る前、古鷹から忘れないうちにかけておけと言われ、慌ててかけたのだ。

「古鷹さんのご迷惑にならないようにしなさいって。後、お仕事があるだろうから、邪魔しないようにって。そういえば、古鷹さんお仕事は？」

「あー、次は明後日《あさって》だな。一日出かけることになるから、悪いが一人で留守番しててくれるか？」

「大丈夫」

こくりと頷けば、わしわしと髪をかき混ぜられる。

「鍵は渡しておくから、まずはそこの公園にでも遊びに行ってみろ。スイも、ここにいるよりはマシだろう」

「え、いいの？」

思わず後ろを振り返れば、何がだ、と不思議そうに問われた。

「一人で外に出ていいの？　まだ耳も尻尾もちゃんと隠せないし……」

「落ち着いてさえいれば大丈夫だ。万が一の時は、スイがどうにかするさ。明日、一回一緒に行くから。それなら怖くないだろう？」

「うん。スイ、楽しみだね」

横を見れば、ソファの上でスイが丸くなっている。どうやら柔らかな座り心地が気に入ったらしい。返事の代わりにぱたりと尻尾を振ったスイに、ふふ、と笑う。

「古鷹さんのお仕事、どんなことしてるのか聞いてもいい？」

カチリと音がし、頭にかかっていた風がやむ。乾かし終わった古鷹が「ちょっと待ってろ」と言いドライヤーを置きに洗面台へと行った。スイの背中を撫でながら、そういえば、ここに来たら古鷹の写真をもっと見せて貰おうと思っていたことを思い出す。

（色々あって言いそびれてたな。後で頼んでみよう）

ふと、夕方夢で見た母親の姿とあやかしの声を思い出す。温まっていた身体に悪寒が走り、ふるりと身体が震えた。

（大丈夫……）

スイから手を離し、自身の腕を、体温を取り戻すようにさする。

『葉月。何かあったのか？』

スイの声が聞こえ、なんでもない、と苦笑する。

「夕方、ちょっと嫌な夢見て。それ思い出しただけ」

そのままスイの方へと頭を向けてソファに横たわる。サイズ的に、いつものようにスイに寄りかかるわけにはいかないため、スイの身体に頬を寄せた。

「あったかいね、スイ」

『そのまま寝たら、風邪《かぜ》をひくぞ』

溜息《ためいき》交じりのように聞こえた声とともに、スイが立ち上がり移動して顔の近くで丸くなってくれる。いつもの感触に安堵し、顔を埋《うず》めて擦りつけた。しつこいとばかりに一度尻尾で叩かれたが、気にせずに顔を埋め続ける。

「えらく気持ちよさそうな枕だな」

「スイ、すごく気持ちいいよ。古鷹さんもやる？」

かけられた声に上半身を起こせば、スイが立ち上がる。そのままソファの端まで行くと、ふいと姿を消した。

「あ……」

「俺にやられたら、あいつ全力で逃げそうだよな」

くすくすと笑う古鷹に「そう？」と返せば、絵面的にもお前なら許されるだろうがなとさらに笑われた。

「それよりほら、食べるか?」

先ほどから何かいい匂いがしていると思えば、ドライヤーを置いた後、オレンジを剝《む》いて持ってきてくれたらしい。盛ったガラス皿をテーブルの上に置く。

「美味しそう。いただきます」

スペースを空けるために横にずれると、古鷹が隣に座る。一緒に持ってきてくれたフォークでオレンジを口に運べば、じゅわりと甘酸っぱい果汁が口の中に広がった。

ふわりと鼻腔《びこう》をくすぐるオレンジの香りに、頰が緩む。

「甘くて美味しいよ。古鷹さんも食べよう」

もう一つオレンジを刺し、古鷹の口元へと運ぶ。はい、と何気なく言えば、古鷹がぴたりと動きを止めた。だがどうしたのかと思う間もなく、ぱくりと葉月が差し出したオレンジを食べてくれる。

「ああ、ちょうどいい甘さだな」

「ね。あ、古鷹さん。もしよかったら今度、古鷹さんが撮った写真を見せて貰っていい?」

「それは別に……そういえば、仕事のことだが」

先ほど聞きかけたそれを、古鷹が思い出したように言う。

「前は、写真を撮りながら記事を書く……まあ、フリーライターってやつで、わりとなんでも請け負ってたんだが」

そこまで言うと、こほん、と一度咳《せ》き込む。

「この間から、カメラマンの仕事を、もう一度始めることになった……お前のおかげだよ、葉月」

「え？」

まさかそんなふうに言われるとは思わず、目を見開く。すると、古鷹が小さく笑ってソファから立ち上がった。隣の部屋の書棚へ向かうと、一冊の雑誌を手に戻ってくる。

「昔な、一度写真で賞をとったことがあるんだ」

ほら、これだ。そう言いながら見せて貰ったそれは、夜の海を写したものだった。月と星の静かな光と、暗い海。薄い光に照らされた波間。一見、陰鬱《いんうつ》にも見えるそれは、だがどこか厳かで静謐《せいひつ》な美しさがあった。

雑誌に載ったそれを、食い入るように見つめながら、葉月はすごいねと呟いた。

「その頃は、漠然とカメラマンになろうと思ってたんだが」

言いながら、古鷹が葉月の肩に腕を回してくる。そのまま引き寄せられ、雑誌をテーブルの上に置くと古鷹の胸に収まった。

「うちは、俺が小さい頃に両親が離婚しててな。親父《おやじ》とは会ったことがなかったんだが、実は、その親父が結構有名なカメラマンだったんだ」

「え……」

「だが、それを知ったのが賞をとった時でな。授賞式の時に初めて会ったんだが……当の親父に散々酷評されて、まあ、色々あってつい殴っちまって。相手が相手だったからな。それからカメラマンの仕事ができなくなって、やめちまってたんだ」

「古鷹さん……」

自嘲《じちょう》するようにそう言った古鷹は、馬鹿だよな、と葉月の頭の上で苦笑した。そんなことはない。そう伝えるのは簡単だが、後悔の滲んだその声に、きっとそれを言っていいのは古鷹のことをもっともっとよく知っている人だけだろうと思い、黙ってしがみついた。

「諦めて投げ出す方が、楽だったからな。けど、お前のおかげでもう一度やろうと思えた」

「え？」

思わぬ言葉に顔を上げると、そこには優しく微笑んでいる古鷹の顔があった。

「お前が、俺の写真を好きだって言ってくれただろ。あれが嬉しかったんだ。そうしたら、つまらないプライドを守るためにやめちまったのが、馬鹿らしくなってな」

もう一度始めてみようと思ったんだ。吹っ切れたような声にほっとしつつ、自分の言葉が古鷹の助けになったのなら、これほど嬉しいことはないと微笑んだ。

「よかった。じゃあまた、古鷹さんの写真がいっぱい見られる？」

「いっぱいかどうかはわからないが。お前が姿を消す前に、一度東京に戻っただろう？　あの頃から、広告会社で働いている知り合いを通して幾つか仕事を回して貰ってるからな。そのうち見られるよ」

昔の知り合いに連絡をとったら、幾つか仕事が入ってきたらしい。フリーライターとしての仕事で人脈を作っておいたのも、それなりに役に立ったのだという。

パンフレットやポスター、雑誌の写真など、今はそういったものを主にやっているそうだ。いつか古鷹の写真が載ったら、できるだけ探して集めよう。そう心に決めながら、古鷹の胸に顔を埋める。

「あの、古鷹さん。お父さんとは、それから……」

どうしようかと逡巡《しゅんじゅん》し、だが思い切って聞いてみる。すると、ああ、と短く答えた古鷹が溜息をつく。

「さすがに殴った後からは絶縁状態だった……が、この間、連絡した」

「え？」

顔を上げると、古鷹が葉月の頭を耳ごと撫でてくれる。

「お前と宮藤さんを見て、俺なりに昔のことを反省してな。謝りもしていなかったから、殴ったことの謝罪とこれからカメラマンとして仕事をすることだけ伝えたんだ」

正確には、個人的な連絡先は知らなかったため、事務所に電話をしたそうだ。すると父親の秘書をやっている男性が電話口に出たため、本人に伝えて欲しいと言っておいたのだという。連絡先を告げるつもりはなかったが、本人かどうかを怪しまれているのだろうと思い、教えたらしい。

「そしたら、何を思ったか向こうから連絡があってな」

「うん！」

「たったあれだけのことで諦めた人間が、カメラマンとして続くわけがないだろうってさ。鼻先であしらいやがった」

「あ、あう……」

なんと言っていいものかと眉を下げる。だが、言葉のわりに古鷹の口調にも表情にも鬱屈はなく、むしろどこか楽しげな響きさえ帯びていることに気づいた。

俺は俺の写真を撮る。あんたに許して貰うためじゃない。俺が前に進むために、それを伝えておきたかっただけだ。そう告げると、古鷹の父親はしばらくの間黙り「仕事にするならもう少しましな写真を撮れ」とだけ言ったそうだ。

「あれは、単に素直じゃないだけなんだろうと思ったら、腹を立ててた自分がどれだけ子供だったんだって笑えてきた」

そんなに心配そうな顔をしなくても大丈夫だ。そう言いながら頬を摘《つま》まれ横に引っ張られる。

「おお、すごいな。伸びる伸びる」

「こ、こだかひゃん……」

思わず尻尾が反応し、ぺしりと古鷹の身体を軽く叩いてしまう。あ、と思って尻尾を見ると、古鷹が楽しげに笑いながら手を離した。引っ張られていた頬を撫でながら、あのね、と古鷹を上目に見上げる。

「いつか邪魔にならない時に、古鷹さんが写真を撮ってるとこ見てみたいな」

「別に面白いものはない……っていうか、同じ場所で何時間も待ってたりすることもあるから、面白くないぞ？」

「そんなことないよ。俺は、古鷹さんを見ていられれば十分楽しいもん。写真撮ってるとこ、きっとかっこいいだろうな」

その言葉に動きを止めた古鷹が、頭上で溜息をつく。何か悪いことを言っただろうか。古鷹の顔を見上げようとしたが、なぜか頭を押さえられ顔が上げられなかった。

「こ、古鷹さん？」

「うるさい。ちょっと下向いてろ」

ぶっきらぼうに言われ、そのまま大人《おとな》しく下を向く。先ほど少しだけ視界に入った古鷹の顔が、わずかに赤くなっていたような気がしたのは、気のせいだろうか。

「……夕方、寝てた時うなされてただろう」

「え、あ……」

「なんの夢見てた？」

率直に聞かれ、迷いながらも口を開く。

「お母さんが泣いてる夢……それで、あのあやかしが出てきて……」

また、呪いが全身に広がっていく。ふるりと身体を震わせると、頭を押さえていた古鷹の手が、再び葉月を抱き締めてくれた。

「お前の母親って……」

「うん。前の狐憑きだった人」

狐憑きから生まれた子供は、親である狐憑きの死と同時に狐憑きになる。だが、生まれて数年内になれなければそのまま衰弱して死んでしまう。母親と心を交わしたことで呪いを受けた父親、そして赤ん坊の葉月。二人を生かすために、母親は自らの手でその人生を終えたのだ。

もっと、何か別の方法があれば。そう思うのは傲慢なのだろうか。

母親の日記を読んでその事実を知り、その気持ちがずっと心の奥底から離れない。葉月が生まれなければ、母親は死なずにすんだのかもしれない。そうではないと頭ではわかっているけれど、そう思わずにはいられなかった。

「気持ちはわからないでもないがな。お前の母親は、お前と宮藤さんと、二人ともに幸せになって欲しかったんだろう。なら、そう考えるのはお前の母親に対して失礼じゃないか？」

「古鷹さん……」

「割り切れっていうのは難しいだろうが。俺は、お前の母親に感謝しているよ。お前を生かしてくれたことを。そうじゃなければ、俺とお前は会ってもいないし、宮藤の呪いもまだ解けていなかったかもしれない」

「うん……」

その言葉に頷き、そうだね、と呟く。母親がそれを望んだのならともかく、生きている葉月がもしもを考え続け後悔しても仕方がない。

「あやかしのことは、まあ、お前は見てないからな」

「信じてないわけじゃないよ！　ただ、まだ思い出すだけで……」

「わかってる。さっさと忘れろって言っても無理だろう。不安になったら、俺やスイに言え。それか、いない時はあの稲荷神社に行け」

「え？」

突如言われたそれに、きょとんとすれば、あそこのご神木は『葉月』にとっていいものだからと告げられた。

「あ……」

もしかすると、あの夢は祖先である半妖『葉月』の魂が怯《おび》えているせいなのだろうか。古鷹にそう言うと、それも多少はあるだろうからなと背中を叩いてくれた。

「あやかしに封じられていたからこれまでは荒れる一方だったが、今はもうそれも解けた。

宮藤さんがずっと清めていたし、今度きちんと宮司を呼ぶらしいから、あそこもまた村を護ってくれる場所になる」

「うん」

生まれた場所でもあるあそこは、今の葉月にとっても大切な場所だった。そこがまた息を吹き返すと聞いて、嬉しくなる。

「また、みんなが来てくれるような神社になるといいね。そしたら、あそこも寂しくなくなるよ」

「そうだな。ほら、もう少し食うか？」

落ち着いた葉月を見て目を細めた古鷹が、身体を離してオレンジを一房指で摘む。口元に差し出され、ぱくりと食べれば、甘いオレンジの味が口の中に広がった。美味しいと微笑むと、お返しに葉月も一房摘み古鷹の口元へ持っていく。

「はい……うひゃ！」

オレンジを食べると同時に指先も口に含まれ、舌で舐《な》められる。思わず声を上げると、色気のない声だなと笑われた。

「うー……」

「ほら、もう一つ」

楽しげにオレンジを差し出され、からかわれたことに唇を尖らせながらも、おずおずと唇を開く。古鷹を真似(まね)てオレンジを食べると同時に、古鷹の指を口に含んで指先をぺろりと舐めた。

「ふ……」

奥歯でオレンジを噛んだ瞬間じゅわりと果汁が広がり、口腔の指を濡《ぬ》らす。それを舐め取るように舌を這わせ、唇で吸う。時折悪戯するように口の中を指で撫でられ、その感触にぞくりと身体に震えが走った。

（なんか……熱い……）

どくどくと鼓動が高鳴り、指を舐めているだけなのに、おかしな気分になってしまう。下《か》肢《し》が熱くなり、もじもじと膝を動かしながら続けていると、やがて古鷹がするりと口腔から指を引き抜いていった。指と一緒に舌を差し出せば、ちゅぷりと音がし、唾液が糸を引く。

「あー、思った以上にやばいな」

脚の間に手を入れて下半身を隠していると、古鷹が頭上で溜息をついた。ごくりと息を呑むのと同時にオレンジを飲み下せば、背中に腕が回りぐいと再び引き寄せられた。

「ん……っ」

顔を上げると、古鷹の唇が落ちてくる。重ねた唇から舌が入り込み、先ほどまで指で撫でられていた場所を、今度は舌が辿っていく。

「ふぁ、あ……」

喉《のど》を反らせ、与えられる刺激に声を上げる。やがて背に当てられていた手がするりと下に下りていき、尻尾の根元を撫でた。

「あ……っ」

びくりと腰が揺れ、重ねていた唇が外れる。突然の強い刺激に腰が抜けたようになり、ふにゃりと身体から力が抜けた。古鷹に寄りかかると、そのまま尻《しり》の下辺りに手を入れられ、子供のように片腕で抱き上げられる。古鷹の首に腕を回してしがみつくと、もう片方の手で身体を支えられ、そのまま歩き始めた。

「……っ」

いつの間にか反応していた中心が、歩く度に古鷹の身体に当たって擦れる。布越しだが強い刺激に身体を捩《よじ》ろうとするが、抱き上げられている状態では離れることもままならない。

「……っ、あ、や……」

どうしようもなく、古鷹にしがみつきながら声を殺す。それでも堪えきれず、古鷹の耳元で微《かす》かな声を零してしまう。

「やれやれ。寝室までがこんなに遠いとは思わなかった」

そう言って身体を下ろされたのは、リビングに入る前の廊下にあった扉の部屋——寝室のベッドの上だった。柔らかな感触に身体が受け止められると、そのまま古鷹がのしかかってくる。

「古鷹さ……熱……」

「こっちはエアコン入れてなかったからな。寒いくらいだろう?」

笑い含みの声にかぶりを振り、熱い、ともう一度呟いた。身体に熱が籠もっている。そんな感覚だった。ひやりとしたシーツが火照《ほて》った身体を冷やしてくれる。

「ああ、でも確かに……葉月は熱いな」

脚の間に自身の身体を割り込ませ、葉月の太股《ふともも》を掌で撫でる。さらりとした指先がうっすらと浮かんだ汗で湿った肌を辿っていく感覚に、葉月は声もなく身悶《みもだ》えた。

以前、葉月の呪いが解ける前に古鷹と身体を繋いでから、こういったことは初めてだった。初めて、というと語弊があるかもしれないが、古鷹が最後まですることはなかった。

『宮藤さんと加賀さんが、ちょくちょくこっちに顔を出してるだろう。何かしたら、一日でばれるだろうからな』

子供のそんな顔は、見たくないだろう。そう言われ、もうしないのかもしれないと思って少し寂しく思っていたところだったのだ。

「今日は……する?」

「ん?」

「ちゃんと……」

顔を隠して呟けば、古鷹が不思議そうに「どうしてだ?」と聞いてくる。

「前に、お父さん達や和ちゃんが来るからしないって言ってたし……だから、もうしてくれないのかなって思って」

そう呟けば、葉月の身体を撫でていた古鷹の手がぴたりと止まる。あれ、と思い顔を隠していた腕をそろそろとどければ、絶句したようにこちらを見下ろしていた。

「そういう意味でとったのか……ここには、あの二人も、高遠も来ないだろう？」

「うん」

「なら、そういうことだ。なんだ、して欲しかったのか？　なら言えばよかったのに」

にやにやと意地悪く笑いながら言う古鷹に、羞恥で頬が熱くなる。けれど違うというのも嘘《うそ》になるため言えず、ううう、と小さく唸《うな》った。

「古鷹さんの意地悪」

「そんなのいつものことだろう」

ああいえばこういうの典型のような会話の後、「じゃあ」と気を取り直したように古鷹が笑った。

「これまで葉月を寂しがらせた分、今日はまとめてやっとこうな。明日まではだいぶ時間がある」

「ふえ？」

「明日も、まあ、海と公園に行くだけ……だが、まだ一週間ある。海は逃げないし、公園だけならなんとかなるだろう」

なんだか最後の言葉で、明日の予定が変更されたような気がするのだが。あれ、と思いながら古鷹を見ると、問いかける前に再び唇が塞がれた。

「んむ……、ん、んーっ」

悪ふざけのように脇腹をくすぐられ、だが唇を塞がれているため笑い声を上げられずに身悶える。だがすぐに、その手が腰を辿り背中に回る。ほんの少し腰を浮かせれば、腰で結んだ帯の結び目だけがするりと緩められた。

「なあ葉月、もしも……」

そこで言葉を切った古鷹が、まあいいか、と苦笑する。何、と問えば、なんでもないと誤魔化されてしまう。帯は外さないまま浴衣の衿《えり》を緩められ、首筋に唇が寄せられた。強く吸われると、ちくりと痛みが走る。

「ん……」

「高遠とは、こんなことはしてないよな」

「……っ、あ！　和ちゃん？　しないよ。なん……あ、や！」

胸元に掌を当てられ、強く揉《も》まれる。小さな粒を指で摘まれると、じんとした快感が全身を走り抜けた。

「いやまあ、相変わらず仲がよさそうだからな」

「和ちゃんは、お兄ちゃんみたいな……んんっ！」

「わかってる。あいつもそう言ってたし、まあ、かなり過保護だが」

確かに高遠は、幼い頃から葉月の面倒を見ているため、いささか過保護な面がある。だがこれまで古鷹に対するような気持ちになったことはないし、高遠もまた葉月をいつまでも幼い弟のように扱う。昔はともかく今は、こうして古鷹を好きだと思う気持ちを知っているから、なおさら間違えはしない。

あやかしに身体を乗っ取られていた高遠は、数日後には目を覚まして起き上がれるようになった。今はまた元の通りに医師として高遠医院で働いている。古鷹と葉月、そして周と話し合った結果、代々高遠の家があやかしに取り憑かれていたことは伏せることにした。

狐憑き同様、不本意な形で監視役という役どころを割り当てられてしまっただけだ。できれば知らせたくないという葉月の願いに、古鷹も周も賛成してくれた。

高遠には、偶然葉月の近くにいたため身体を使われただけだろうと言っておいた。本人がそれを信じているかどうかはわからないが、そう思ってくれていればいいと思う。

「何ぼんやりしてる？」

「あ……っ」

つい高遠のことを思い出していると、古鷹が目を眇《すが》めて肋骨《ろっこつ》の辺りに歯を当ててきた。軽く噛まれたそこに痛みが走り、だって、と呟いた。

「古鷹さんが和ちゃんのこと言うから。あやかしのこと、気にしてないといいなと思って……」

「大丈夫だよ。あいつも大人だ。知らされないことがあるってことも、わかってるだろう。あの村には、あいつを必要としている患者がいる。今、必要なのはそれだけだ」

優しく目を細めた古鷹に、そうだね、と微笑む。すると、さて、と気を取り直したように古鷹が身体を起こした。そのまま両腕を引かれて、葉月も上半身を起こす。

「他の男の話はここまでだ。明日までは、俺のこと以外考えるな」

にっと唇を引き上げた古鷹に、葉月はほんの少しだけ嫌な予感を覚えつつ、うん、と頷いた。

「ん、や……っ」

古鷹の首筋にしがみついて身体を支えながら、葉月は声を上げた。もう駄目、やめて、と何度も繰り返すが、古鷹は一向に聞いてくれる気配がない。

一体、どうしてこんなことになっているのだろうか。ベッドについた膝が何度も崩れ落ちそうになるけれど、その度に古鷹にもう少しと言われた。縋《すが》り付いた古鷹の首筋の温《ぬく》もりと、腰を支えながら葉月の中心に直接触れないぎりぎりの場所を撫でる掌。そして、後ろから身体の中を直接探られている指の感触。それだけが葉月の感じ取れる限界だった。

どこからか断続的な音が聞こえてくる。そう思い、それが自分の上げている声だと少し遅れて気づく。同じ言葉を繰り返し、後は言葉にならない声を発し続けている。

「ん、ん……っ」

古鷹の指が後ろを探る度に響く水音は、潤滑剤によるものだ。最初は耳を塞ぎたくなるような羞恥に襲われたそれも、今ではもう意識の奥まで届いていない。直接与えられる感覚の方が強すぎて、気にする余裕がなくなっている。

「も、やぁ……いじわる……しな、で……」

「意地悪はしてない。もう知ってるだろう？　ちゃんと解《ほぐ》しておかないと、辛いからな」

さらりと返され、どこか冷静な古鷹の声が面白くない。抗議の意味もこめて、目の前にあった耳朶《じだ》をぱくりと唇で食《は》む。軽く歯を当てて噛み、けれどすぐに痛かったかなと思い舌で舐めると、後ろを弄《いじ》っていた手が止まった。

「あ……」

ようやく終わった。そう思い気を抜いた隙に、指がこれまでよりさらに奥へ、ぐっと進んだ。

「ああ……っ」

身体の奥のどこかを擦られ、びくりと電流のような刺激が走る。背筋をのけぞらせ、ぎゅっと体内の指を締め付けてしまう。一瞬の刺激が過ぎ、身体を丸めて快感をやり過ごす。ずるりと指が引き抜かれていき、古鷹の脚を跨《また》いで向かい合うようにして膝をついていたが、今度こそ力が抜けてぺたりと古鷹の膝の上に座り込んだ。

「よし、我慢したな」

えらいえらい、と子供にするような手つきで頭と耳を撫でられる。気持ちはいいが、からかわれているような気がして、むうっと唇を尖らせた。そこにちゅっとキスをされ、結局は赤くなって俯《うつむ》いてしまう。顔が熱い。頬の熱を冷まそうと掌で押さえていると、今度は葉月の耳に唇が寄せられた。毛繕いをするように根元を舐められ、ふぁ、と声を上げてしまう。

ぴちゃぴちゃと、耳が濡れていく感触。温かく湿ったそれは、気持ちがいいけれど感覚が強すぎて、どうしていいかわからなくなる。

「も、耳、駄目……だめ……」

「今日は駄目が多いな。葉月、もう一回腰を上げられるか?」

くすりと耳元で笑われ、吐息が吹き込まれる。その微かな風にさえ身体が反応し、前が痛いほどに張り詰めていた。

「こ、う……?」

ゆっくりと膝を立てると、そう、と腰と脚を支えてくれる。そのまま古鷹の首に回していた手を肩に置くように言われ、その通りにした。葉月とは違う、しっかりとした筋肉のついた硬い身体。二人ともすでに着ていたものは脱ぎ捨てているため、掌に直接感じる肌の感触にどきどきする。

「今日は、葉月の顔を見ながらしたいから……このまま、な」

「このまま、って？」

どうするのだろう。きょとんと首を傾げれば、まあそうだろうな、と古鷹が苦笑した。

「こうやって……」

「ひゃ！」

するりと葉月の腰骨の辺りを両手で支えた古鷹が、葉月の腰を落としていく。後ろに濡れた熱が当たった瞬間、古鷹の言っている意味をようやく理解した。

「で、できるの？」

「前にもやっただろう？　体勢が違うだけだから大丈夫だよ」

あっさりと言われ、そうなのかと納得してしまう。だが、今の通りにやろうとすると、どうやっても葉月が腰を落としていかなければ入らない。

「痛いかな……」

ぽつりと呟いたそれに、だからゆっくりな、と否定してくれない言葉が返ってくる。涙目になりながら古鷹を見れば、そんな顔しても可愛いだけだから駄目だなと笑われた。

「うう……」

覚悟を決めて、ゆっくりと腰を落としていく。だが、互いのそこが濡れているせいか、ずるりと滑って上手く入ってくれない。何度も後ろを先端で擦られ、もどかしいのか気持ちいいのかわからなくなり、自然と涙声で唸っていた。

しばらくの間様子を見ていた古鷹が、笑いを堪えるようにして葉月の腰を撫でてくれる。じっとして、と囁《ささや》かれ、掌に導かれるように今度はゆっくりと腰を落としていった。

「……――っ」

先端が蕾《つぼみ》を開き、ぐっと押し入ってくる。その大きさに怯《ひる》むように腰を上げそうになるが、両腰に当てられた古鷹の手がそれを阻んだ。そのまま徐々に身体の中に古鷹のものが入っていく。前の時から随分経っていたせいか、ゆっくりゆっくり進んでいく形と熱が身体を通して伝わってきて、頭の中がそれだけでいっぱいになってしまう。

「ふか、い……まだ……っ？」

「もう少し、……っ」

古鷹の声が微かに掠《かす》れており、ほっとする。相手の体温が欲しいと思っているのは自分だけではない。なんとなくそう思えた。

そのせいか、身体から少し力が抜け、半ばまで入っていたものがずるりと奥まで一気に届く。あまりの衝撃にかくりと膝から力抜け、結果、座り込んだ勢いで最奥まで受け入れる形になってしまった。

「あ、あああ……――、んっ」

背筋を駆け抜けた衝撃に、身体が震える。びくびく、っと跳ね、次の瞬間、自分が受け入れただけで達してしまったことを知った。見れば、古鷹と葉月の腹や胸が、葉月の零したもので濡れている。

「あ、ごめ……なさ……ああ！」

「お、前……入れただけで達《い》くのは、くそ……っ」

なぜか前屈みになっていた古鷹が、力の抜けた葉月の腰に手を当て無理矢理引き上げる。熱塊が身体の中を這う感触に、あああ、と嬌声《きょうせい》を上げて首を振った。

ぎりぎりまで引き抜かれた直後、腰を摑んでいた手が緩み、再び古鷹の上に座り込む。一気に身体の奥まで貫かれ、まだ先ほどの衝撃が冷めない葉月は、声にならない声を上げる。

「あ、あ、また……、や、待って」

座り込んだままの状態で突き上げられると、奥の気持ちのいい場所に古鷹が当たる。言葉では制止しながらも、葉月の腰は自然と古鷹の動きに合わせて動き始めた。自分の体重がかかっているせいか、以前後ろから抱き締めて貫った時より、もっと奥を擦られている気がする。そう思っていると、また古鷹の首にしがみついていた葉月の手が解かれた。

「あ……！」

もっと傍に行きたいのに。だが、古鷹は葉月の手を自身の肩に乗せ、ここに摑まってろと低い声で告げた。

「あのままじゃ……顔が、見えないからな。こっち、見てろ」

短く、けれど反論を許さない強さ。その言葉に、葉月は古鷹と視線を合わせる。いつもの優しい瞳ではなく、全て食べ尽くされてしまいそうな、情欲に濡れた獣のような鋭さがそこにはあった。怖い。咄嗟にそう思うけれど、それは古鷹に対する畏怖《いふ》ではなく、どこまでも甘く溺《おぼ》れてしまいそうな未知の感覚に対してだった。

艶《つや》めいた灰青色の瞳から目を逸《そ》らせなくなり、腰の辺りからぞくぞくと何かが這い上がってくる。気がつけば、先ほど達したばかりの中心は、また張り詰め先走りを零していた。

「あ！　や、あ……っ」

腰を支えていた手の片方が、後ろに回る。尻尾の根元を握り擦るようにされ、受け入れたままの古鷹をぎゅっと締め付けた。同時に古鷹がわずかに口元を歪め、感じているのだとはっきりわかる。それが嬉しくて、葉月の中が自然に蠢《うごめ》いた。

「く……っ」

何かを堪えるように声を零した古鷹が、再び突き上げてくる。古鷹の肩にかけた手に力をこめて身体を支えながら、葉月もまた、古鷹の熱をもっと奥に感じられるように身体を寄せた。

「あ、奥……当たって……あ、あ……っ」

徐々に強くなる感覚に、どうしていいのかわからなくなる。それでもずっと古鷹の顔から視線を外せず、口元を歪めた。多分、とてもひどい顔をしている。そう思うのに、古鷹もまた葉月の顔から目を逸らさず、むしろ一層食い入るようにこちらを見ていた。

どうしよう、怖い、気持ちいい……怖い。

古鷹に、全てを食べ尽くされてしまいそう。短い声を上げ続け、許容範囲を超え始めた快感に恐怖さえ覚えながら上気した頬に涙が伝う。まるで、視線で頭の中まで舐め尽くされているみたいだ。そう思いながら、必死に古鷹の視線を受け止め続ける。

「葉月……っ」

「古鷹さ……あ、あ、やだ、怖い……こわい……っ」

ふにゃりと表情を歪めた瞬間、身体の奥にあった古鷹のものが突如大きくなった気がした。圧迫感が増し、さらに奥まで擦られているような感覚。これまでにないほどの奥を先端で突かれた瞬間、頭が真っ白になった。身体の奥から何かが湧き上がってきて、破裂してしまいそうなほどの快感と恐怖に全身が支配される。

「だめ、や、やだ……あ、あああ……——っ！」

容赦のない突き上げにすぐに限界が訪れ、古鷹と視線を合わせたまま放埓《ほうらつ》を迎える。びくびくと身体が震え、その衝撃で、ようやく古鷹から視線を外すことができた。だがすぐに達したばかりで鋭敏になった粘膜を熱棒で擦られ首を振る。

「や、あ、あ……っ」

「……――くっ」

激しい突き上げの後、ぐっと葉月の腰を引き寄せた古鷹が小さく声を上げる。同時に身体の中に熱が注ぎ込まれ、古鷹が達したことを知った。身体の奥の奥を濡らされる感覚は、決して嫌いではなかった。大好きな人の熱が葉月のものになる。温かなそれは、一つにならなければ感じることのできない幸福で、葉月はぐったりと力を失いながらも微笑んだ。

「……おい、大丈夫か？　葉月」

「うん、平気……へへ」

は、は、と互いに息を切らしながら抱き合い、だが葉月が浮かべた笑みに古鷹が訝《いぶか》しげな顔をする。どうした、と問われ、幸せだからと微笑んだ。

「中にしてもらうの、好き。一緒になれたって感じが、して……、わ！」

繋がったままベッドに仰向《あおむ》けに転がされ、古鷹が上からのしかかってくる。顔の両脇に手を突き、睨むように目を眇めて呟いた。

「尻尾、消して」

「え？」

あまりの迫力にごくりと息を呑み、言われるままに尻尾を消す。何事かと思えば、そのまま起き上がった古鷹に両脚を抱えられ、広げられた。

「わ、わわわ……」

恥ずかしい恰好《かっこう》に逃げ出そうとシーツを摑んでもがく。だがそれを許さず、肩に抱えた葉月の脚をそのままに上半身を倒してくる。葉月の体内にある古鷹が、動く度に力を取り戻していくのがダイレクトに伝わってきた。

「あ……」

だが、もう終わりだと思っていた葉月は、どうしてだろうと首を傾げた。

「また、するの……？」

「して欲しかったんだろう？　それに、朝はまだ先だ」

「朝？」

さっきみたいな感覚が、朝まで続くのか。それはさすがに嫌だと慌てて逃げ出そうとするが、そもそも逃げ場などどこにもないことに気づく。

「あの、あの……明日、海と公園に行くし、古鷹さんも寝ないと」

「言っただろう。海も公園も逃げない。お前は、一週間ここにいる」

なんだか、さっきより古鷹の目が据わっているような気がするのだが。そう思いながら、何がどうなっているのだろうと、葉月は混乱の中で考える。

「ああ、そうだ。ついでに訓練もするか」

にこりと、いいアイディアを思いついたと言いたげな古鷹に、目を見張る。

「訓練……え、まさか」

「そのまさかだ。途中で尻尾出したら、お仕置きな」

不穏なその言葉に、葉月の耳が自然と伏せる。相手は古鷹だ。お仕置きと言っても、きっと痛いことはしない。はずだ。多分。

そう思いながらもどきどきしながら、お仕置きって何、と聞いてみる。

「大丈夫だ、痛いことはしないから」

その笑顔に、以前、高遠が葉月に零していた古鷹に対する印象を思い出す。村人達に対して向けている笑顔が胡散臭《うさんくさ》いのだと、そう言っていた。

(もしかして、これが胡散臭い笑顔っていうのかな)

そう思った葉月が、結局堪えきれず尻尾を出してしまい、散々に甘い責め苦を与えられるのは、しばらく先のことだった。


ふと、目が覚めた葉月の視界に入ってきたのは、間近にある古鷹の顔だった。

葉月を抱き込むようにして寝ている古鷹は、目が覚める様子もない。しばらくの間じっと古鷹の顔を見つめていた葉月は、自分がさらりとしたものを身に纏《まと》っていることに気がついた。

身体がだるく、息が熱い。けれど決して嫌な気分ではない。

甘く、幸せな気怠《けだる》さ。熱を持った息を吐き、古鷹の胸に顔を埋める。だが、ふと思いついて身体を起こすと、するりと古鷹の腕が外れた。そのまま起こさないようにベッドの端まで行く。だが、床に脚をついて立ち上がろうとしたものの、脚に力が入らず、身体がゆらゆらと揺れ結局そのままベッドに座り込んでしまう。

(どうしよう。でも見てみたいし)

逡巡していると、不意に、背後から小さな笑い声が聞こえてくる。振り返れば、起きていたらしい古鷹がこちらを向いて笑っていた。

「ごめんなさい、起こした……?」

「いや、うたた寝してた程度だったからな。どこか行きたいのか?」

「うん、あの。窓から星が見てみたいなって」

ああ、了解。そう言った古鷹が、身軽に起き上がりベッドから下りる。上半身裸の姿を見てどきりとし、すぐに、その上の服を自分が着ているのだということに気づく。だが、古鷹が着ても腰の辺りまでだろうシャツの長さが、葉月の太股辺りまで隠しているのはどういうことか。

「ほら、摑まれ」

差し出された手を取れば、ひょいと抱き上げられる。そのままリビングの方へ行き、ベランダに続く窓にかけたカーテンを開いた。

「わあ……」

「お前のところの方が、よっぽど星は多いだろう」

そう言われ、うん、と頷く。確かに、夜空に光る星は同じだが、見え方が全く違う。都会は夜でも明るいものが多いせいで星があまりよく見えないのだと、以前そう教えてもらったことがある。

確かに、こちらの方が見える星は少ない。でも。

「星は星だよ。ここで見ても、綺麗だね」

自分の住んでいた場所と変わらぬものを見て、ほっとする。住む場所がどこでも古鷹がいるだけで十分だけれど、やはり、古鷹がいる場所も好きになりたいと思う。

「いつか、ちゃんと古鷹さんの傍に来られるようになるから。それまで、待ってて貰って、いいですか？」

古鷹の目を見てそう告げれば、驚いたように見開いた目が、ふわりと嬉しそうに細められる。

「喜んで」

星空を背景に交わした口づけは、甘く、これからの未来を感じさせるような幸せなものだった。

あとがき

こんにちは、または初めまして。杉原朱紀です。「夢みる狐の恋草紙」をお手にとってくださり、ありがとうございました。

初けもみみです。今度は可愛い雰囲気にしてみましょうかとのお話に「じゃあ、けもみみで！」と即答したのもいい思い出。すみません、一度書いてみたかったんです。そして思う存分、耳と尻尾が書けて楽しかったです！

折角のもふもふなのだから、と思って可愛くすべくはりきったのですが、内容はなんだかいつも通りな雰囲気で……最初の意気込みはどこにいったのかと。

タイトルを決める際も、担当様と色々頭を悩ませたのですが、中身これなのにこれ大丈夫ですかね！　って、しつこいぐらいに聞き直しました。後、もふもふを入れるべく頭を捻ったのですが、いい案が思いつかず断念。タイトル難しい。

挿絵をくださった、金ひかる先生。本当にありがとうございました！　キャララフで葉月と古鷹の髪型違いを描いてくださっていたのですが、どちらもとても素敵で、選ぶのが勿体なかったです。印象は変わっているのに、雰囲気的には両方とも合う感じで。物凄く悩んで選んだ後も、ああでもやっぱり、いやでもやっぱりこっちで……としばらく言い続けてしまいました。他のキャラもイメージ以上に素敵にしていただけて、本当に幸せです。

なにより、カバーイラストが可愛くて、可愛くて！　いただいた時、大興奮な上にしばらく顔がにやけてとまらず、スイを大きくしてよかったと心の底から思いました。

担当様、いつもご迷惑をおかけしておりますが、特に色々と申し訳ありませんでした。次こそはという台詞を何回言ったことか。今度こそ、ご迷惑をおかけしないよう、早め早めの作業を心がけます。そして可愛くするためのリクエスト、ありがとうございました。書くのがとても楽しかったです。

今回、カバーデザインもパターンを色々と作っていただけて、幸せな悩みが尽きませんでした。どれも凄く可愛かったです。

最後になりましたが、この本を作るにあたりご尽力くださった皆様、本当にありがとうございました。

そして、誰よりも、この本を手にとってくださった方々に最大級の感謝を。楽しんでいただけているといいのですが。よろしかったら、感想等聞かせていただけると幸いです。

それでは、またお会いできることを祈りつつ。

二〇十五年　盛夏　杉原朱紀

✦初出　夢みる狐の恋草紙……………書き下ろし
お伽噺のエピローグ…………書き下ろし

杉原朱紀先生、金ひかる先生へのお便り、本作品に関するご意見、ご感想などは
〒151-0051 東京都渋谷区千駄ヶ谷 4-9-7
幻冬舎コミックス　ルチル文庫「夢みる狐の恋草紙」係まで。

幻冬舎ルチル文庫

夢みる狐の恋草紙

2015年8月20日　　第1刷発行

✦著者　杉原朱紀　すぎはら あき

✦発行人　石原正康

✦発行元　株式会社 幻冬舎コミックス
〒151-0051 東京都渋谷区千駄ヶ谷 4-9-7
電話 03(5411)6431［編集］

✦発売元　株式会社 幻冬舎
〒151-0051 東京都渋谷区千駄ヶ谷 4-9-7
電話 03(5411)6222［営業］
振替 00120-8-767643

✦印刷・製本所　中央精版印刷株式会社

✦検印廃止

ISBN978-4-344-83513-9　C0193　Printed in Japan